在你和世界之间

李柘远 著

湖南文艺出版社
HUNAN LITERATURE AND ART PUBLISHING HOUSE

博集天卷
CS-BOOKY

一般人的回答：b，c，d，e。

精神病态者的答案：a。（据说他们感受不到正常人的各种情感，问为何选a，他们的回答也是没有特别理由就选了。）

8. 你是杀人魔，抓了三个人准备杀掉，你会杀几个人？

一般人的回答：全杀掉，不想杀，等等。

精神病态者的答案：只杀两个，为了使剩下的一个感受恐惧。

9. &_& 这个表情你看着像什么？

a.在流泪　b.看不懂，反正就是一表情　c.眼镜滑下来了　d.两个雪人

一般人的回答：a，b，c。

精神病态者的答案：d。（上面也说了他们是没有一般人类的情感的，因此会选择没有生命的d。）

10. 有人拿着刀，而且那把刀上沾满了鲜血，拿着刀的是什么人呢？

一般人的回答：杀人狂、杀人犯、变态杀人魔，等等。

精神病态者的答案：我自己。

11. 你去一家美术展览馆欣赏画作，边走边欣赏的你在一幅美术作品前停下了脚步，画中是一名在战争中受了伤的士兵，你猜那个士兵是哪个部位受了伤呢？

一般人的回答：头部、胳膊、腿、手指等等一般的身体部位。

精神病态者的答案：眼睛、心脏。

异类的天赋
天才、疯子和内向人格的
成功密码

The Wisdom
of Psychopaths

208

12. 有9只羊，包括你在内有4个人，现在这4个人要平分这9只羊，要怎么分呢？

　　一般人的回答：每人先拿两只羊，剩下一只商讨决定。

　　精神病态者的答案：杀掉一个人然后剩下的三个人平分。（精神病态者不仅冷酷而且智商很高，在没有把握一人杀掉三人的情况下这是最优的解决方法。）

13. 和你一起赶路的一个朋友被人刺了一刀并且伤口流了很多血，要是你，你会刺他哪一个身体部位呢？
a. 腹部　b. 胸口　c. 胳膊　d. 腿

　　一般人的回答：a，b，c。

　　精神病态者答案：d。为了提防对方逃走。

14. 和一帮朋友约定上电影院看电影，因为人数很多，想看的影片种类也不一样，所以要商榷统一要看的影片类型，要是你会统一看哪一类影片？
a. 浪漫　b. 恐惧惊悚　c. 推理　d. 动作

　　一般人的回答：a，b，d。

　　精神病态者的答案：c。（精神病态者是感受不到恐惧的，所以看了恐怖片也白看，并且他们没有常人那种浪漫的感情，唯有推理能使他们感到兴奋异常，这也是大多数精神病态者都是智慧型罪犯的原因。）

15. 你住在11楼，深夜你家的门铃响了，而且响声不断，按门铃的人似乎很急，从猫眼望出去是个陌生人，你在门内问他什么事，对方的表情很着急，答道内急想方便找不到厕所，问你能不能借一下卫生间，你会怎么做呢？

一般人的回答：不给他开门，不管他，让他用你家卫生间，等等。

精神病态者的答案："既然你那么急，那怎么跑到11楼来借卫生间呢？"

16. 家境不是很富裕的你养着一条漂亮的小金鱼，天天喂它养它算是你仅有的乐趣，有一天那条金鱼突然死掉了，极度悲伤的你连饭都不吃，不停地哭泣，妈妈实在看不下去就给你买了一块和金鱼一样大的巧克力，但是第二天你用刀杀死了亲哥哥，为什么呢？

一般人的回答：你发现是哥哥弄死了金鱼，因为哥哥把巧克力抢去吃了，等等。

精神病态者的答案：期待妈妈给你买和哥哥一样大的巧克力。

异类的天赋
天才、疯子和内向人格的
成功密码

The Wisdom
of Psychopaths

210

测一测：你有精神病态吗？

你有没有想过你可能也是一个精神病态者？填写下面这份问卷，也许本问卷不能给你肯定的答案，但是为什么不挑战一下自己呢？要知道，在临床上会使用各种技术诊断精神病，这是其中的一个方法。

另一方面，这个测试揭示的这些精神病特征可能会让你在医学、法律和军队里获得很高的成就。当然，你也可能成为一个很厉害的连环杀手。

请诚实回答下面的问题，最后计分：

1. 我是个做事没计划的人，总是一时兴起做一些事（　　）
非常同意　是　不是　非常不是

2. 只要不被发现，欺骗一下别人也无所谓（　　）
非常同意　是　不是　非常不是

3. 如果有更好的约会对象，取消之前约的也无所谓（　　）
非常同意　是　不是　非常不是

4. 看到小动物受伤，我没多大感觉（　　）
非常同意　是　不是　非常不是

5. 风驰电掣的汽车、"嗖嗖"的过山车和跳伞很能吸引我（　　）
非常同意　是　不是　非常不是

6. 踩着别人得到我想得到的东西，对我而言，这没什么（　　）

非常同意　是　不是　非常不是

7. 我很会说话，我有让一个人按照我的想法去做的天分（　　）
非常同意　是　不是　非常不是

8. 我喜欢危险刺激的工作，因为那样我的头脑就会高度集中并且会转得非常快（　　）
非常同意　是　不是　非常不是

9. 在别人感到巨大压力而嘶吼的情况下，我也能保持平静（　　）
非常同意　是　不是　非常不是

10. 如果你能骗得了某个人，那是他有问题，活该他被骗（　　）
非常同意　是　不是　非常不是

11. 规则就是用来破坏的（　　）
非常同意　是　不是　非常不是

计分方式：

非常同意，每个加0分；

是，每个加1分；

不是，每个加2分；

非常不是，每个加3分。

得分分为3个档次。

高度吻合：0~11分

中度吻合：12~22分

异类的天赋
天才、疯子和内向人格的
成功密码

The Wisdom
of Psychopaths

212

低度吻合：23~33分

当我们说到精神病态者的时候，大多数人的脑海中就会闪现出汉尼拔的形象，但是实际上精神病态者不一定意味着就会成为连环杀手，或者以后会做违法的事。实际上，在临床心理学上，精神病特征是一系列明显的特征组合：很有魅力、有感召力、无所畏惧、冷酷、自恋、很会说话和缺乏良知。

如果你想成为一个斧头凶手，这些特征可能会派上用场。但你也可以把这些特征用在法庭上、交易大厅和手术室里，一展自己的非凡魅力。这取决于你的个性，和你最开始的生活是什么样子。

你是否是精神病态者往往与谁做诊断有关系。很多人认为你是一个精神病态者，很多人认为你不是，很多时候其实不是非黑即白这么分明的。

但是情况并非都如此。

事实上，精神病态者在诸如身高、体重和IQ等方面都处于同一个频谱。当然，如果你得分非常非常低，那很可能你会觉得自己会成为连环杀手和斧头凶手。但同时，我们所有的人在某一类型中都有我们自己的独特性。

也许我们有些人的得分会高些，但是除非你比一般人高很多，否则不用太过担心。

Hey 亲爱的读者：

　　展信佳。谢谢你打开《在你和世界之间》，这是我出版的第五本书，也是迄今为止自己写得最惬意、放松的一本。

　　其实，它还是我最期待被人阅读和喜欢的一本。

　　这些年，很多读者通过《不如去闯》(2016年原版和2022年升级版)、《学习高手》以及《小学生学习高手》认识了我。大家说，我是"哈佛那个学霸""励志学长"，是一个在学习和工作中永不疲倦的奋斗小哥。

　　但其实，这些都是被片面标签化了的我。我不是一直能量满格的小马达，也不是理性远高于感性的不食人间烟火之人。

　　我有情感、情绪，会疲惫、沮丧，甚至会间歇性"摆烂"。我常要在平日的高强度工作之后，周末睡到自然醒，然后并不立刻起来，而是继续穿着背心和大裤衩待在床上，端起平板看完一部电影，放肆地喝杯奶茶，吃些炸鸡。

　　谁可以兴高采烈、精神抖擞忙个不停啊？谁能所有正事一直斗志昂扬啊？那要么是神灵，要么是怪物。

　　这本书和我的前四本书"气场"不同。这是一本暖暖的、给人减压的书。对，在这本书里，咱们不深入聊具体的、让人"卷起来"的学习方法和职场干货。咱们回归生活，谈更走心的事情。

在这里，你能看到我随意自在的沙盒衣食住行的哈佛求学日记、单口语本、巨鸟图，详细记录了我在这里求学的两年，并且都是实时记录，不是过后才写的。我自己再看一遍时，都觉得真"哇塞"！

接着，是我在世界不同角落的游记！白菜大的海、台北的市集、爱谷的小径、鱼山的山岚湖泊……每段旅行都真让人想念啊！相信你也会有身临其境的感觉。

一本有温度的书当然少不了有温度的人。我的家人、朋友，还有猫咪和狗子，我要写出对你们的爱。你们让我从不孤单。

最后一章，我把它叫作"再忙，也要用心生活"，这是这本书想表达的重点。如今很多朋友不堪重负，但咱们必须得学会提醒自己：看似无止境的疲累，也一定有休止符；在充满压力的生活里，也依旧存在让你嘴角上扬的诸多理由。

我希望在每一章节的字里行间，都能让你嗅到春日阳光、朝露和泥土的味道。

在你和世界之间
有着无限可能
翻过自己的山，向前一步
往远看，世界就开阔了
生活可以很美

愿平安喜乐常伴，
杨远Leo
2022.12@厦门

CONTENTS 目录

CHAPTER 1 ◎◎ 第一章 哈佛求学记

CHAPTER 2　　◎◎◎　　第二章　　跟着我，一起看世界

CHAPTER 3　◎◎　第三章　我生命中的摆渡人

CHAPTER 4　◎◎　第四章　再忙，也要用心生活

哈佛求学记

CHAPTER 1

第一章

在哈佛商学院的每一天，没有一天
是浪费的、虚度的、得过且过的。

这是原汁原味的一章，

用美国老牌乐队卡朋特的代表作歌名来描述，再恰当不过：

Yesterday Once More，昨日重现

这大概也是本书最有特色的一章，其文章和其他章节的文章风格迥然不同。

这一章的关键词是"碎碎念"，再现了我几年前在哈佛大学的留学生活。

日记或周记体，

短平快的句子，

从心随性的记录，

不加精细修饰的措辞，

配上我用手机在哈佛不同角落拍的上百张图，

共同构成了一次完整的昨——日——重——现。

"昨日"已过去数年，却仍是我心头眷恋的一段温柔的日子。

久违了，哈佛园。
久违了，我的学生时代。

在你和世界之间

哈佛新学期
开学汇报！

夏末秋初·早晚微凉
波士顿的周五晚上

开学第一天，完全素颜的小宿舍

早上好 & 周末快乐，大家伙儿！

哈佛开学一周了，过去几天上课挺忙的。

比如昨天晚上读案例（case）到快凌晨两点，

早上六点多又爬起来，

快速洗个澡，冲到食堂吃饭，

七点多就开始晨间讨论课了。

累，并快乐着。

这会儿（波士顿时间周五深夜），

才终于有时间开始布置新宿舍。

虽然已是初秋时节，

但学校宿舍墙边的常春藤依旧繁茂。

住在被绿色包围的小屋里，很幸福。

这学期要读完的课程材料非常多，
打印出来的只是一部分，
还有很多没打印出来的阅读材料（reading）要
干掉。
如果全部都摞起来，
应该有一米多高。

**Now does this
make you
feel better and
less pressured?
这是不是让你感觉好多了，压力也小了？**

这学期的部分阅读材
料，看着就激动，嘿嘿

在哈佛书店看到新学年最新款哈佛笔记本，
特别喜欢，买了一本送给自己，
作为这学期的课堂笔记本。
算是忙碌间隙的小确幸吧！

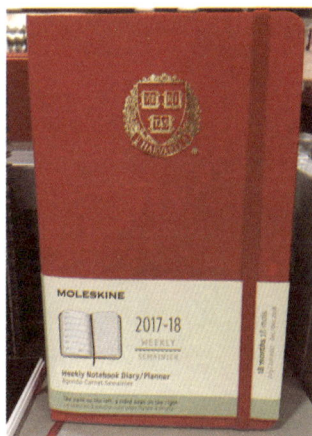

红红火火的哈佛笔记本

在你和世界之间

大家最近好吗？

还在上学的小伙伴们，开学都还顺利吧？

Hope everyone
is
doing great.
希望大家一切都好。

如果有压力和什么不适应，别担心，你一定会慢慢把状态调整好的。

启程来哈佛前，我写了一篇文字，关于"开学"的 17 条建议，

贴在这里与诸位新生、老生、家长和老师分享。

其实也是写出来给自己打打气。

LEO[1] 同学我，在工作数年之后，终于重返校园啦！

---

[1] LEO 为作者英文名。——编者

1. 入学时的正确气场

刚开学，面对新的一切，大多数人都会紧张，有的人还会不知所措。感到有压力时告诉自己：You're not alone.（你绝不是一个人。）沉住气，把入学任务一项一项完成，你会逐渐适应新环境、进入正轨的。

2. 不怕丢脸

初来乍到，"什么都不懂"的状态并不丢人。脸皮厚一点，趁着"开学季"多问多学，尽快熟悉学校环境，找到自己最适应的学习、生活节奏。

3. 最高优先级的事

只要你仍是个学生，学习就应该是最高优先级的事，其他都靠边站。有些人以翘课去挣外快、"创业"为荣，但很少人能有比尔·盖茨、马克·扎克伯格般的天赋与运气。对大多数人而言，为了小财而逃学是得不偿失的。

4. 有自己的主见和定力

不要被别人牵着鼻子走。不要总去关注"其他同学都在做什么"，不要老把自己和别人比较。找到自己的赛道，和自己比。

5. 课外活动：宁缺毋滥

深度参加 1~2 个学生社团足矣，从活动中用心学到东西。没必要什么都想尝一口，那样绝对会消化不良，把自己搞得很狼狈，很疲惫。

6. 英语！英语！英语！

不管将来做什么，一定尽量把英语学好，口语和写作尤其得重视。有精力的话，就学一学托福甚至 GMAT（Graduate Management Admissions Test，美国企业管理研究生入学考试）或者 GRE（Graduate Record Examination，美国研究生入学资格考试）。英语是一种思维方式，关系着你的视野。如果英语好，未来可以获得的机会要多不少。

7. 亦师亦友

不要只和同龄同学交朋友。最大限度地和教授导师、各种牛人前辈交流，同他们中的几位成为朋友，走进他们的交友圈。

8. "睦邻友好"

和大多数舍友做到"基本和睦"即可，保持适当距离感。读书期间最棒的朋友还是志同道合、三观一致、互相欣赏的人，住上下铺的人不一定能成为兄弟或闺密。走得太近，有时反而会增加不必要的隐患。

9. 避免"近墨者黑"

远离负能量、人品差的同学，尤其是这几种：拜金的、势利的、爱说别人坏话的、热衷于抱怨的。

10. 每天出点汗

开学后不管多忙也要坚持运动。年轻时多锻炼，能给身体打个好基础，获益终身。注意，不能只做有氧运动（比如跑步），也要配合无氧运动（比如力量训练），这样才能有精壮的身体（这里的"壮"不是"身材壮硕"，而是"抵抗力强"之意），想减肥的同学们也不例外哟。

11. 关于时间管理，我的 5 个建议

◎ 最重要的事情要投入足够多的时间。

◎ 能一分钟完成的事情要马上去做。

◎ 要列计划（To-do List，任务清单），今日事今日毕。

◎ 所有的时间都是稀缺资源，不应该耗费在无关紧要的事情上。

◎ 要有始有终。所有重要的、紧急的事情都要有结果。"停止"也是一种结果。

12. 做一个有目标的人

清楚自己每周、每月、每学期、每年的目标。不用多，定好了就坚决朝着既

定方向执行。途中风景再美、诱惑再多也别太流连忘返，丢了主线。

13. 存钱和创收

学会做财务管理，学会计划开支，记好自己的"损益表"。信用卡不要超过两张，原则上不允许自己欠债。同时，开始摸索为自己创收的最佳办法——在不影响学业（不要逃课，杜绝挂科）的基础上。

14. 罗曼蒂克

中学生：情窦初开不是错，但现在不是卿卿我我、海誓山盟的时候，尽量别恋爱。大学生：二十左右的人了，体会爱情滋味当然不算品尝禁果了。如果有好的缘分，可以尝试恋爱，但绝对不要滥情。年轻不是乱来的借口。专心、专注地和一个人交往。

15. 永远的后援

别疏远了爸妈。想家了就打电话回去。即使再忙，起码每周视频通话一次，也可以邀请他们来学校参观，在你读书的城市旅行数日。若想"儿行千里母不担忧"，就别让父母缺席你生活中的点滴动态。如果做不到让他们参与进来（get them involved），也至少做到让他们了解情况（keep them informed）。

16. 开卷有益

重点书（和学业或未来职业直接相关的书）细读，其他书速读，无须咬文嚼字。读的书可以很杂，吸取多种养分。

17. 保有信心和信念

理智上想通了的事，情感上必须接受。比如入学后可能开始异地恋，哪怕再想念，再煎熬，再"不想读了，只想和他（她）朝夕相处"，也要忍耐住，因为彼此都在为了未来更好地"在一起"而努力着。

最后，想和大家共勉的话：

在你和世界之间

Dear you,

Have no regrets, my fearless one

Live life with honesty and courage

Find your love and hold it tight

Help someone else, if you can

Judge not, those around you

Gain insight and understanding

Live in the present

Fear not, the passage of time

给亲爱的你，

无怨、无悔、无畏、诚实、勇敢地生活

找到你的所爱，并好好珍惜

力所能及地帮助他人

不要对周围的人评头论足

培养洞察力和理解力

活在当下，无惧时间的流逝

你的，

LEO

于哈佛商学院

在哈佛学习：
苦，但快乐着

大家好啊！

现在是美国东部时间周五深夜，

我刚和同学们从波士顿市区聚餐归来。

坐在自己的小屋里码字，

一杯果汁 + 一块巧克力 + 一堆想和大家分享的好玩事，

真是一种别样的美好。

过去几天在学校的生活，用一个英文词形容就是"hectic"——忙得团团转。

这周平均每天睡四五个小时，

所以现在脑子有点不转咯。

恕我这篇文章真的是 100% 碎碎念，

想到什么写什么，

没有严谨的逻辑和论点，也可能稍欠修辞。

It will indeed be the total opposite of what an academic paper would look like.
确实会和学术论文的风格完全相反。

在你和世界之间

而且中英文严重混搭——真不是故意的！

生活在英语环境里的用脑过度的 LEO 小哥，

目前正处于语言转换障碍症发作期。

Hands down,
I am just a huge fan of the weather
in Boston.
不得不说，我真是非常喜欢波士顿的天气。

每天早晨或傍晚跑步时，

都会雷打不动地拍几张查尔斯河畔的景色，

日出晨曦或者暮光晚霞。

这里的空气，永远那么好。

好想从天上摘一朵"棉花糖"放进嘴里……

薄暮时分

多元的哈佛课堂

过去几天在课上研究了几个非常有趣的案例：

◎ 关于企业领导如何在危机环境下提振员工士气；

◎ 关于大公司如何成功实现业务全球化；

◎ 关于易贝（eBay）如何败走中国市场，在淘宝面前折戟；

◎ 关于餐厅或生产车间如何最大限度地提高产能；

◎ 关于苹果公司如何在遵守美国通用会计准则的前提下，阐述收入与盈利数据。

关于……

可以说，在哈佛商学院（Harvard Business School）的每一天，我都在不断吸收新知识和新观点。没有一天是浪费的、虚度的、得过且过的。

And what I feel particularly great about is the fact that everyone here is smart and driven.
而且我觉得特别棒的是，这里的每个人都很聪明，很上进。

每个同学都有过人之处，很多人本科毕业于哈佛、耶鲁、斯坦福等世界名校。不少人也已经在工作中取得过骄人业绩，比如我们班就有多位来自脸书（Facebook）、谷歌（Google）、亚马逊（Amazon）的明星员工，有估值几个亿的创业公司的老板，更有二十多个曾在高盛、摩根士丹利、麦肯锡等投行、咨询公司工作过的年轻金领。这种多元的背景让大家可以更好地互相学习和激励。

和我朝夕相处的哈佛商学院教室

Gradually and steadily,
everyone evolves into a better "self".
渐渐地，每个人都变成了更好的"自己"。

多元的课余活动

Speaking of the fun part
of this past week.
再聊聊过去这周好玩的经历。

　　这几天真是又累又欢乐啊！首先，终于去了开学以来的"处女趴"——80年代主题派对！昨晚和同学们在80年代的流行音乐中"载歌载舞"，返璞归真，重温那个金色年代。（感觉自己的这段措辞怪怪的……）

我在哪儿？哈哈，我是为人民服务的摄影师

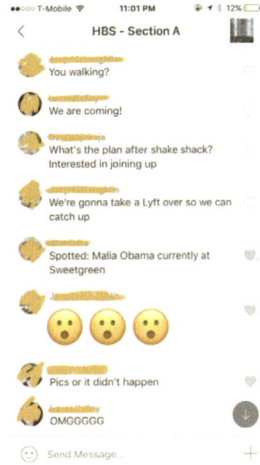
我们班的群聊小组总是很热闹

　　其次，去了一年一度的 HBS Student Club Fair，中文可以翻译成：哈佛商学院学生社团博览会。每年开学，所有学生社团都会展开纳新工作，不管你是一年级学生还是二年级学生，都可以申请加入一个或多个社团。博览会上的学生社团展示令人眼花缭乱，一年级学生尤其容易犯选择困难症。今年，我将正式加入"哈佛商学院投资俱乐部"，还可能会成为管理团队的一员。

Student Club Fair
上的贾斯汀 · 比伯立牌

Student Club Fair
上的奥巴马立牌

在你和世界之间

碎碎念的结尾想和大家推荐一本书，是我领导力课的延伸阅读之一。

《领导风范：出击、激励和感召的神奇技巧》（*Leadership Presence: Dramatic Techniques to Reach Out, Motivate and Inspire*）。内容我就不剧透啦，想提高个人领导力的同学可以读一读。

再分享一个上课时教授提出的发人深思的问题：

What is it you plan to do with your one wild and precious life?
在自己唯一一次的狂野又宝贵的生命中，你计划做些什么？

最后，再给大家出一道抢答题吧：

下图中，哈佛商学院校园里的雕塑是什么？又有什么含义呢？

猜猜这座雕塑是什么？

好了，朋友们，现在已经是波士顿时间的凌晨一点多了，有太多哈佛的生活片段想和大家分享，但只能下次再聊咯，咱们不见不散！

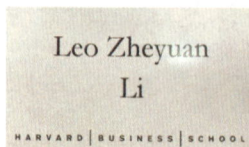

Leo Zheyuan
Li

HARVARD | BUSINESS | SCHOOL

我在哈佛的姓名卡

你的，
LEO
于哈佛商学院

Heyyy（嘿）伙伴们，这是一波干货分享。

经常有同学问我：在哪儿可以得到哈佛商学院的学习资料啊？嗯，先给这些勤奋好学的孩子手动点个赞。

渠道其实有很多，一个是《哈佛商业评论》（*Harvard Business Review*）官网，在那里可以找到几乎所有哈佛商学院MBA（Master of Business Administration，工商管理硕士）要学的案例资料。可惜价格有点小贵，每一份案例都要十多美元，大家还是根据自己的实际情况做出选择。（抱歉，因为版权关系和学校规定，我没法把资料贴给大家哟。）

另一个（免费）渠道是哈佛商学院的博客。这个博客更新频率很高，内容丰富，基本是由教授、招生办工作人员和MBA学生撰写的，每篇文章都是了解哈佛商学院学习和生活的窗口，非常推荐。而且，逛这个博客还能锻炼英语阅读能力，何乐而不为呢？

最后一个渠道是HBX（Harvard Business School Online，哈佛商学院在线，哈佛商学院的线上课程平台），可以在HBX网站上注册，获取课程及相关报名信息。这个课程平台有点像耶鲁大学公开课、MIT（麻省理工学院）公开课，不少课程都是哈佛商学院的教授教的，只不过在HBX上课肯定没有学位证书。但我还是会把HBX推荐给本科在读、有志向申请商学院的同学们，因为HBX的课程也是案例讨论模式，可以让你提前熟悉哈佛商学院的教学风格。

希望这些分享对大家有帮助。

如何获得哈佛商学院的学习资料？

在哈佛的一周
生活小亮点

周一

　　给教授和班上同学们"安利"了自己的公众号"学长 LEO"，还专门给他们看了读者伙伴们的互动记录。大家密密麻麻、情深意切的中文留言，让我的各种肤色的同学们叹为观止。

　　大家伙儿，好样的！让我们再接再厉，邀请更多美好的人来到"学长 LEO"的读者家族。

周二

　　下课后抽空去中国城剪了个头发，竟然还挺好看。留学的同学们应该知道我为什么这么说。

↖ 闲庭信步的秃鹫

周三

　　在校园偶遇一只成年大秃鹫，这家伙跩跩地在马路中间闲庭信步，一点也不怕人和车。嗯，做人啊，有时是得有些老鹰的霸气。

周四

　　尝试清晨去健身房举铁！虽然是打着哈欠去的，但一进力量房，嘿，顿时神清气爽！

> ↖ 独霸各种器械，咩哈哈

周五

　　晚饭出门，瞬间被震撼。波士顿城满天皆暮光。走在暮光之城中，觉得特别幸福，甚至感动得几乎要落泪。

> ↖ 真想让时间在此刻停驻

> ↖ 如果有恋人依偎身边就更美妙了

你的，

LEO

于哈佛商学院

我在哈佛的
24 小时
是怎么度过的?

Typical Day @ Harvard Business School

06:30	Wake up from my warm bed
06:35 - 07:15	Shower & Breakfast
07:20 - 07:55	Stretch-out & Self-reading
08:00 - 09:00	Discussion Group Daily Meeting (go over class materials)
09:10 - 10:30	First morning class
10:30 - 10:50	Break (usually get a yogurt cup & some fruits)
11:50 - 12:10	Second morning class
12:15 - 01:20	Lunch & Classmate interaction
01:25 - 03:05	Afternoon class
03:10 - 04:30	Work on LEO READS & other stuff from Beijing
04:35 - 05:30	Gym work-out & running
05:35 - 06:15	Dinner (sometimes longer dinner off-campus)
06:30 - 07:30	Chill time (watch Youtube etc.)
07:30 - Midnight	Study in library (more study may follow in dorm)
01:00	Sleep Sleep Sleep zᶻᶻ

不少同学想知道我在哈佛的一天是怎么安排的。没问题,我手写了自己在哈佛的典型的一天。

左图的内容基本是我在哈佛求学的两年多中,周一到周五的每日作息表。

↖ 我在哈佛满满登登的一天

再跟大家分享几种哈佛学生常用的 To-do List 模板。To-do List 就是"每日任务清单"。这个使用方法浓缩成一句话就是：将每天待完成的事项逐一写下来（比如记录在纸上），随后根据这张清单，展开一天的忙碌。每完成一项任务后，便在 To-do List 上将相应事项画去（或在旁边打钩），代表"已完成"的状态。

还要跟大家说，下面这些模板没有对错和优劣之分，完全可以根据个人喜好，选择最适合自己的那款。一旦养成使用 To-do List 的习惯，你的生活就会变得有序、紧凑许多。

哈佛学生常用的 To-do List 模板1		
这是最简单直接的一种模板，填起来最快，适合每天忙得不可开交的人		
No.（序号）	To-do（任务）	Status（状态）
1	Complete the Corporate Finance problem set（完成公司金融课的习题集）	Done（完成）
2		
3		
4		
5		
6		
7		
8		
9		
10		
11		
12		
13		
14		
15		

哈佛学生常用的
To-do List 模板 1

哈佛学生常用的 To-do List 模板2			
模板1的进化版，加入优先级划分后，最重要的任务便一目了然了			
Priority（优先级）	Dun Date & Time（截止日期与时间）	To-do（任务）	Status（状态）
High（高）	Noon of Sept.20（9月20日中午前）	Complete the Corporate Finance problem set（完成公司金融课的习题集）	Done（完成）
Medium（中）			
Low（低）			

哈佛学生常用的 To-do List 模板 2

在你和世界之间

哈佛学生常用的 To-do List 模板3（以LEO学长在哈佛的一天为例）					
因部分事项涉及学校内部信息需保密，故只列出当天所有任务的80%					
Homework 作业			Correspondence 联络		
已完成?	任务描述	截止时间/当前状态	已完成?	联系人姓名/描述	电话号码/电邮地址
是	读完明天上课要讨论的3个商业案例（100页，中速阅读）	9月8日晚11点前	是	发邮件给Lanch教授，讨论几个课堂问题	考虑到涉及隐私，此处省去
是	写完"领导力"的3页短文	时间同上；已提前1天完成	是	发邮件给Josh，制订学习小组下月计划	
是	做完沃尔玛公司2015年财务数据分析	9月8日结束前	是	发邮件给Thomas，讨论周末河边派对	
Meetings 会议/约见			Miscellaneous Tasks 杂七杂八的任务		
已完成?	会面人姓名/描述	会面时间和地点	已完成?	任务描述	截止时间/当前状态
是	6人学习小组/本日案例讨论	早8:15，Spangler二楼	是	Shad 健身中心1小时有氧训练	9月8日下午5:30
是	Lipton 教授/午餐	中午12:30，Katousan拉面馆	是	到哈佛广场买长跑裤和健身背心	9月8日晚餐前
是	Kimura教授/日本阿伊努原住民研究	下午3:30，燕京图书馆	改为明天	到H-Mart买蓝莓、鸡蛋、香肠和西红柿	9月8日晚餐前
是	Cristo/晚餐	晚6:15，Tom's Bao Bao	是	发布《凌晨4点半哈佛图书馆》调查文	9月8日晚9:30
是	风险投资俱乐部第一次讨论会	晚8:00，Peabody Terrace	是	接受两个平台的专栏作家邀请	9月8日晚12:00前

\ 哈佛学生常用的 To-do List 模板 3

哈佛学生常用的 To-do List 模板4		
风格比较轻松欢快，若不想给自己太大压迫感，可以试用这个模板		
已完成的任务可以用不同颜色标出，或用横杠画去		
Do This 要干的正事（学习/工作任务）	Need to Meet 要见的人	Need This 需要的东西
市场营销课5页小论文	R教授	金融分析课补充讲义
Be There 要去的地方	Miscellaneous Others 杂七杂八	
怀德纳图书馆自修室	在查尔斯河畔变速跑10公里	

\ 哈佛学生常用的 To-do List 模板 4

你的，

LEO

于哈佛商学院

金秋十月，
在旅途中码出来的
碎碎念

Yo 大家十月好！

过去七八天是我这学期到目前为止最忙的几天，

几乎算得上是炼狱般的一周，呼——睡得少，吃得也不饱，

不过心情很好，不仅是因为几次小考都拿了满分（嘿嘿嘿），

更因为——这周末是哥伦布日（Columbus Day）小长假，放假到下周一。

Columbus Day 是美国的文化节日，

纪念几百年前的探险家哥伦布发现新大陆。

于是，当当当当——

LEO 小哥我和几个同学正在飞往哥伦比亚首都波哥大的航班上。

这是我八月底到美国读书以来第一次出美国，

也是我第一次登陆南美洲（激动）！

一直向往拥有浓郁混血风情（印欧混血）、

丰富历史文化的哥伦比亚。

而且这里还走出了我敬仰的、

写出了《百年孤独》和《霍乱时期的爱情》的大文豪加西亚·马尔克斯。

在你和世界之间

所以，对这次旅行真是一整个期待了！

不过，此次来波哥大的主要目的并非观光，

而是做一个关于拉丁美洲商业发展的、

小的独立调研项目（Independent project），

希望有满满的成果和收获。

↖ 大家看到那片心形的云朵了吗？

（美国联合航空的航班允许乘客在飞行模式下使用手机）

异乡的中秋

过去这几周的生活有不少亮点。首先当然是中秋节，美式英语有时也翻译成 Mooncake Festival（"月饼节"，真够具象的，对不对？），担心我"独在异乡为异客"的心地善良的同学们请放心，因为：

我吃到了地道的月饼，莲蓉馅、五仁馅（比我想象的好吃）和豆沙蛋黄馅，各吃了三分之一个。

参加了两个庆中秋活动，其中之一是哈佛商学院大中华学生会组织的节日聚会。我带着几个美国哥们儿去听了二胡和古筝演奏，还让他们在现场学了包饺子和写书法。几个家伙玩得很开心，对咱大中华文化啧啧称赞。

 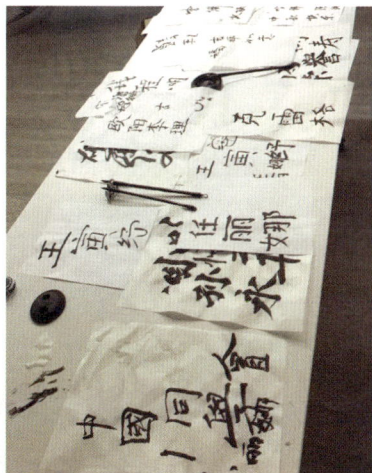

包饺子　　　　　　　　　　写书法

另一场是哈佛肯尼迪政府学院举办的"夜游查尔斯河"派对。"小船儿轻轻飘——荡——在水中，迎面吹来了凉——爽——的风。"

查尔斯河上一轮圆月

在你和世界之间

课堂上的高光回忆

在哈佛的课程用一个词总结便是"妙趣横生"，不但内容丰富，上课形式也较为神奇。

比如技术与运营课组织了一次实景演练（real simulation），上课地点改到了商学院室内篮球场，同学们摇身一变，成了生产厂的车间工人。十人一组，在极有限的几小时内完成集成电路板的制造任务——从对生产流程和电路板这玩意儿一窍不通，到玩转生产线。

We had fun, and learned a lot.
我们玩得很开心，也学到了很多东西。

并且（画重点）——我所在的小组在两轮演练中都获得了全届的最高分！

我的小组在讨论生产方案

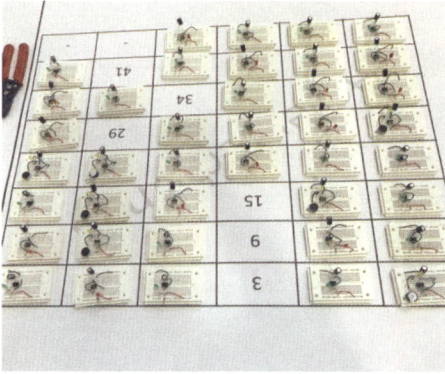

我们的一部分成果，看上去专业吗？　　从这个角度看，是不是有点像一堆毒蜘蛛？

然后……在金融与会计学课上，我被 cold call 了 。这是发言一向踊跃的 LEO 小哥这学期第一次被 cold call，有点匪夷所思。Cold call 是什么？哈佛商学院采用案例讨论教学模式，所有人在课堂上都要积极发言，教授还会不时"突然袭击"，随机点名（cold call）学生发表想法。

当天的案例特难，不少同学在预习时都叫苦不迭，表示"看不太懂"，课堂上的气氛也比较"凝重"。在众人纷纷愁眉苦脸之时，我光荣而华丽地被点名发言了。

"So LEO, can you walk us through this credit loss reduction and its association with deferred tax asset?"
"LEO，你能给我们完整讲解一下 信用损失的减少 与递延所得税资产的关系吗？"

啊，这问题确实有点难（毕竟咱不是会计系出身）。被 cold call 的瞬间，我看到了周围同学充满同情的眼神……

我强逼自己镇定下来，深吸一口气。

我开始尽最大努力，面不改色心不跳地"娓娓道来"。

我回答完了第一部分问题，答案正确，教授满意地嘴角上扬。

我开始回答第二部分问题，答案正确，可教授还不肯放过我。

我开始回答最难的第三部分问题，不小心卡了个壳。

教授意（幸）味（灾）深（乐）长（祸）地笑了一下。

我不理会他的笑，沉思片刻继续回答。

答对了！

大家投来赞许的目光。呼——真是有惊无险啊。

再来结个尾

　　进入十月，天气开始加速变冷，波士顿早晚已经有了深秋的寒意。叶子正悄悄变黄、变红，估计再过一周就能和大家分享金秋的哈佛校园美景咯。这个时节一定要注意保暖，尽量别感冒。虽说春捂秋冻，但也不能穿太少啦！

　　不知不觉又碎碎念了这么大一篇。现在是波士顿时间晚上九点零四分，大约半小时后就要抵达波哥大机场了，我现在开始填写入境卡，然后闭目养神一会儿，到酒店后就把这篇碎碎念发送给大家。

被"突然袭击"的 LEO

于飞往波哥大的旅途中

一直有不少同学想看我的课堂笔记——"LEO学长在哈佛上课是怎么记笔记的呀？"没问题！满足大家的小心愿，分享我在领导力课上的两页课堂笔记。

哈佛商学院的课堂节奏非常快，为了尽可能记下重点干货，我不得不改变记笔记策略，放弃了最习惯的"康奈尔笔记"法，改用"快速概括法"——不苛求笔记格式，只求在有限时间内，用关键词和短语把最重要的信息记下来，尽量做到分点、分主题。

来瞧瞧，右图就是我的哈佛课堂笔记之"冰山一角"。可以看出，我尽可能以工整的格式和清晰的字迹飞速记下案例讨论过程中的要点、知识点。

不管你选用哪种记笔记方法，都

一定要记得课后复习。只有根据笔记，不断回忆和反刍上课内容，你才能学得更透彻、更扎实。

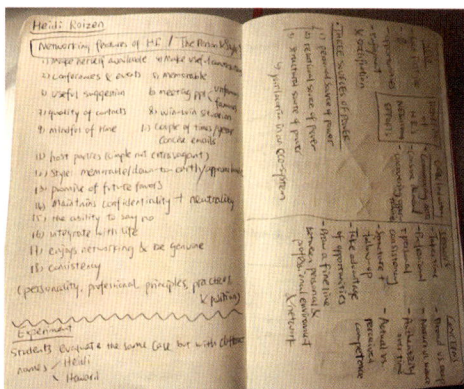

我的哈佛课堂笔记之"冰山一角"

我的哈佛课堂笔记

深夜碎碎念：
枫叶红了，
期中考试季
也到了

清晨气温接近零摄氏度的
深秋时节

Heyyy 大朋友小伙伴们好！

一眨眼已经十月底了，

woohoo——

波士顿正式进入了金秋模式，

哈佛在黄叶和红叶的映衬下有点美，

和大家分享几张今天下课后的随拍。

红黄之间的校园公共草坪

"红叶疯了"

图书馆小径

我的宿舍楼入口的小拱门

马上就是一年一度的万圣节了，
校园里出现了各式各样的南瓜灯，
随手拍了两张，是不是"萌萌的"？

可爱的南瓜灯

在你和世界之间

期中考：顺利完成！

今天心情很舒畅，因为结束了十月第二个忙碌小高峰。从上周至今像打仗一样，噼里啪啦考完了几门课的期中考，成绩还不错，最难的一门课考试得了全班并列第二，总归是没有枉费之前的发奋苦读。嘻嘻。

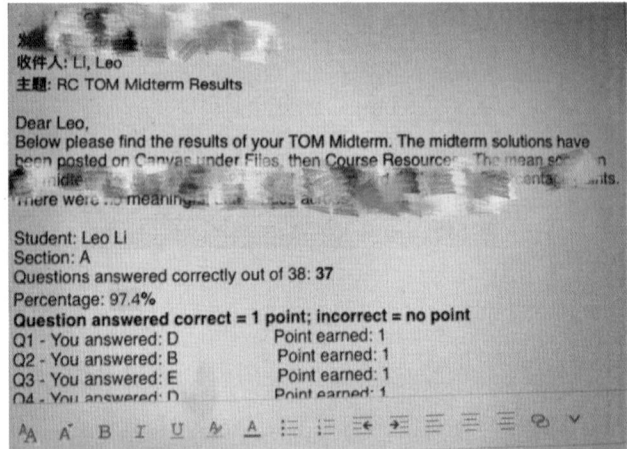

38道题做对了37道，完成了既定目标

有同学问：MBA还要考试啊？答案是：当然了！

这学期我上的六门课都有考试——小测（quiz）、期中考（midterm）、期末考（final），大大小小加起来20多场，占学期成绩的50%～60%。另外40%～50%的分数由什么决定呢？当然是——课堂表现（chass participation）。

在之前的碎碎念里和大家介绍过，哈佛商学院采用"案例教学法"（case method），每节课都会对1个案例展开热烈而深入的分析讨论，而每门课在一学期里都会深度研讨30个左右的案例，一学期有6门课，大家可以算算，一个学生在一学年要干掉多少个案例。

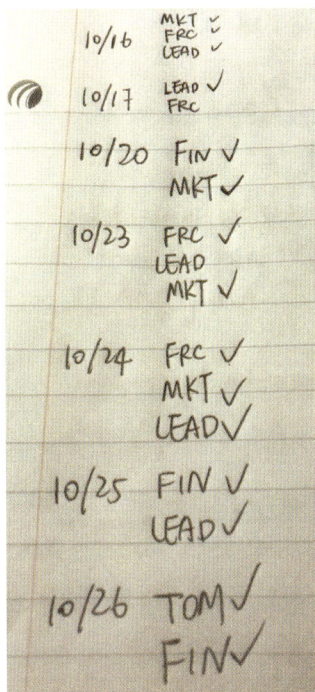

每日上课发言的自我记录

和其他很多商学院有所不同，哈佛商学院的课堂主角并非教授，而是学生。大家在教授的引导下积极举手发言，各抒己见，有时还会因为观点分歧而唇枪舌剑，十分锻炼一个人的临场应变力与即兴演讲力。学期结束前，教授会总结每一个学生的课堂表现，从发言数量和发言质量两方面进行考量。

为了学期末拿到高分，我在课堂上也是蛮拼的，过去一段时间几乎每堂课都发了言（班级同学的平均情况是每2～3堂课发1次言）。现在我在考虑是不是应该消停（禁言）两天了，哈哈。

我觉得，案例教学法非常有效地把理论和实战完美结合在了一起，而且有不少案例是关于非美国本土公司的，其中就不乏中国优秀企业的案例，比如即将要上的运营与科技课，我们就要研究福耀玻璃的供应链，在异国他乡倍感骄傲！

好嘞，说回考试。哈佛商学院的大多数同学都比较重视成绩。谁说MBA不关心学习了？那都是别人家的MBA。在哈佛这儿，大家是非常认真且好胜的。不信，看下图：

复习讨论会满座

这是一次财务管理课期中考试前的复习讨论会，原本只能容纳 90 人的阶梯教室，一下子塞了近 200 人。这人山人海的磅礴气势甚至惊动了校园警察，害怕拥挤会增大风险（万一出现火灾等情况不好疏散），还专门另开了一间阶梯教室分流部分同学，让他们通过实况直播收听主教室的讲解——是不是有点厉害了？

通过实况直播收听主教室的讲解

学习既然比较辛苦，那在其他方面就要稍微犒劳一下自己。其他方面＝吃。这周的伙食还是不错的，吃到了长相不地道、味道却很正宗的肉夹馍，还吃了海鲜大餐。没办法，我实在太爱各种鱼虾蟹了，几天吃不到鱼就难受。当然，还有美妙的饭后甜点。

（美食图总能拍得比其他图好）

肉夹馍

饭后甜点

不知不觉中，波士顿时间凌晨两点十分了！
先暂时碎碎念到这里，不能总是熬大夜了……
大家下次见，很快见！

备考前后的 LEO
于哈佛商学院

在你和世界之间

"领导力"（Leadership，简称LEAD）是哈佛商学院最经典的课程之一，也是所有哈佛MBA学生的必修课。LEAD采用哈佛商学院最著名的案例教学法，每堂课都会就1~2个现实商业世界中发生过的案例展开全面分析和热烈讨论。LEAD也是我在哈佛最喜欢的排名前三的课，因为要研究的上百个案例都太真实、太有意思了！每一个都能让我有身临其境之感，体会各种角色［从CEO（首席执行官）到部门经理、普通职员］在不同情境下的心理状态和决策过程。

有同学问：哈佛商学院的案例一定都很复杂深奥吧？是不是很多人根本都看不懂？当然不是。其实，领导力课堂上讨论的一些案例非常接地气，你甚至还会觉得很简单——不需要数理技能和管理学法则。只要你感兴趣，哪怕没有任何商业背景、工作经历，也能分析一二。

我从领导力课堂上讨论过的所有案例里选了一个迷你案例，放在后面和大家分享。这个案例是真实发生过的，相比大案例（通常15页以上，且信息庞杂得多）要简单直白不少，趣味性也较强，且不需要数学分析能力。迷你案例后还配有相应的分析题，辅助大家思考和做出决策。

读这个小案例时，请假设自己是哈佛商学院的学生或者案例中的主角——你，会采取什么样的行动？

不过要注意的是，哈佛的案例大多没有"唯一正确的"答案，很少有"非黑即白"的情形。这个迷你案例也是如此，所以请尽可能进行头脑风暴。

来自哈佛领导力课堂的迷你案例

注意：我对这个案例的细节做了修改和增删，以遵守版权保护的相关规定，但不影响大家思考和"解题"。

迷你案例：
Jerry（杰里）
的命运

　　Jerry 已在华尔街奋斗多年，去年在好友 Sam（萨姆）的引荐下，从一家小的投资银行（以下简称"投行"）跳槽到了华尔街最"呼风唤雨"的某大型投行，担任公司金融部客户关系组的资深副总裁。Sam 是这家大型投行公司金融部的一名董事总经理（比资深副总裁高一级），在邀请 Jerry 跳槽时，曾口头承诺会在 Jerry 入职一年后提拔他到董事总经理的位置。

　　Jerry 入职后业绩出色，成功帮公司与多个大客户建立了新的合作关系，争取到数个大订单，为公司带来了总计数千万美元的营业收入。如果单看业绩，Jerry 被提拔为董事总经理绝对合情合理，然而令 Sam 倍感头疼的是，Jerry 在一个关键方面出了问题——同事间的关系。

　　在最近的一次员工表现评估中，Sam 发现 Jerry 周围的同事们对他颇有微词，无论是同级的资深副总裁还是级别低一些的副总裁、高级经理和分析师。许多人在匿名评估中都如此评价 Jerry：咄咄逼人，过于强势；情绪易激动，时不时态度暴躁，尤其对下属员工没有耐心；不参加任何同事间的交流活动……总之，他和绝大多数同事关系很差。

虽然在"业绩表现"一栏,大家纷纷对 Jerry 表示了肯定(满分 5 分, Jerry 在这个部分拿到了 4.8 分,名列第一),但在"同事间关系"这一栏, Jerry 只拿到了可怜的 2.0 分,远低于公司的平均分 3.9 分。

看着 Jerry 的评估分数, Sam 十分纠结——距离董事总经理的提拔决定日只有不到一个月了,而自己是关键决策者之一。这家历史悠久的著名投行一直将"团队协作"看作企业文化的重要组成部分。尤其是在投行的高压工作环境下,同事之间的良好关系更显重要。这么多年来,几乎没有资深副总裁在"同事间关系"这部分拿到 Jerry 那样低的分数。很显然, Jerry 不受大家拥戴——起码在人际关系这方面。

然而, Jerry 的业绩实在太可圈可点了,他几乎可以算是去年公司创收的头号"关键先生"。更何况, Sam 已经口头答应过 Jerry,一年后将他升到董事总经理的位置。

面对这样一份令人无奈的员工表现评估报告, Sam 突然觉得无所适从……

分析题:

1. Sam 应该提拔 Jerry 吗?

2. 如果提拔，会有哪些风险？如果不提拔，会有哪些风险？

LEO 短评及思路引导：
1. 利润和公司文化，哪个更重要？
2. 对于华尔街投行而言，该如何权衡？

读完这个迷你案例，你现在是什么感觉？有哪些想法？虽然这个案例表面看上去很简单，但可做的假设和分析其实非常多，完全可以挖得很深、拓得很广。而这种思考的空间和多种可能性的存在，也恰恰是哈佛商学院案例教学的魅力之一。

请大家把答案和想法写在课后思考处，内容和长短完全由你决定。可以是一句话，也可以是一段话。也欢迎你把这个迷你案例分享给身边的同学、朋友、家人，希望能看到更多朋友一起来讨论！

课后思考：

_____

_____

兼顾学业
和课外活动的
哈佛日常汇报

深秋、初冬时的哈佛园

朋友们好！

LEO 牌求学碎碎念回来咯！

最近的学习进展顺利，

开学以来已经不知不觉上完了几百个案例！

现在课前读一个案例的平均用时，

也从学期初的一个半小时，

缩减到了少则半小时、多则一个小时。

又一次切身体会到"熟能生巧"的喜悦。

过去几次期中考、小测成绩不错，

基本都拿了满分或者接近满分，

让我对坚持"兼顾学业、工作和课外活动"，有了更足的信心。

只是……这学期熬夜实在有点凶，

从来没有过"今天起，今天睡"（通常过了零点才睡），

也真真切切地感受到了，熬夜对身体状态的副作用。

在此真诚建议同学们不要任性熬夜，能早睡就逼自己早睡。

青春是本钱，没错，可一旦透支干净了，

人生最好的状态便一去不复返了。

马上是一年一度的感恩节，从周二到周日有六天假期，

是本学期截至目前最长的假期！已经等不及放假了！

而圣诞假（也就是寒假），也只有不到一个月就要到了（鼓掌）！

招聘季

　　最近两周的课外活动不算多，因为招聘季已经悄然开始，班里不少同学开始出入于各大公司的宣讲会、晚餐会、招聘讨论会、模拟面试会。最奔忙的当属希望应聘投资银行和咨询公司的家伙们，高盛、摩根士丹利、麦肯锡、波士顿咨询公司和贝恩都是备受哈佛商学院 MBA 毕业生们欢迎的大东家。高大上的平台、出色的职业前景和令人羡慕的年薪是重要吸引点（MBA 毕业生第一年收入基本稳过百万）。谢天谢地，我暂时不需要加入水深火热的应聘大军，还能潜心享受一会儿商学院的校园生活。

活动

　　上周班里举行了一年一度的"升国旗仪式"（Flag Raising Ceremony），这是哈佛商学院的重要传统，每年 11 月中旬上演，旨在邀请国际学生们在所有同学面前介绍自己的祖国。哈佛商学院非常多元，我这届的留学生来自全球 70 个国家和地区，堪称小联合国（the little United Nations）。我们班 93 名同学，来自 29 个国家，比如中国、尼日利亚、新西兰、印度、意大利等等，汇集了五大洲和各种肤色的学生。

　　我和另两位中国同学也介绍了咱们伟大的祖国。演讲时的民族自豪感是相当强烈的，不禁想起电影《冲出亚马逊》中的一句经典台词："在这里，你我就是中国。"不过，一个令人有点遗憾的事实是，部分外国人对中国仍存在根深蒂固的偏见，比如"很多中国人杀狗、吃狗肉"，"中国到处是雾霾和地沟油"。我们的演讲自然也从破除偏见开始，向大家呈现了一个虽不完美，但一直在努力进步的东方大国。当大家看到中国日新月异的变化时（比如璀璨的上海滩、强大的互联网公司），都禁不住啧啧称赞。能在异国他乡向大家介绍不断变好的中国，是很幸福的事。

阅读

　　最近读的课外书里，我最喜欢的一本叫作《爆款：如何打造超级 IP》（*Blockbusters: Hit-making, Risk-taking, and the Big Business of Entertainment*），作者是哈佛商学院著名教授安妮塔·埃尔伯斯（Anita Elberse）。安妮塔教授是美国乃至世界顶尖的研究娱乐产业发展的商学教授，除了在哈佛从事教学研究工作外，她还是多家知名娱乐公司的特别顾问，同时也是一众艺人、球星的好友。下学期我可能会帮安妮塔教授"打工"，作为她的学生助理，开展关于"中国娱乐偶像经济"的研究课题。

Very excited about kick starting this project!
非常兴奋启动这个项目！

案例

　　另外，很多小伙伴希望我分享更多哈佛商学院的经典案例。由于版权保密要求，我无法在这里发布案例细节，不过以后会找时间和大家聊聊自己这学期最喜欢的15个案例，这些案例的主角包括：

　　阿里巴巴（Alibaba，中国头部互联网公司）、星巴克（Starbucks，国际咖啡连锁店）、珑骧（Longchamp，法国奢侈品皮具品牌）、乐天市场（Rakuten，日本知名电商平台）、福耀玻璃（Fuyao Glass，世界级汽车玻璃制造商）、宝珀（Blancpain，瑞士高端的手表品牌之一）、联合利华（Unilever，全球快消、零售巨头）、达美乐比萨（Domino's Pizza，美国著名比萨品牌）、英美资源集团（Anglo American，世界知名的采矿公司）、诺德斯特龙（Nordstrom，美国高端连锁百货店）、国际商业机器公司 [IBM，全球顶级 IT（信息技术）公司]、美国联合航空公司（United Airlines，美国大型航空公司）、苹果公司（Apple Inc.，美国 IT 科技企业）、瑞典商业银行（Svenska Handelsbanken，北欧知名的银行集团）、希爱力（Cialis，嗯，好奇的同学请自行搜索）。

　　本次碎碎念结束之前，再和大家分享我远在国内的两只小女猫的近照！妞妞（猫妈妈）和桃桃（猫女儿）在我妈 Karen（她的英文名）同学的悉心照料下，在北京的家里无忧无虑地生活着。好久没见到她们了，真想念啊！

在你和世界之间

↖ 桃桃的四只小爪子好乖

↖ 妞妞最近似乎在逆生长，越来越像小奶猫了

好啦，波士顿时间已经深夜十二点多了，那就先写到这里。
新的一周，记得要好好加油！

晚安 & 午安
LEO
于哈佛商学院

LEO 读《青春》| 塞缪尔·厄尔曼 ————

在阳光加州②的
寒假日记

（内附学期总结）

沐浴在加州
能量满格的灿烂阳光里

Heyyy，冬天快乐，朋友们！

正在放寒假的 LEO 小哥我冒泡了！

此时此刻我坐在洛杉矶比弗利山庄一家历史悠久的法国甜品店里，

一个人、一杯咖啡、一盘马卡龙、一台笔记本电脑，

在好莱坞的夜色中悠闲地码字，

感受疯狂学期后的难得的闲适。

深冬时节，你过得好吗？

我知道，最近很多小伙伴在备战各种考试：

期末考、考研、四六级、出国考试、职业资格考试……

我知道这段时间可能是你今年最大的水逆期，

最难熬的水深火热的日子。

但我想跟你说：别怕，

很累很累的时候，就告诉自己——

---

② 指美国的加利福尼亚州，下文简写为"加州"。——编者

在你和世界之间

你绝不是一个人，

还有很多小伙伴，比你起点低，比你压力大，

比你苦，比你累，

比你更想哭，更想逃，更想放弃，

但只要还有一点信念，就要——

Keep calm and carry on.
保持冷静，继续前行。

别忘了，我在这里为你加油呢。

学期回顾

光阴荏苒，时光飞逝（哈，转个陈词滥调），美好的哈佛商学院秋季学期竟然已经结束了，结束了，结束了。昨天似乎还是八月底的夏末开学季，如今已经快到圣诞和元旦了。

确实啊，如果你每天都忙碌不休，时间会过得比流水还快。那么就先以 LEO 镜头中的哈佛风景前五名，纪念过去这一年一去不返的夏末、秋天和初冬吧。

（都是自己拍的，没有偏爱，不分先后）

最后一门期末考以后的随拍，没了压力，怎么看都是美的

连接哈佛主校区和哈佛商学院的桥梁

在秋天遇见哈佛

在你和世界之间

"冬江水冷鸭先知"

黄昏时分的查尔斯河

上周末美国东海岸普降初雪，我在期末备考之余，忙里偷闲回了一趟本科母校耶鲁参加校友聚会，那里的雪更大，更美。没办法，我对耶鲁的感情永远胜过其他任何一所学校。

"霍格沃茨魔法学院"

我在耶鲁时的宿舍楼

颜值颇高且有学霸气质的雪人

耶鲁后山的雪后上山路

刚刚过去的这学期大概可以用一串数字总结一二：

◎ 上了 6 门课程：领导力、财务管理、金融、营销、科技与运营管理、综合实践。

◎ 分析了 300+ 个商业案例，每一个都是认真读完、学完的。

◎ 参加了 30+ 个考试。小到半小时一次的测试，大到一场 4.5 小时的期末考，考试时当学生的感觉最为真切。

◎ 参加了 5 场派对，1 次都没喝醉。不多，对不对？

Told you, I'm not a party animal.
告诉过你，我不是一个"派对动物"。

◎ 去了 50 次健身房，平均每 2.2 天 1 次，下学期要再高频一点。

◎ 听了 10 个演讲 / 讲座，主讲人包括商业大亨、政治人物、知名教授等。

商业案例材料

考场入口

◎ 做了 3 次饭。平常基本吃食堂，这几次做饭也不是为了打牙祭，而是纯粹社交聚会。

◎ 看了 12 部电影。时间太少，否则恨不得每天 1 部，最喜欢的是《寻梦环游记》（Coco）。

◎ 读了 9 本课外书。时间太少，否则每周 2 本。

◎ 飞行了 10 次。比以前旅行的频率降低了。

◎ 出了 1 次国。去哥伦比亚首都波哥大做社会经济调查。

◎ 看了 14 个潜在投资项目。主要是文娱和科技产业，都很有意思。

◎ 写了 30 篇原创文章。还不够多，下学期要更高产。

◎ 发布了 120+ 篇"学长 LEO"公众号推送。累并快乐着。

◎ 熬夜 110+ 次。定义：凌晨 1 点以后睡觉为熬夜。所以几乎是每天必熬了，真的不可持续。

李柘远，你要停止熬夜了。

新学期展望

这样看来，这学期过得还是比较充实的，如果满分 10 分，我会给自己打 8 分。但是有收获就必有遗憾。下学期，我希望在这些方面做得更好：

第一个要提高的必须是睡眠质量，过去几个月熬夜熬成了老油条，这几天虽然放假了，压力小了，但还是睡不好，经常睡了 5 小时就会自然醒，期待尽快调整回睡得像婴儿一样香（sleep like a baby）的状态。下学期一定要给自己适当减减工作量，多睡点觉，哥还想再鲜几年呢，所以睡眠真的不可忽视。

第二个就是多留一点时间和最好的朋友们多聚，这学期多次收到不同好友的抱怨："LEO，你是消失了吗？总是见不到你……""喂，能不能当朋友了？总没法把你约出来。"唉，谁让我给自己布置了太多任务？想要做太多事情的代价，便是牺牲部分社交，和一些人变得不那么熟。宝宝心里苦，但宝宝不说。

下学期，我一定要多留些时间给好朋友们，还要每周至少和一个没那么熟的同学喝咖啡、聊天，增进了解。不过不是为了找女朋友啊，只是希望多一些观点的交流，发现更多人身上的闪光之处。

第三个、第四个暂时保密，嘿嘿。都是让我倍感兴奋的事情，之后再来跟大家一一揭晓③。

对了，上周此时，哈佛商学院公布了新一学年的首批录取新生名单。真的很为我们班一个女生开心，因为她的新婚丈夫刚刚在这一轮收到了offer（录取通知书），小两口可以在明年夏天的哈佛校园团聚了！

公布录取结果时，刚好是我们的下课时间，还记得这位女同学在走廊上抱着手机欢呼雀跃，几秒后又激动地哭出声音的情景，从没见她如此开心过！确实，夫妻俩都被录取真的太不容易了。我上前给了她一个大大的拥抱，那一刻，自己竟也有点想哭。

接下去两天，我会作为在校生代表之一，和招生办一起给大中华地区被录取的几位新生打祝贺电话，真的很为他们高兴！

说到这个寒假的安排呢，我基本会在加州（好莱坞、硅谷）半休假半工作，也许还会"打飞的"回北京出个短差。还是想说：

Life is beautiful.
生活是美好的。

---

③当时这两件事情包括：我参与的电影投资项目《少年的你》顺利杀青，并即将进入上映前准备；我的第二本书《学习高手》完稿，并开启出版前的冲刺步骤。

那么，就先碎碎念到这里吧。
圣诞和元旦就要到了，
提前祝大家伙儿节日快乐！
假期愉快（Happy Holidays）！

记得照顾好自己，
让我们一起期盼，
更棒的新一年。

LEO
于好莱坞

在你和世界之间

立春后的
新学期生活分享

看不够哈佛校园里的雪

Hello world! 久违的哈佛碎碎念模式的我

回来了!

今天，我以迅雷不及掩耳盗铃儿响叮当里个儿当之势，
读完了明天上课的所有案例材料。
现在是波士顿时间周一深夜快零点，
我正坐在哈佛大学本科校区的拉蒙特图书馆（Lamont Library）——
这是全哈佛唯一一家会通宵开放的图书馆，
开始写这篇哈佛生活小记。

周围大多是正在发奋图强的本科生，

在一群 95 后甚至 00 后里，

90 后的我俨然有点上年纪了（淡淡的忧伤）。

这学期开学已有三周，虽然立春已经一周多了，

但波士顿这旮旯儿通常会冷到人间四月天，

前几天还下了一场大雪。

这学期的课业量依然很大，五门课排得满满登登，打印出来的部分案例阅读材料，已经填满了一个大纸箱，看着就觉得激动。吼吼，又能学到不少东西了。

这五门课分别是讨论国家和区域宏观经济发展的商业、政府与国际经济课（BGIE，Business, Government & International Economy），讨论创业的科技与创业管理课（TEM，Technology & Entrepreneurial Management），讨论商业策略的战略课（Strategy），讨论公司金融管理的金融课（Finance），还有讨论公司管理的领导力与企业责任课（LCA，Leadership & Corporate Accountability）。

这学期的部分案例阅读材料

煲汤留念

大半夜的先不聊太多学术，说点轻松的，嘿嘿。这学期立了一个目标，就是要开始给自己补充营养——摄入更多更适合咱们东亚人、中国胃的营养美味。

前几天我从波士顿的亚洲超市搬回一个电饭煲，这几天开始给自己煲汤煮粥喝，已经陆续做了"LEO牌鲜蔬玉米排骨汤""LEO牌极味海鲜汤"以及"LEO牌香浓八宝粥"！

煲汤的时候挺臭屁地拍了几张照留念。不过前天煮的八宝粥实在太好喝了，狼吞虎咽干净了才意识到忘了拍照。那就以后如果煮了，再拍给大家看啦。

好了，现在准备收拾书包回宿舍睡觉。
在寂静的校园里，背着书包哼着小曲儿，
迈着轻快的步伐，走回河对岸的温暖小窝。
（其实室外目前零下十几摄氏度。）

大家伙儿在国内好好过年，
替我多吃点好吃的，尤其是饺子！

祝每一位伙伴，
春节快乐、过年好！

LEO

于拉蒙特图书馆

说走就走，
忙里偷闲
去旅行

一日不见如隔三秋，
距离上次碎碎念已过去两个月，
这是多少个"秋天"了？

久违了大家伙儿！我回来了！
这学期的学习和工作比上学期还忙，
时不时忙到飞起，所以感觉时间过得特快，
上一篇哈佛生活小记要追溯到遥远的初春咯。

一转眼，好家伙！
马上要五月份，这学期也即将画上句号。
实际上，这一周所有课都要结课了，
然后下周和下下周是不让人喘气的期末考试（兴奋地搓搓手）。

这学期我有五门课面临期末考试的任务，
咚个隆咚锵。
其实今天已经有了考前的硝烟味，

下午去了一门课的复习课（review session），
我可是准时到的教室啊，结果硬是没挤进去，
哈佛商学院的学生们都太刻苦了有没有？
连一堂可去可不去的复习课，
教室都能被挤爆了，走道上也满满当当。
没辙，只好站着听了一个小时，真棒。

咦，好像没按自己刚想的提纲进行碎碎念，
怎么先把复习这事说了，
好吧，折回来，重新按时间顺序继续念。

在你和世界之间

冰岛之行

我前段时间去了冰岛旅行！当时刚好是长周末（long weekend），周一不上课。周五下课前有同学吆喝："How about a weekend getaway in Iceland?"（周末去冰岛来个说走就走的旅行，怎么样？）结果马上得到了若干同学的拍手附和，包括我自己。下午三点下课马上买机票，五点去机场，七点就登上了飞往冰岛首都雷克雅未克的航班，有够"说走就走"吧？

我觉得啊，学生时代就是要不羁爱自由一点。在旅行这件事上，说走就走、心血来潮、不按牌理出牌，才更能感受到旅行的酣畅，玩得更尽兴。于是，一行人嘻嘻哈哈从波士顿横跨大西洋，飞行五个多小时到了北极下面的冰岛——这个孤独遥远的国家，降落在了地球上最北的首都雷克雅未克。

我对冰岛一直很向往，因为看过的多部电影都在这个神奇的岛屿取景，比如《星际穿越》《古墓丽影》和007系列的部分镜头。身临其境，果然没让人失望，真的太美了！好几次我都有了"这是不是外星球"的错觉。

悄咪咪地说，冰岛真适合新婚度蜜月去。

拥有奇异形状的地标式教堂

鸟瞰首都雷克雅未克小城

冰原与雪山

蔚蓝的星球

在你和世界之间

平凡之路

面朝大海，春暖花开

在一幢漂亮的民宅前留个影

静悄悄的雷克雅未克

瓦蓝蓝的天空下有座图书馆

哈佛四月

赏完冰岛美景，再让大家看看哈佛的春景吧！

这段时间波士顿终于开始暖了，终于。

这座四月份还会突然神经病般下场大雪的城市，

总算入春了！

过去两天尤其暖和，

好身材的同学们已经迫不及待穿起了——

T 恤、裙子、大短裤……

整个校园可谓景美人更美，嘻嘻。

人的照片暂时没有，不过景的照片还是不少。

这几天走在路上都有闲情逸致地拍了两张，来分享一发。

院子里的樱花开了

查尔斯河畔跑步时的夕阳随拍

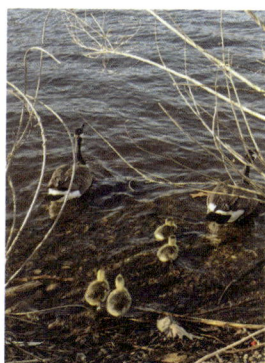

河边野鸭家族的新成员！

期末整蛊

上面说到这周所有课都要结课了，这里就要和同学们介绍一个哈佛许愿的好玩传统了，叫作"roast"，中文可以翻译成"整蛊"。每门课程的最后一堂课上，都会有一个同学代表全班同学"整蛊"教授。具体怎么做呢？就是极尽所能地恶搞教授。从他的口头禅、习惯性动作、口音，到上课时出过的窘事，再到可能并不为人所知的私生活，都可能成为 roast 的素材。

"Roast"可谓学期结束前的高光时刻之一，总能让大家捧腹大笑。当然啦，"恶搞"的出发点绝对是好的、善意的，不是让教授难堪和下不了台，而是把他们更私人化的一面，用幽默可爱的方式展现出来，在 roast 结束时，同学们通常会起立为教授鼓掌喝彩，感谢他们一学期以来的辛勤教诲。

政府与国际经济课结课时，我们也狠狠 roast 了一把这门课的教授—— 一位女生缘极高、颜值在线的法国绅士，班里甚至有女生公然暗恋他。哦不对，是明恋。绅士教授说着一口带浓厚法语味道的英语，上课时基本是一本正经范儿，永远西装革履，给人淡淡的距离感，但偶尔还是能透露出法兰西特有的浪（撩）漫（人）气质。比如你发言时，他可能会用那双忧郁的眼睛，"深情"地盯你良久（有女生被"电"得不轻）；又比如，他可能会走到你的座位前，靠近你，再靠近你，然后俯身听你阐述观点，也许还会流露出蒙娜丽莎般的神秘微笑。好了，打住，感觉我把好端端的教授说成了猥琐男、老司机。

不管怎样，对他的整蛊实在太精彩了，roast 他的同学极擅长"挖坟"，甚至把教授十多年前在脸书上发过的各种现在看来炯炯有神的照片，也刨了出来供大家欣赏。嗯，当年的教授，还是正太一枚……

Roast 接近尾声时，教授自己突然兴奋了，他抛弃了过去一整个学期的"高贵端庄"，彻底放飞了自我，蹦着跳着跑到最后一排，然后又跑回了教室中央，和着音乐跳起了舞！

顷刻间整个班变成了盛大的派对，同学们纷纷欢呼着离开座位，跑到前排一起舞蹈。而我，也用手机记录下了这一珍贵的瞬间。（请用中国中央电视台播音腔朗读这句话。）

　　好了，学习间隙小憩（study break）到此告一段落，我继续去学一小会儿，今天不想熬大夜……

　　我的晚安，你的午安，在世界的不同角落，我们都要照顾好自己。

比个心

LEO

常有小伙伴问：哈佛商学院上课是全电脑或电子化的吗？

来，我揭晓答案——当然不是咯。

首先，学生们上课通常是不许用手机和电脑的（金融投资课做模型时除外），这是为了最大化降低干扰，确保每个人专心于课堂讨论。另外，除了PPT课件、教学视频以外，教授们都是用粉笔写板书的，每间阶梯教室有六块黑板，方便教授们分主题进行"板书创作"。一节80分钟的课下来，他们通常能把所有黑板都写满。（确实挺能写……）

为满足大家的好奇心，我在课间特地拍了几种不同风格的教授板书来给同学们瞧瞧。字体和风格是不是都很不一样？

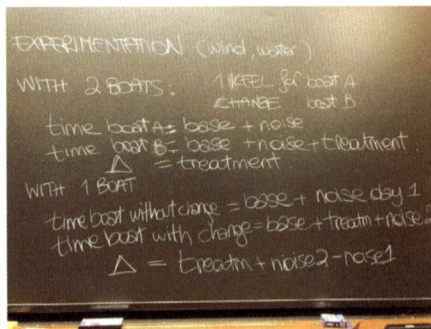

↖ 丰腴蠢萌版

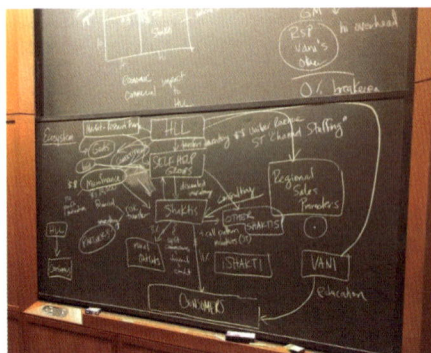

↖ 张牙舞爪版

哈佛课堂的板书，都长啥样？

琳琅满目版

工整有序版

丰腴蠢萌版2

有位教授似乎特别喜欢以画代字，并且这位仁兄对自己的画工充满自信，于是有了如下的"印象派"板书。很可爱，有没有？

"印象派"板书

时隔半年多，
哈佛学习生活
碎碎念
又回来了！

气温虽低，却是艳阳高照的一天

Hey Hi Hello Yo!

大家周日好！

春节假期后的第一个周末，
希望你过得非常开心。

每到国内周末快结束的时候，
我都会越发觉得——

在慢十二个小时的西半球也挺好。

啊哈哈哈！
现在波士顿时间依旧是周六（假装周末才刚刚开始），
距离下周一还有大概十万秒（真多，怎么办？）。

所以，你正在看的这篇小文，
是时隔半年多，
热腾腾出炉的、久违的——
LEO 牌哈佛学习生活碎碎念。
其实周五还没结束的时候，
就期待写这篇碎碎念。

上学期我请了间隔学期（gap semester）的假，
基本在国内忙工作。
一月底回到波士顿以后，
就想着赶紧重启校园日记，
无奈学业和工作还有生活的杂七杂八，
各项 to-do 一起压过来，
直到今天才得空，
把开学半个月以来的照片和随想一并整理出来。

今天周六，
刚把宿舍里里外外全面打扫了个透，
"小窝"重新变成"小屋"。
在属于自己的这方窗明几净的温暖空间里，
煮一壶清茶，洗一碗黑加仑和车厘子，
在写字台边坐定，开始码字。

在你和世界之间

Happiness abounds.
幸福环绕！

2019 年底就要从哈佛毕业了——

原本的夏季毕业，

将因为间隔学期顺延到冬季，

意味着今年就要正式和学生时代作别。

起码在未来很多年里，

都不会再背着书包上学念书了——

当然，也意味着，

哈佛碎碎念写一篇少一篇了。

在从北京飞回来的航班上我告诉自己，

一定不能辜负毕业倒计时里的每一天，

尽可能不留遗憾。

象牙塔里的生活，

远比在社会里摸爬滚打要单纯美好许多。

坦率地讲，过去这两三年来，

我在社会这所"江湖大学"里见识了许多。

在学校里不可能遇到的"奇葩"的人和事，

人性的庸俗和丑陋有时会超出我们的想象。

但我还是想说，

不论有多少乌烟瘴气存在，

我们的生活依旧阳光普照。

We should have confidence in this world，
and in ourselves.
我们要对这个世界有信心，也要对自己有信心。

做好我们自己，永远不要随波逐流。

欸，怎么突然把话题变"沉重"了？
来，下面进入这篇碎碎念的正式分享环节，
图文并茂，内容丰富。

二年级课业

　　哈佛商学院二年级和一年级的课业设置很不一样，一年级的课表全部是学校安排好的，大家修的是一模一样的"基础课"，而二年级就是另外一番天地了，全部是选修课，可以自由放飞地在几百门课里选择自己最想学的。

　　这学期我故意给自己选了比大多数同学多的课。因为想上的课真是不少，纠结了一整周才把课表定下来。

＼　这学期五颜六色的课业日程表

除了哈佛商学院最见长的商业管理、领导力和品牌运营等主题的大课之外，我也选了和宏观经济局势、全球贸易相关的课，所以在这学期，不但能学习诸如"美国联合航空合并美国大陆航空"这样的经典兼并收购案，美国职业橄榄球大联盟"超级碗"决赛夜的广告营销门道，还能深入探讨诸如莱索托、乍得这些非洲国家的经济发展，撒切尔夫人、艾伦·格林斯潘等呼风唤雨的人物的政经政策。

　　这学期依然喜欢到本科生常去的拉蒙特图书馆自习，坐在一群学弟学妹中间，偶有返老还童之感。这家图书馆颇具人气，一般吃完晚饭去的时候，所有"头等座"已经被占完了。但前几天的一个晚上去，竟然得到一整块被书架环绕的自习区，遂嘚瑟地拍照留念。在这片安静的小天地里学习，"巴适得板"。

　　有时也喜欢到学校旁边的咖啡馆学习，点一杯抹茶拿铁，边喝边读案例，很惬逸。

　　被书墙环绕的独属于我的自习区

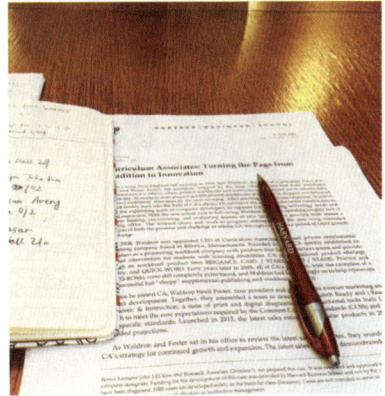

抹茶拿铁加阅读作业，很惬意

生活里的风景

不管日程多紧张，我都喜欢忙里偷闲用手机拍照。生活中其实有太多值得记录下来的瞬间，就看你自己有没有那根弦。同样的生活，你可以过得很单调，也可以过得很立体，一切取决于你。

回来的这半个月，哈佛的天气阴晴雨雪"全聚得"：既有初春暖意融融的天，也有体感温度零下二十四摄氏度的"冻狗日"。

比如前几天突降暴雪，两小时内大雪就把校园变成了一个冰雪大世界。晚上从图书馆出来，雪已经积到了小腿肚。

连体脂率目测 99% 的"月半"松鼠都扛不住了，在风雪中楚楚"冻人（鼠）"，两只爪子也不禁揣进了袖兜儿。

在你和世界之间

哈佛雪世界

结冰的查尔斯河和冬日暖阳

在雪后初霁的阳光里，学生们都不禁捏起了小鸭子

部分教学楼一楼的窗子被埋没了一半

揣袖兜儿的松鼠伙计

雪后初霁，一片欣然，沁人心脾，有没有？

饕食

说完学习，看完风景，接下来这"趴"当然要说除了呼吸之外，人类最基本的一项活动——吃。

开学时我就立志，这一年要把波士顿最有"腔调"的餐馆都体验一遍！立这个目标是得有相当的勇气的，哎哟喂，毕竟在"吃"这件事上还是不能太肆意放飞，咱有"体脂率维持强迫症"，哈哈哈。

首先，装模作样"健康"一下：自己配的牛油果＋番茄＋各种"草"的沙拉。

健康沙拉

下面开始放飞——

"海鲜总汇"锅：扇贝、
海虹、龙虾、牡蛎……

进一步得寸进尺地放飞：和同
学们到中国城川菜馆吃串串

吃了能强身健体

以上这些都是偶尔吃吃，偶尔打个牙祭，真的。绝大多数时候我都是在学校食堂吃，很健康的，哈哈哈。

对了，最近在中国餐馆吃饭时抽到了两张"命运字条"（fortune cookie），字条上的话让我觉得特别暖心，分享给大家。

Everyday there is sad news and bad news,
but each day itself is glad news.
每天都有令人悲伤的消息、坏消息，
但"每一天的到来"这件事本身就已经是令人开心的好消息了。

在你和世界之间

Doors will be opening
for you in many areas of your life.
（机会 / 好运的）大门会在你生命的很多方面为你打开。

　　春天是万物复苏的季节，更是我们要努力开始精进的时候。每年二三月份有些伙伴说自己好像年还没过完、假还没放够。越是这个时候，就越不能继续颓废和无力！赶紧振作起来，行动起来，学习和工作起来！（cheer up, act up and study & work up! ）就像上面这两张小字条上说的，很多机会正在等着你，只要你够努力。

惬意生活

　　学习、工作之外，当然还要有生活，再给大家看看比较零散的、最近生活的各种小片段。

　　这学期在坚持每天读 15~20 分钟的日语文章，好久没用日语，怕久了会生疏。

我的日常日语阅读

朋友送了我一个太
阳神阿波罗雕塑形状的
杯子，这学期在宿舍里
用了起来，爱不释手。

这个杯子真的很有气质，对不对？

每次看到我的茶具，内心便会宁静下来

从北京带来了一套茶具，
茶壶、茶盒、茶杯，终于在
朋友来波士顿时派上了用场。
陋室品茗，不亦乐乎。

不知不觉又码了不少字，
突然想起来还没吃晚饭，
我先去买点消夜充饥。
在深夜饥肠辘辘的时候，
尤其想念国内的各种——
便捷到不能再便捷的外卖软件……

我的晚安，你的午安
周日快乐，新一周加油
LEO

在你和世界之间

按下忙碌的
暂停键，
果断做减法后，
我回来了

同学们、伙计们，
在周二这个不按牌理出牌的碎碎念推送日，
我回来了！

真的好久不见，
希望大家最近都很好。

　　过去的这一个多月，我有意给自己减了一些任务——无论是国内的工作项目，还是和"学长 LEO"相关的新媒体内容推送、课程制作等活动，这是很长时间以来的第一次放假。老实说，一开始真的不适应，生活一下子"空"了不少，起初竟不知该如何填满。不过我很快意识到两点：

　　第一，生活不需要永远满满登登。最好的艺术品通常有留白，生活其实也是如此。最佳的生活状态中一定要有适量放空的时间，哪怕什么都不看、不听、不想、不做，只是平静呼吸，也是很舒服的体验。

第二，我给自己上发条确实上了太久，一直在忙碌不停的模式下前行，比较消耗身心，也势必不可持续，甚至出现风险。

在这段半停工的日子里，除了每天上课学习之外（哈佛学业之忙大家有目共睹，其实已经占了很多时间和精力），还腾出了更多时间做自己一直想"做得更多"的事，比如：

◎ 沿河边跑步。

◎ 读和学习、工作不相关的书、文章。

◎ 跟同学聊天社交。

◎ 补看了之前一直没空看的电影。

◎ 去了几次哈佛艺术博物馆（Harvard Art Museums），这里有我喜欢的高更和凡·高的作品，还有莫奈、毕加索等那个时代的天才的作品。如果你来哈佛，一定不能错过这家博物馆。

◎ 做了两次饭。

◎ 睡眠。惭愧地讲，时间并没变长。好像已经不太会睡觉了，连续睡八小时对我来说难度不小，不过入睡前的心情总归比之前更平静、释然。这也是好事。

四月的波士顿总算告别漫长寒冬，正式入春。校园里的各种花陆续开了，像粉樱和木兰。有了花的学校就像有了水的城市，生气和灵气都回来了。走在被新绿和花香包围的上学路上，人也有种从内到外被"更新"了一次的感觉，很清爽、愉悦。

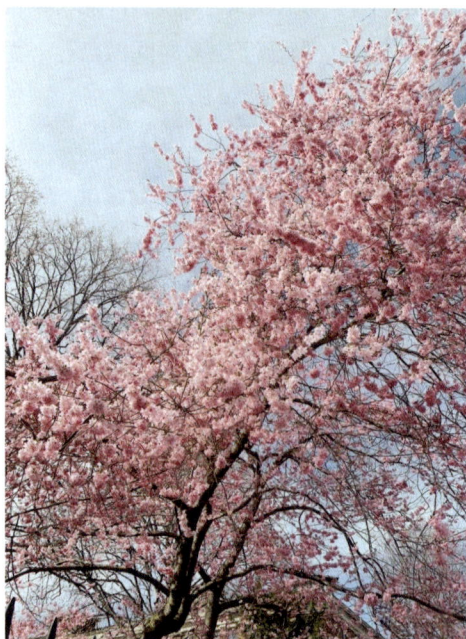

满开的粉樱

　　春天里，友人们也纷至沓来。北京的几位朋友来波士顿，许久不见，分外亲切。大家有个同感：在国内时各自忙碌，被生活和工作的负担压得无暇聚会，就算见面也往往是急火火的，心中还总惦记着没做完的事。但在国外旅行时见到就完全不同了，暂时屏蔽所有的急三火四、焦头烂额之后，朋友们能更"敞开了"地聊天，一起在异乡风景里减压，感觉好极了。

　　朋友中有一对性格温润随和的夫妇，这次专门请假到美国放松几天，之后去古巴一周。按他们的话说，自己都已是"五十岁的人了"（实际还没到四十五岁），在国内事业成功的同时，感情也经营得很好。我陪他们吃波士顿海鲜，漫步哈佛校园，当了一天幸福的"电灯泡"。之所以幸福，是因为在各种微小细节里充分感受到了他们的默契合拍。在长久的爱情中，对彼此的呵护绝不是洋溢在外面的，而是沉淀在内里的。看着这两位朋友的互动，一起行走了一天的"单身狗"也觉得暖暖的。

在哈佛的大纪念堂里给他们拍了一张照片。他们很喜欢，说拍出了初恋的感觉。

说完朋友，再说几个最近生活里的小确幸吧。有时，一个几乎要和你擦身而过的很微小的细节也会让你嘴角上扬，只要你懂得在繁忙之中慢下一拍。

一个月前的某天大雪纷飞，在校园里偶遇从佛罗里达州开来的小车，车牌上的"Sunshine State"（阳光州），好像也能让人温暖五秒钟。

日子虽忙，运动绝不可少，过去一段时间依旧坚持每天起码做一会儿有氧运动：不下雪的日子在河边跑步；下雪天或者寒意仍浓的清晨，就在学校健身房骑单车。哈佛学生其实缺觉的占绝大多数，但很多人都很自律，对课业、工作和健身有着不可妥协的仪式感。外面天还没大亮，健身房里就有不少人开始挥汗锻炼了。有

这辆小车来自温暖的佛罗里达州

朋友夫妇的幸福合影

在你和世界之间

时候你只要逼自己多一点点，整个世界就会变得完全不同。

　　还有一个暖心时刻。某天课间，这学期的一位教授径直走到我座位前跟我说："LEO，你知道吗，一直想跟你说，我儿子也叫 LEO，正在加州读本科，我好久没见到他了。这个圣诞节他在国外旅行，也没回家团聚。看到你，我就特别想我儿子，谢谢你的名字让我想起了他。"说这些话的时候，女教授的眼睛都有点红，我也差点眼角泛酸。有时候，几句听上去再朴素不过的话，也足以让你温暖很久很久。

**四月天气渐热，也是感冒高发时节，
春捂秋冻，早晚还是要注意防止着凉。**

暮春快乐！

LEO

哈佛爱情故事，
聊聊这些年
我被喂的"狗粮"

Everyone say hi to Melissa!

（大家一起向梅莉萨问好！）

Heyyy Melissa!!!

（梅莉萨，你好啊！！！）

　　某个周日晚，班级的比萨派对，六十多个同班同学一起笑着向投影屏幕里的金发女孩问好。我拍拍站在自己旁边的 Jeffrey（杰弗里），酸溜溜地对他说："怎么样伙计，又想女朋友了吧，嗯？"

　　Jeffrey（下称"小 J"）是会穿着方格裙在广场跳舞的苏格兰小哥，我们班的好男人 + 大活宝，哦不，换成更应景的中文应该是——"撒狗粮"专业户。Melissa 是小 J 的女（未）朋（婚）友（妻），目前在伦敦上班。两人已经交往了五年有余，按小 J 的话说，他俩是同风雨、共患难的天生一对，"全宇宙唯爱Melissa"是小 J 亘古不变的口头禅，多次齁晕班上同学。

　　在哈佛商学院两年，大大小小的假期也有十来个。90% 的休假时间里，这两人是"漂洋过海来看你"的状态，不是小 J 飞去伦敦陪女友，就是 Melissa"打飞的"到波士顿会情郎，要么就是"夫妻双双世界游"。最夸张的是周五深夜往，周日清晨返。

大西洋，被他们生生变成了一湾浅浅的海峡，任性来回没商量。而性格开朗可爱的 Melissa，也自然地成了大伙最熟悉、最喜欢的同学家属。班里有些同学以吐槽这一对为乐：

> Dude（兄弟），你说你们在一起好多年，也算老夫老妻了吧，咋就这么腻歪呢？哎呀，简直受不了。

每每被人这么"嘲笑"，小 J 总是半眯着眼睛，微微扬起嘴角，用他那独特的苏格兰口音气定神闲地说：

> 我们的世界你不懂。Melissa，我就是爱不够。

忘了说，MBA 一年级时有一整个学期，小 J 和我是同桌（在哈佛商学院，比邻而坐的学生互称"seatmate"，即同桌）。于是，我也被小 J 和 Melissa 的爱情故事正面辐射了近五个月。

还好，我内心比较强大，没觉得太被虐着。说起原因，那也是淡淡的忧伤，因为——在哈佛这片园子，我见过太多令人羡慕的爱情。看多了，也就不太羡慕了。不过，别人家的美好感情，还是给了我十足的正能量。

哈佛情侣档中最普遍的类型，仍然和"学霸属性"脱不了干系，那就是——一人能拼，二人搭伙更能拼。

哈佛商学院的 MBA 们来自美国本土和世界各地，不乏在校园和职场中叱咤风云的狠角色，可谓"没有吃素的"。能出成绩的一大原因，用三个字总结就是：有狼性。

对目标的坚定和对自我的高要求，和饿狼扑食的那股劲比，有过之而无不及。Ashley（阿什莉）和 Dan（丹）就是"鸡血情侣"的典范。他们都来自美国南方，读本科时走到了一起，同样毕业于亚利桑那州立大学，同样在快消品公司工作了四年，同样是各自公司里业绩拔尖的佼佼者。接着，两人一起申请商学院，一起被录取。

然而，在人才济济的哈佛，两人纵使优秀，从学历和工作履历上来说，并不算闪耀。

不过我必须得说，他俩有着比多数哈佛学生还要强大的动力和决心。刚入学时，我、Ashley 和 Dan 在一个新生下午茶会上聊了起来，当问到未来打算时，Ashley 果断说了下面这段话：

> Dan 和我来哈佛只有两件事要做。一件事，是不枉费得来不易的深造机会，好好学习，争取每一科都拿到最高档的成绩；另一件事，是应聘进入排名前三的咨询公司——最好是麦肯锡的纽约办公室，成为一名管理咨询师。

Ashley 说话时的坦率和自信着实让我觉得，这个女生、这对恋人，一定不简单。

学期开始后，Ashley 和 Dan 开启了奋斗模式。在我和很多同学看来，他俩不像你侬我侬的情侣，更像默契无间的战友。除了散步时偶尔拉个手，就再也没有其他秀恩爱的举动了。两人组成了一个自律到可怕的 team（小队），也确实没时间秀恩爱。

虽然被分到了不同班级，但 Ashley 和 Dan 是最拆不散的学习拍档。我是图书馆的常客，也被不少人比作"学生中的战斗机"，但依然不敢自诩为"最刻苦的那个人"，因为 Ashley 和 Dan，比我的段位要高。

怎么说呢？除了有特殊情况（比如招聘活动），他们一定会在一天的课上完后，相约商学院图书馆二楼东北角的自习长桌，坐定，拿出第二天要研学的案例材料，开始学习。

仪式感不是嘴上说说而已，而是日复一日的坚持。永远是固定的时间、固定的地点、固定的时长——在学习两个半小时后，他们会换上运动衣，一起去健身房锻炼，然后在晚饭后回到图书馆继续自习。

有次我和他俩一起啃案例，适逢两人对一道讨论题产生了观点上的分歧。

> Ashley："不对，应该这么理解，教授在上课时讲过 ×× 原理……"

Dan："No no，你不能直接套用那个原理，那个原理在这个案例里是不适用的。相信我，我的解释才是正确的，否则……"

实际上，那是道没有唯一正解的开放性研讨题。换成其他人，就算意见相左，也不会把讨论演变成一场辩论。Ashley 和 Dan 却不善罢甘休，都坚信自己的观点更对头。结果呢？两人竟然抱着电脑、带着案例材料，直奔图书馆旁边的教授办公楼去了——一定要找权威专家探个究竟。

带着对学习近乎偏执的认真，两人在一年级的 10 门课程中都拿到了 9 个"第一等"，在各自的班里傲视群雄，成了哈佛认证的佼佼者。

上面说到两人在哈佛的第二个大目标，是应聘进管理咨询公司。不管世事如何变迁，管理咨询（management consulting）公司一直是不少哈佛 MBA 心中理想的下一站。虽然我们学校是麦肯锡、波士顿咨询公司和贝恩（它们并称"MBB"，是管理咨询行业的 Top 3）雷打不动的生源基地，但几百个哈佛 MBA 争夺数量有限的 offer，内部竞争程度也相当可观。

Ashley 和 Dan 在这届想做咨询的同学里并不出众：没有常春藤本科学历，没有大公司的履历背书。如果看简历，也许招聘官不会觉得他们强大。可我相信，他们是无人能及地强大。因为，他们是真正的超能情侣（power couple）——知道自己出发点低、有短板，所以要当两只刻苦的"早起鸟"，比翼双飞，互相打气，拼命赶上。

一年级上学期开学那段时间，当许多同学忙于探索哈佛和波士顿、流连于各种新生社交活动时，Ashley 和 Dan 已经开始备战几个月后的咨询公司夏季实习申请。

两人一起钻研开学前就买好的咨询行业案例面试指导书，一起加入学校的管理咨询俱乐部，一起请教已经拿到全职 offer 的二年级师兄，一起参加咨询公司的宣讲会。

一个周六下午，我在宿舍楼的公共休息室看书，这两人在旁边做模拟面试。那天，Ashley 状态不好，困倦疲惫，似乎生了病。如果我是 Dan，一定会心疼地揽女友入怀，摸摸头、捏捏手，再递上一杯热水，或者干脆带她回宿舍休息。

只不过那一刻我忘了，Dan 除了是 Ashley 的男友，也是她的战友。在那个距离正式面试只有半个月的下午，Dan 的战友属性完胜了男友力。

　　　　加油！打起精神来，别睡着了可以吗？你不想练，我还想练呢！哎，快点，开始下一道题！

　　Dan 几乎是用"吼"的方式对 Ashley 说出了这些话。换其他任何一个女生，估计多少都会觉得委屈吧？

　　　　好，你说得对！我们继续！

　　被 Dan 吼了一声的 Ashley 猛然坐直了身子，用力拍了拍头，又回归了惯常干练、努力的状态。委屈、生气？根本不存在。
　　在一旁听到"战斗情侣"的这段对话，我只能在心里默念一句：Good luck, Ashley...（好运，阿什莉……）

　　应聘的结果，不用我说大家也猜到了。Ashley 和 Dan 双双拿到麦肯锡纽约办公室的夏季实习录取通知书，又以优异表现在二年级开学时收到了麦府（麦肯锡别称）的全职工作邀约。
　　这对战斗恋人签全职工作合同的那天下午，我们在宿舍楼门口碰见了。"Hey LEO！是的，我们搞定了，毕业后就去麦肯锡啦。我们正准备去晚餐约会，庆祝一下，然后计划去蒙特利尔度个轻松浪漫的周末……"Ashley 挽着 Dan 的手，Dan 充满怜爱地看着 Ashley，两人终于有了恩爱情侣该有的模样。而我，也终于吃到了他俩的"狗粮"。
　　有人估测，哈佛商学院有略超一半的学生是"已婚"或"恋爱中"的状态。据我观察，异地恋占了其中的至少七成，虽然并非都像小 J 和他的 Melissa 那般"腻杀众人"，但大多数同学和异地恋人感情甚笃。不在一起时，就各自好好打拼；在一起时，就过足幸福的二人生活。成熟、信任、珍惜，是哈佛学生在经营异地恋时的三个重要原则。

当然，"尽力避免"异地恋的哈佛学生并不少。除了双双考进哈佛深造的"贤伉俪"外，商学院每届少说也有二三十个学生选择携家眷入校。我们班的 Natalie（纳塔莉）和丈夫 Paul（保罗）就是其中的典范。

和更多人熟悉的"夫唱妇随"恰恰相反，Natalie 和 Paul 这一对是"妇唱夫随"——Natalie 读哈佛，Paul 则作为全职丈夫兼奶爸，同妻子和三岁的女儿一起，住在学校的一居室公寓里。

和李安大导演当年因失业在家当奶爸有所不同，Paul 是真真切切为妻子做出"牺牲"，辞了工作搬到哈佛商学院的。来哈佛前，Natalie 和 Paul 在芝加哥工作，Paul 是一家顶级媒体的记者，才华横溢的他毕业于哥伦比亚大学传媒系，被同事们公认为"未来最有机会得普利策奖的人物"。

两年多前，正当 Paul 事业顺风顺水时，妻子 Natalie 被哈佛 MBA 录取了。夫妻俩抱着一岁半的小女儿商议往后两年的生活。考虑到住在西海岸的双方父母身体不太好，没法帮着带孩子，再加上 Natalie 的 offer 得来不易，Paul 做出了一个很爱老婆的决定：

> 亲爱的，我暂时辞职，陪你去波士顿。未来两年，你安心读书，我全力支持！

在我们班的"家属派对"上分享这段故事时，Paul 和 Natalie 相拥着站在大家伙儿面前，凝视彼此的眼神里，全是爱意。当时有同学不解，问了一句：

> Paul，你为什么不能继续留守在芝加哥，一边工作，一边带女儿呢？

Paul 回答：

> 嗯，这也是一种选择。不过，当时作为记者，我三天两头地出差采访，再加上小女儿 Cindy（辛迪）爱生病，而 Natalie 来哈佛读书又无暇照顾，所以我愿意当那个为家庭做出让步的人，一点也不后悔。相反，现在陪着 Natalie 和 Cindy

在波士顿生活，我感觉特别幸福，我们都考虑在这儿定居了。

Paul 真的很幸福，也是我在哈佛认识的最称职、最暖心的奶爸＋丈夫。平日的清晨六七点，小夫妻俩会一同起床做早餐；天暖和时，就先一起在校园晨跑半小时，之后再回公寓做饭。八点一过，两人兵分两路：Natalia 去上课，Paul 送 Cindy 去哈佛社区幼儿园。

妻女都忙着上课时，Paul 会带上三两本书和笔记本电脑，去查尔斯河对岸最喜欢的玻璃房咖啡馆，点一杯黑咖啡，一坐一上午——当然不只是读闲书看风景。辞了工作的 Paul 依然离不开文字，他的小目标是在客居哈佛的两年里写完两本书，出版社都已经谈好了，只待交稿。

哦，不对，其实是三本。这位仁兄确实有才又多产。去年毕业季前，我和 Paul 喝咖啡，他欣喜地聊到了第三本书的规划——应读者粉丝们的要求，将自己高中时在博客上连载的小说稍做修改，首次出版。

下午的时光是属于一家三口的家庭时光，绝对主角是女儿。Natalie 和 Paul 会带着 Cindy 在波士顿的大街小巷逛公园、书店、儿童游乐园，也就是"遛娃"。好几次，我在校园里碰到享受午后阳光的他们仨，然后有约莫三分之一的时间会想：要是我能变成 Paul，过一天他的生活，该是一种多么美妙的体验呀！

除了写书、陪读和遛娃，Paul 也趁机让厨艺有了跨越式发展。

一年级下学期时的 Natalie 生日派对，Paul 作为掌勺大厨，竟然烹制了将近二十道头盘大餐，从新美式到加勒比风，再到地中海风、泰国风，让班里的女生们惊叹 Natalie 是最幸福的公主无疑，也让男同学们在佩服之余略感压力……

嗐，去年在芝加哥的时候，这家伙还只会做烤奶酪火腿三明治和凯撒沙拉呢，这也是我第一次享受盛宴！Paul，你是不是看着网上视频学的啊？味道还凑合。

Natalie 一边开丈夫玩笑，一边给了丈夫一个结实的吻。

Paul，你想念芝加哥的生活吗？毕竟，曾几何时，你还是个冉冉升起的媒体新星呢。

突然有个不会聊天（或许喝醉了）的同学问了这个耿直的问题。

哎呀，我可后悔搬来波士顿了！讲真的，来了就不想走了，都是我老婆害的。她和 Cindy 在哪儿，家就在哪儿。

MBA 二年级上学期时，我因为国内工作繁忙，请了间隔学期的长假，也就没能和上述几个可爱的同学一起参加哈佛盛夏的毕业式。读到这儿，你是不是想知道他们的近况如何？

2019 年 12 月，我自己从哈佛毕业前，和这几个朋友一一打了电话。

Melissa 和我正式订婚了，一切顺利的话，我们想在 2020 年夏天办婚礼。LEO，你可不可以来爱丁堡？

电话里的 Jeffrey 依然对女友甜腻得不行，他的苏格兰口音依然浓郁又亲切。

我们在麦肯锡工作都很好，哈哈。不过，我正准备向咱们班"官宣"呢！Ashley 最近怀孕了，我要当爸爸了！她还是老样子，特拼，正在休斯敦出差忙项目，我们最近总是"周末夫妻"的状态……

LEO，如果你明年到肯尼亚旅行，记得告诉我啊。我要调去联合国环境规划署在内罗毕的总部了。嗯，Paul 会带着 Cindy 一起到非洲。

——电话这头的我，完全能想象女战士 Ashley 挺着八个月的大肚子工作的景象，也不禁为 Paul 的又一次"妇唱夫随"开心得笑出了声。

我想，信任、陪伴、珍视与合拍，就是这一个个哈佛爱情故事之所以幸福的原因。就以《我爱我家》片尾曲里唱的这一段，结束这篇文章吧：

············
你是我记忆中忘不了的温存
你是我一生都解不开的疑问
你是我怀里永远不懂事的孩子
你是我身边永远不变心的爱人
你是我迷路时远处的那盏灯
你是我孤单时枕边的一个吻
你是我爱你时改变不了的天真
你是我怨你时刻在心头上的皱纹
你是我情愿为你付出的人
你是我不愿让你缠住的根
你是我远离你时永远的回程票
你是我靠近你时开着的一扇门
············

回访耶鲁：
不论走到哪儿，
这里都是我
眷恋的家

今天要和大家分享我的乡愁（nostalgia）。

也许你知道，我对本科母校耶鲁一直有化不开的感情，耶鲁是看着 18~22 岁的我长大的地方，是我远离故土的第二故乡（home away from home）。当我对北美这片新大陆一无所知、对留学生活略有忐忑的时候，是耶鲁温柔地接纳了我，给了我最暖的呵护、最好的家。

这座大学在我心中有无与伦比、不可替代的地位，不管将来走到哪儿都不会改变。

这篇以图片为主，来自五月的一个周末的母校回访。在下着小雨的纽黑文，走过几年前本科时代熟悉的马路、小径、教学楼、图书馆和宿舍楼，还有陪伴我熬夜学习的夜宵铺、小吃店，就是哈佛期末考后最放松、满足的时光。

回到了耶鲁，就像回到了家。不管怎样，都是妥帖、舒心的。

最爱耶鲁的建筑

一句话：论颜值，耶鲁完胜哈佛。

周六下午刚到纽黑文的时候阳光依旧灿烂，从宾馆房间的窗户往外看，便能邂逅耶鲁老校园。

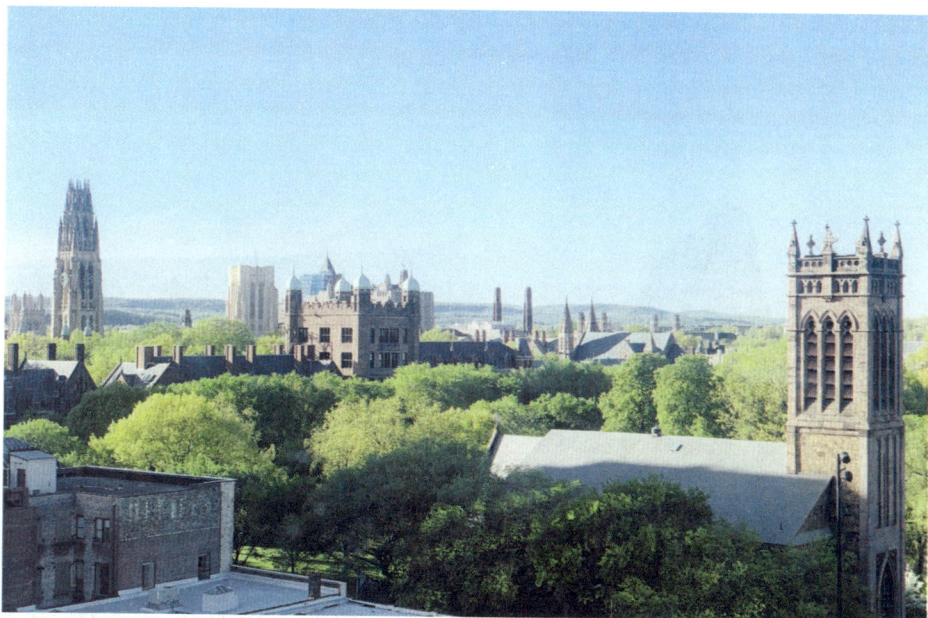

让我日思夜想的耶鲁老校园

哈克尼斯塔楼（The Harkness Tower），很想念塔顶奏响的悠扬圣乐。

国内已立夏，北美依旧是春花烂漫的暮春时节。略带忧郁气质的哥特式建筑和鲜花是完美的组合。

耶鲁的学生体育馆是一座超过十层的大楼，是全美（大概也是全世界）最漂亮的大学体育馆建筑。

耶鲁的其中一座住宿学院以本杰明·富兰克林命名，庭院座椅上特地放置了他的雕塑。

耶鲁校园广种郁金香，春天是它们绽放的季节。

哈克尼斯塔楼

哥特式建筑和鲜花

耶鲁的学生体育馆

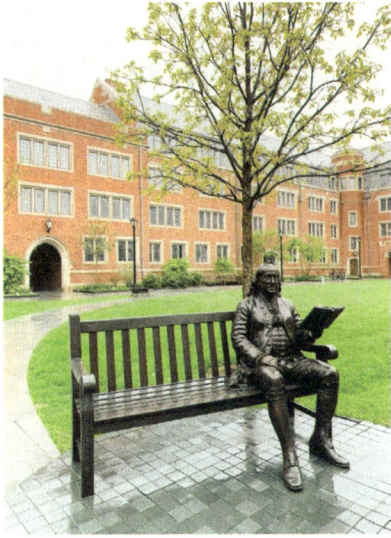

耶鲁校园的郁金香

本杰明 · 富兰克林雕塑

味蕾的思念

这次回耶鲁，我特地去了读本科时陪自己熬过许多夜的"小食餐馆"，吃到了毕业后一直心心念念的东西。这是一家新加坡华人在耶鲁校园开的小吃店，菜单上几乎每道菜我都吃过。对于这家小店我的评价是：闭着眼睛点，道道都好吃。

多年以后，小店的模样一点都没变，老板和店员也都还在。这次见到，不但我认出了他们，他们也认出了我，太亲切了。

最爱他们家的福建虾面，那是深夜写论文时的暖胃标配，尤其想念那猪骨和大虾熬出的鲜香汤底。他们家的炒饭也很好吃，虽然貌不惊人，但"三加"（加蛋、加菜、加辣）的操作让一盘饭变成离家一万公里外最疗愈的味道。小店的厨房就在店堂里，没有距离感，很干净，很朴实。

还有一家几乎所有耶鲁校友都会想念的地中海希腊风味餐厅，除了食物极其好吃以外，另一特色是店里挂满了耶鲁不同时期、不同运动队的照片。

福建虾面

"三加"炒饭

读本科时的周五晚上，我总会和橄榄球队、冰球队还有曲棍球队的几位好友一起来吃深夜比萨和零食（late-night pizza and snacks）。他们家的布法罗鸡翅和鸡腿（buffalo chicken wings & legs）配上鲜生西芹段，蘸着浓郁的蓝纹奶酪（blue cheese）酱吃，饿的时候我一个人就能轻易干掉十个以上。

时隔数年后又吃到，第一口咬下去的时候真的想哭。他们家的奶昔也远近闻名。我知道有校友在毕业后还会为了喝上一杯奶昔"打飞的"回纽黑文。

墙上的老照片记录了耶鲁各支运动队的荣光

布法罗鸡翅和鸡腿

奶昔

杂

在耶鲁时很喜欢到古典学系（Department of Classics）的小教室和图书馆自习，因为喜欢那里安静的气质。古典学系的小教室在三楼，且正对耶鲁老校园，能看到绿树掩映中的哈克尼斯塔楼。晚上经常一个人便能"霸占"一整间教室自习，无人打扰，安静得只有窗外的风声和自己的心跳声。

绿树掩映中的哈克尼斯塔楼

古典学系的小教室

到站了，请上车

校园小店的耶鲁主题商品

　　上学时经常会坐耶鲁斗牛犬校车（Yale bulldog bus）。真希望在若干年后还能背起书包回到这里，在固定的时间和地点，静静地等那辆最熟悉的校车，让它载我去那些年最熟悉的地方。那些一起坐车的人，如今都在哪儿呢？

　　校园的小店里不乏耶鲁主题商品，这次来去匆匆，下次一定多花些时间在校园里。这次买回了一只牛头犬（耶鲁吉祥物）公仔。

Take care, Yale.
I will miss you dearly, as always.
Until next time.

保重，耶鲁。
我会一如既往地想念你。
直到下次。

你永远的，

LEO

愿望清单：哈佛 40 天倒计时计划开始！

今天是波士顿入冬后的第一个周六，刚在翻看日历时突然意识到，离自己和哈佛作别只剩区区 40 天了，更精确地说，是 40 天后，我就要（暂时）和学生时代挥别了。

放一个"暂时"在上句，是因为最近越来越相信，未来某一天会重返校园，也许是 10 年后，也许是 20 年后。大概这一生最不想放弃的事情便是读书上学吧。为什么会有如此的想法？这样的想法从何时起变得清晰、强烈？我认为和这两年多我的非典型经历不无关系。

在哈佛读书的日子，不可谓不立体、酣畅，一边读书、一边兼顾国内的工作项目，成了过去数百天的固定模式。学生和社会人身份的并行，让我获得了不少同龄人没有过的体验、收获。

当然，有得必有失。回顾这两年，我的心里总有学业之外的责任牵挂，每一个清晨和深夜，我都在两个频道间切换，这是一种苦乐参半的感觉。诚然，高速运转与忙碌让我成长得很快，但我终究会偶尔在发呆或做梦时，想着回到更心无旁骛的本科生活。

总有人说，"念旧"是年岁渐长的典型表现，这个说法好像带着一点无奈。但我觉得念旧挺好，起码证明过去的日子，你过得还不错。所以，有值得留恋的东西存在，证明你没太辜负那段有且仅有一次的"过去"。

在你和世界之间

说这些，是想为自己这一段求学的倒计时 40 天再加一份仪式感，让未来关于这段日子的"念旧"更强、更醇厚些。接下来的 40 天，我想尽量把所有和学生身份没有直接关联的事情都抛在一边，等 12 月下旬（或者更晚点）之后，再全身心拥抱工作。

宁静的哈佛校园

接下来这 40 天，
我要过一段——
最简单，
最易知足，
最不累心的日子。
做回一名纯学生，
不再是奢侈的事情。

在这里列一份告别校园前的 To-do List，

目标立在这儿，

除了我知道，大家现在也看到了，

希望在来年回来复盘。

1. 和读 MBA 两年来所有教过我的教授聊一次天。

这是一群很酷的人，不少人在教学外的经历都堪称传奇。想和每一位有趣的教授再聊次天，听他们讲讲曾经的生活、现在的日子和未来的打算。如果有空，就把聊到的一些故事写下来。

2. 再在查尔斯河边跑至少 150 公里。

我在这条河的两岸跑了两年，起初会和朋友们同跑，后来多半独自跑，因为跑步于我而言，真是属于"一个人做才最好的事情"。村上春树有本书讲了他独自跑步时会想什么，我不能赞同更多。

查尔斯河同样的风景来回看了多遍，但大概永远不会腻。我这几天在河边跑步时喜欢听老歌，很老的那种，比如粤语的《漫步人生路》，还有日语的《川流不息》（《川の流れのように》）。跑到 10 公里左右的距离时听，尤其走心。

这条河和每一次的河边跑都给了我许多只有我自己才能感知的力量。一直跑到毕业前一天，是想对查尔斯河表达自己的感激。

3. 再和三五同校好友来一次周末旅行。

周末旅行是最棒的。过去两年和同学们完成了数次短途旅行，一年级时有几次周五没课的长周末，都是周四下午下课后飞出波士顿，周五凌晨到目的地（比如冰岛、葡萄牙这种大西洋另一端的国家，只要五六个小时的飞行），玩两天之后赶回波士顿，隔周周一继续上课。像这样任性的旅行玩一次少一次了，毕业前再来一回，不留遗憾。

4. 把自己的宿舍布置得特别特别好，在它最美的样子里，和它告别。

我一直亏待了自己的宿舍。这个单身小窝是这座城市给了我最多温暖的地方，

在你和世界之间

可我老是忙个不停，除了基本的清洁外，就没认真装扮过它。毕业前我会抽个周末，买回绿植、鲜花、油画，好好装点这个小屋子，哪怕只让它美一个多月也行。我要让自己往后的回忆里，全是它最美、最好的样子。

这会儿我要准备去图书馆写论文了，下面的十多条先不展开描述，只把关键内容列出来。期待完成毕业前的每一项 to-do。

5. 在宿舍厨房再做一次饭。

6. 到本科生的食堂吃一顿饭。

7. 去图书馆再借最后一本书读完。

8. 在哈佛体育场再完整爬一次楼梯。

9. 再写最后一篇哈佛生活碎碎念。

10. 再拍最后一次下雪后的哈佛校园。

11. 再喂一次校园里的动物，松鼠、兔子、流浪小猫，和它们告别。

12. 再去学校健身房举几次铁，带着满身大汗和酸爽告别。

13. 再和这里的朋友们彻夜长聊一次，然后告别。

14. 再到常去的校园餐馆吃一次饭，和已成为朋友的服务生们告别。

15. 回到波士顿每一个让我感到亲切的角落，和它们告别。

这一篇碎碎念也接近尾声了，真的挺舍不得。这两年的哈佛求学碎碎念我码了好几万字，总是想到哪儿写到哪儿，常常边打字边笑，是真的给自己减了压。希望"LEO 牌哈佛生活碎碎念"，也曾让你开心。

Thank you, Harvard!
Thank you, Boston!
谢谢，哈佛！
谢谢，波士顿！

谢谢，哈佛商学院

你的，

LEO

来自毕业后的复盘：

　　以上 to-do 在毕业前完成了大约一半，一是因为时间和精力比预想的还有限；二是后来觉得：毕业前若真想放松心情，就不该成天牵挂着在 To-do List 上打钩钩了，对不对？

在你和世界之间

再见，我的
学生时代！
哈佛毕业前 20 天的
万字日记

2019 年 12 月 19 日凌晨 4 点多，我带着几个行李箱，锁上宿舍门，在满天星斗下出发，踏上了回家的路。虽然穿上硕士袍、收到 MBA 学位证书要等明年春暖花开之时，但我已经完成了在哈佛商学院（HBS）的所有学业，正式成为一名 HBS 的校友。

回到北京的小家、回归东八区的生活轨道已经整整一周。这两天做梦时用的语言也又一次从英文切换回了中文。三明治被妈妈做的饺子替代，沙拉也变成了更香的中式炒菜。然而当我打开行李箱取东西时，扑鼻而来的依然是哈佛宿舍里空气的味道，那种夹带着书香的气息，既熟悉又久违。

从作别哈佛倒计时 20 天的那天（2019 年 11 月 30 日）起，我开始记日记，有时只是寥寥数句，有时会多写一些，只希望留住每一天里让自己嘴角上扬的片段，让它们变成在未来很多年里都不会溜走的记忆。

借出版这本书的契机，把自己的"毕业倒计时 20 天日记"发出来，邀请你一起回到对我而言意义非凡的一段日子。

2019 年 11 月 30 日 晴天

今早创始人课的案例嘉宾 Sarah（萨拉）是一个很酷的女人。

她的人生经历有多酷呢？本科毕业之后，她放弃了在美国的高薪工作机会，追寻想看不同世界的本心去了印度，在农村做社区建设，曾经被"无数"当地男人"追求"——年轻男子爱慕她，年老男子也常上门为他们的儿子提亲，希望这个女人能成为他们的儿媳妇儿。

几年的印度生活之后，Sarah 重返美国，入读麻省理工学院的斯隆管理学院，刚读完第一年就发现了很好的商机——婴儿用品创业，于是果断暂停学业，加入了一家由几个 MIT 本科生发起的初创公司。

虽然是后来者，Sarah 却硬是在一年之内，凭借其卓越的能力、出众的情商和对这家公司的执着，得到了所有联合创始人的信任，"逆袭"成为公司 CEO。

在成为 CEO 后不久，Sarah 又成功游说董事会和创始人团队，为自己这个新来者（late comer）争取到了和几位发起合伙人（founding members）同等的股份。

这还没完。Sarah 再进一步，和公司的首席技术官、第一联合创始人（Co-founder）谈起了恋爱——还是相差五岁的姐弟恋。然后，这个不简单的女生和男友边约会，边领导这家初创公司从无人知晓的小透明，变成估值数亿美元、获得多家大型零售商认可的明星企业，用时两年。

今早来班里做分享时的 Sarah 已经把男友兼合作伙伴变成了丈夫兼孩儿他爸。Sarah 站在教室中央自信地分享创业历程，妙语连珠，浑身发光；丈夫则抱着刚出生三个月的宝宝在一旁坐着，微笑聆听——他已经暂时离开了自己创办的公司，心甘情愿地退居二线，做起全职奶爸，支持冲锋陷阵的妻子。

当教授让大家用一个词概括对 Sarah 的评价时，我们纷纷用了"inspiring"（鼓舞人心的、激发灵感的）、"mind-blowing"（令人兴奋的、震撼的）、"unconventional"（不走寻常路的）来形容。

我欣赏 Sarah 以自身经历告诉所有人——没有什么不可以。后来者也可以凭借努力"后来居上"，成为独当一面的关键角色。也许，更重要的是，Sarah 完完全全活出了女性优秀、上进、充满魅力的样子。

2019 年 12 月 1 日 大雪

前几天还在想，美国的新英格兰地区今年该是暖冬吧？入冬有些时日了，可小风吹得一点都不凛冽。结果今天就收到了不小的惊喜：晨起开窗，大雪纷飞，天地万物白茫茫一片。

初雪铺天盖地地遇见今冬的哈佛校园，我拿起手机在校园的不同角落遇见初雪，把这场雪变成毕业前的纯粹回忆。

又是一场让人喜欢的鹅毛大雪

2019 年 12 月 2 日 雪后初霁

初雪下过，波士顿就正式进入了严冬，盛秋时满校园的红叶、黄叶也在一夜间消失无踪。傍晚走到查尔斯河对面买晚餐，一路上看到的尽是萧索冬景。

回到宿舍，进门前脱鞋，蓦地看见一片红枫叶粘在鞋底，轻飘飘的，若即若离。把鞋倒过来，叶子没有掉落；稍用力甩一甩，红叶依然留在原地。

大概秋天不愿离开已经下了雪的波士顿，正如我不愿离开即将告别的这座城市、这所大学、这条河吧。

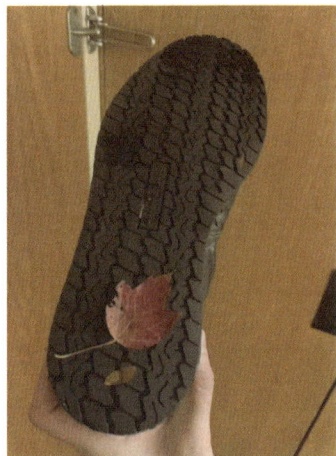

"不愿离开"的红叶

2019 年 12 月 3 日 北风呼号的一天

今天气温降到了零下十五摄氏度，裹得严严实实去食堂买早饭，快到门口时被一位大概是游客的女生拦住了问路。我怕女生听不清楚，就摘下厚围脖跟她说话。

我把鼻子嘴巴露出来的一刹那，女生突然用中文惊叫："LEO，真的是你吗？！哇，真的遇见你了！啊哈哈哈！"

听到熟悉的中文，我也立马一激灵。原来，这位女生读了《不如去闯》，还长期关注"学长 LEO"微信公众号，算是读者大家庭里的"老伙伴"了。

今早的邂逅，实在有些"他乡遇故知"的意味。女生说，她这次来美国休假旅行，特地抽了一天时间，独自来波士顿走一走，今早到哈佛前还在琢磨是不是能遇见我，没想到刚进校园就碰上了，实在太巧。

得嘞，海内存知己……千里来相会，看我们都冻得嘴巴有些不灵光了，我赶紧带她走进早晨的食堂，买了加热的可颂面包、热咖啡和核桃燕麦粥，一人一份，暖和舒坦。不过因为马上有课，我只得几分钟吃完，匆匆告辞。

实际上，这两年在哈佛时不时就能碰见自己的读者，不少朋友专程到商学院的校园"打卡"。虽然之前素未谋面，但每一次萍水相逢，都是温暖和善意的释放与交换。

谢谢今早的邂逅，谢谢每一次的邂逅。

2019 年 12 月 4 日 阴转小雪

下课后发现头发又长了，于是直奔中国城最熟悉的理发店。对我来说，"理发"其实就是"剃头"，或者不少北方人更习惯的用词是"绞头发"。一直以来，我对待头发的态度都是极简，从小到大以圆寸为主，只求精神干练。

在美国我喜欢找亚裔理发师剪发，在波士顿两年，更是只去一家华人老夫妇开的夫妻店，在中国城很不起眼的一座老房子的地下一层，十平方米开外。店内装饰朴实无华，就像这对朴实得不能再朴实的夫妇一样。其中的某些角落，会让我想起 20 世纪 80 年代电影里的香港。

每次去剪发，我都会和他们聊天，渐渐成了朋友。叔叔爱聊家国社会等大话题，阿姨则总是关心我的学习，以及亘古不变的话题——"找女朋友了吗"。他俩都叫我"小弟弟"。

小弟弟来啦，今天下课比较晚哦？

小弟弟，怎么看你瘦了，最近没有好好吃饭？还是念书太辛苦？

小弟弟，喏，阿姨做的芋头排骨，尝一尝？

他们是吃苦耐劳的广东移民，搬到美国几十年，孩子在外州成家定居，偶尔回波士顿。他们每天的生活，就是守着这方小天地，不停地、用心地给人剪头发。他们的技艺都很好（尤其是每次剪我的头发，都无可挑剔），收费却是中国城最低的。我想多给小费，夫妇俩却坚持不收，让人无奈。我只得变着法子帮他们，这两年介绍了好几个校友成为他们的忠实客户。

叔叔阿姨，我马上要毕业了，这个月下旬就回北京。今天可能是未来很长一段时间里，最后一次来这儿剪头发了……

今天理完头发时我说了这句。离别，总归是躲不过的。毕业在即，想到以后大概不会再找这对善良的夫妇剪头发了，我心里挺不舒服的。

阿姨愣了一下，接着把我刚付的钱从旧抽屉里拿出来，硬塞回我的口袋，然后抱住了我：

小弟弟，你要离开波士顿了，阿姨真是会舍不得啊！但是，恭喜你念完书了，接下来拼事业，不要太辛苦啊，知道吗？

她接着说：

小弟弟，你要是以后还回来美国、回来波士顿，要跟阿姨讲啊。阿姨老了，以后也不给人剪头发了，就去给你家当保姆，给你做好吃的点心，还有你说你很喜欢的清蒸鱼啊！

我看着她，一时说不出话来。阿姨一边笑，一边眼圈红了。那么和蔼的她，这一刻很像电影《桃姐》中那位善良的老阿姨。

走出店门时已经天黑，我又望了望破旧但整洁温暖的小店，以及门帘内叔叔和阿姨模糊的身影。他们又在给下一个、再下一个顾客剪头发了。

商铺鳞次栉比的中国城

这家小店的名字叫"嘉丽"，门牌用的是繁体字，从波士顿中国城城门进去后第一个小路口右转 10 米。我希望有人能代我去看望他们、剪个头发，多给他们创点收益。

2019 年 12 月 5 日 阴转小雪

在哈佛的最后一个案例：谷歌从最初的 Google 到如今的 Alphabet（字母表公司）商业帝国的蜕变与挑战。我一直欣赏谷歌从 0 到 1 的发展历程，能在哈佛的最后一个案例里研讨这家企业，圆满了！

2019 年 12 月 6 日 大雪天

今天，我上完了在哈佛的最后一课，可能也会是学生时代的最后一课。此时的波士顿接近夜里零点，宿舍窗内暖如暮春，窗外大雪纷飞，想在今天结束前写点东西，纪念不会再有第二次的这一天。是真真切切，完成了毕业前又一个重要的"最后一次"。

求学于这所学校，曾有过几回，因为上课内容太精彩了，我不想下课，就只想一直在教室里坐下去、学下去。

但有过更多回，我在凌晨两三点的台灯前心生郁闷，不明白为什么生活有时如此艰难；为什么，我要坚持兼顾这么多任务；为什么，还有那么多页的案例材料要啃完，还有新的一篇论文要写好。在那些寂静的、一个人奋战的深夜，我恨不得第二天就能毕业。

然而在这一天，几个小时过后，"做阅读""写论文""做项目""上课""放学""泡图书馆"……都已经成了过去式。我不知道会不会是永远的过去式，但今天，却是让我舍不得的一次告别。

同朝夕相处了两年的教室合张影

在你和世界之间

今天的课，教授们带着大家回顾了过去一学期的所学，也回顾了他们自己漫步人生路的感悟。我想在这个对自己很有意义的日子，把其中最走心的内容记录下来。

"每个人都会犯错，这是活在世上在所难免的。在哈佛讲授这堂课，我没能力让同学们成为专家、圣贤。这堂课的知识，大概只能帮到你们一点点。我之所以退出商界，回到这里教书，就是想尽自己所能帮到那么年轻的你们，少犯一些错、少走一条弯路。我真的希望每一个从哈佛走出去的年轻人，都能在这个复杂的世界里少受些委屈。

"知道吗，你从来都不会孤身一人、孤军奋战。来这里上学，就意味着你们拥有了彼此的同学友情；就意味着你们有了'一日哈佛人，终身哈佛人'的最坚定的支持。最最不济，还有我。我已经逐渐变成了老头儿，但我爱自己教过的每一个学生。如果未来某一天你遇到了困难，需要帮忙，那么别怕，我永远在你们的身后。

"哈佛商学院的目标是'培育改变世界的领袖'，每一堂课都在教我们如何叱咤商界，如何攀上巅峰——这当然没错。哈佛校友里永远不缺成功人士，实在是'不胜枚举'。然而在结课前，我想跟大家说：在你很猛地往前冲、为事业打拼时，一定别忘了，走再远的路，最后都要回家。在作别这个世界前，最让你留恋的，几乎不会是物质和名利上的成功，而是你的家人——那些无条件陪着你、包容你、给了你爱的人。

"曾经，我也觉得事业是一切，十几年前我就是登上《时代》杂志封面的年度商界领袖，带出了两家上市公司，一时风光无两。可我忽略了妻子、孩子的感受，常年打拼事业，无暇顾及家庭。直到有一个晚上，我风光地参加完庆功晚宴回家时，收到了妻子的离婚请求……离婚后我很痛苦，觉得没了家庭和爱人的生活就没了意义。

"又过了几年，我突然接到前妻新任丈夫的电话，他说：'你的前妻想现在就见你一面。'我忐忑不安，赶到他给的地址——那是一家医院，我曾最深爱的妻子躺在那里。我走到她的病床前，然后，她永远地闭上了眼睛。"

说完上面这些，在世俗眼里功成名就的教授已经泣不成声。现在，打完上面这些字，就像上课时的反应一样，我也又一次没能忍住眼泪。

2019 年 12 月 6 日（北京时间 12 月 7 日），对于"研究生 LEO"来说，是很重要的一天。这一天也许是上课、上学的结束，却是回顾与展望的开始。感恩自己可以在这一次生命的这一天里，体会到了充满力量的幸福、幸运和完满。

2019 年 12 月 7 日 晴天

今天用完了这学期最后一个笔记本的最后一页。喜欢每一本笔记本的从无到有，从空白到充实，因为我知道这意味着，自己又比一段时间之前多长进了一点点。

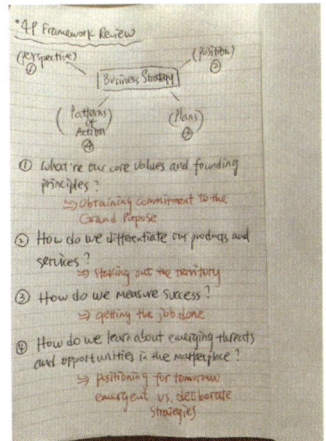

笔记本的最后一页，
一丝不苟之外还多了些仪式感

2019 年 12 月 8 日 晴天

今天的开心事和猫有关。

中午途经一座哈佛宿舍楼，某窗口突现佛系橘猫一只。作为资深猫奴，我自然是停下脚步，与它友好对望。世界各地的人都不陌生的一个经典问题是：为什么你对猫"喵"一声，猫也会对你"喵"一声？

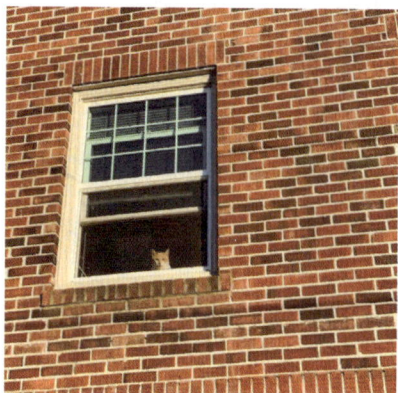

橘猫或许在想：这个男生
为什么要喵啊喵的？

　　比如我今天就对窗台橘猫拖长音"喵——"了一声，它立刻"喵——"着回应了我。然后，我又变音"喵"了第二声，它也马上"喵"了第二声。过了片刻，第三次"喵"，第三次回"喵"。

　　第四次"喵"的时候，一个女生现身在窗台，对我微笑了一下，然后抱走了橘猫。她大概觉得这个路人甲也真是挺奇怪的吧。

　　所以，聪明的，请你告诉我，为什么我们对猫"喵"一声，猫也会对我们"喵"一声呢？（朱自清老先生，我喜欢你创造的这个句式。）

2019 年 12 月 9 日 多云

　　今晚复习得有点累，现在是凌晨两点多，眼皮子打架。今天开心的事是中午吃上了小笼汤包。

　　你别说，这家哈佛校园的小吃店做得还真地道，轻轻咬开个小口，大骨鲜汤就立刻满溢唇齿之间，味道很正，甚至不比鼎泰丰差。一屉灌汤小笼包配一杯热豆浆，怎一个妙哉、美哉，简直 OK 顶呱呱啊。

　　吃完之后胃里暖、周身暖，给一天的学习添了不少原动力。作为中国人，家乡美食永远是在异乡最妥帖的慰藉啊！

2019 年 12 月 10 日 起风了

　　不少哈佛学生在毕业前都要去体育场"爬梯"一次——不是 party（谐音"爬梯"），而是真的爬梯子。

　　从哈佛体育场最东边入口的区域开始爬观众席阶梯，在经历一番上上下下、上上下下的"享受"后，抵达最西边的区域，比爬完 102 层的纽约帝国大厦还酸爽，毕竟体育场的阶梯更陡、更直，对体力的要求自然也更高。

　　今天省略了健身房骑单车环节，直接"杀到"哈佛体育场完成一个人的孤独爬梯之旅。在大风呼号的波士顿初冬，耗时 50 分钟"极速"完成了这项毕业前的独特 to-do。爬梯全程高能，硬是没允许自己做太多喘息。

　　此刻是晚上 11 点，乳酸堆积开始起了效应，从臀部到大腿都弥漫着又紧绷又酸胀的感觉，比平常高阻力骑车和大坡度跑步的效果目测要强 10086 倍。请祝我明天上下楼梯时依然可以身轻如燕。

↖ 入夜的哈佛露天体育场

在你和世界之间

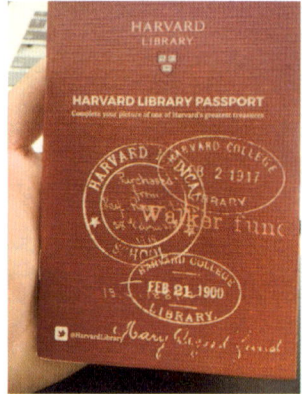

集满了贴纸的哈佛
图书馆护照

2019 年 12 月 11 日 大晴天

今天终于完成了来这里读书后的一个"重大未决事项"——集齐哈佛所有图书馆的贴纸！我知道，这听上去似乎有点幼稚，也像观光客爱干的事，但对我来说却有独特的意义。

刚入学时我就从图书馆拿了一本哈佛图书馆护照（Harvard Library Passport），上面印着哈佛几十家图书馆的照片，每张图里都有一个空缺，需要"护照持有人"拜访每一家图书馆，领到一张对应的贴纸并且贴在空缺处，图片和整本"护照"才能变完满。

这两年我喜欢在哈佛庭院（Harvard Yard）的拉蒙特图书馆和商学院的贝克图书馆自习，有时也去一去燕京图书馆和怀德纳图书馆，但其他图书馆在当年写了"凌晨四点半的哈佛图书馆"真相调查文之后就再没去过。

这几天趁着结课后可支配时间变多，我特意重游了每一家图书馆（顺便拿贴纸），为自己的毕业倒计时再加一份仪式感。

现在捧着这本集满了贴纸的哈佛图书馆护照，真有种背包旅行时完成某项打卡的舒爽和成就感呢。甚至，还想起了小学时集水浒英雄卡和宠物小精灵贴纸的日子。谢谢"哈佛图书馆护照"让我领悟到——自己依然童心未泯，真好。

2019 年 12 月 12 日 起雾了

　　今天的查尔斯河很仙，很水灵，很魔性。我在这条河边跑了那么多次步，今天是头一回看到白雾茫茫、在水一方的缥缈幻境。

　　河上弥漫起了一层雾气，温柔地飘在桥的下面、水的上方。奔跑着穿过这层雾气，就仿佛上半身在天上，下半身在人间，优哉安逸似神仙。想起有次在日本的轻井泽小镇，大雨过后出了山岚，雾气萦绕在自己身旁，不但看得见，伸手也能摸得着。

　　回到我们大北京，也真心希望可以邂逅这样的"仙气"啊。

↖ 水墨画般的查尔斯河

2019 年 12 月 13 日 云消雾散

　　今天收到一封电子邮件，发件人是一位刚刚拿到哈佛商学院 2022 届第一轮录取通知（Round One Offer）的 MBA 准新生。我们未曾谋面，不知他如何查到了我的学校邮箱。

在你和世界之间

LEO 学长：

　　冒昧发这封信，是想和你说声谢谢！我刚被 HBS 录取了，真的特别激动，现在还有种不真实的感觉。我想说，过去这两年备考 MBA，我看了很多你的干货分享，还专门听了你的商学院申请课，读了你的书，获得了许多的动力和帮助。真的十分感谢，谢谢学长一直坚持分享！知道你快要毕业了，可惜明年（2020 年）入学时没机会见到，但作为获得了你很多帮助的一名无名学弟，祝你毕业快乐，也祝你未来事业蒸蒸日上！不知道这封信你能否收到，期待未来有缘和学长见面、请教。

学弟：

　　见信好，祝贺你获得 HBS 录取通知书 & Welcome to the Harvard Community！

　　谢谢你专门发这封邮件，我真替你高兴！相信你一定为申请商学院付出了很多努力，如今的 offer 定是水到渠成。祝你在明年秋天开始的哈佛之旅顺意、充实。这是一个很酷的地方，有一群十分有趣的人，相信你会喜欢在这里求学的每一天。

　　加油！

2019 年 12 月 14 日 大晴天

　　今天在宿舍开了两小时的"Open House"（大致可译为"开放参观活动"），把所有不带回国但状况依然很好的家电、生活品、装饰品和书等逐一摆出来，让感兴趣的同学们过来直接认领走。

　　我是个对购物压根没瘾的人，倒也不是为了省钱，主要是觉得没必要总是买、买、买，囤了满满一屋东西，许多却从未真正相识。也因此，在哈佛上学两年用

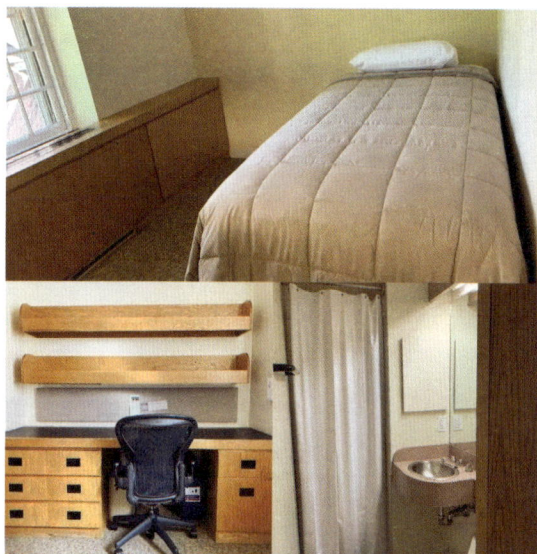

清空后的小宿舍，似乎在这里的
一切都未曾发生过

的许多东西，少则"跟"了我两年，多则已经将近十年——刚进耶鲁读本科时就已经买了的物件。坦率地说，我不是在搬迁时能够潇洒断舍离、一箱接一箱扔东西的人。

但今天的感觉不一样了。我知道自己即将和学生时代告别，大概也要和北美大陆暂别许久，有些朝夕相处的东西，这一次肯定是带不走咯。

在开放参观活动的两小时里，不少同学纷至沓来，仔细挑选着心仪的物件。看着大家欣喜地左挑挑右拣拣，然后把选中的东西放进提袋、书包，或者直接抱走，看着先前满满当当的宿舍渐渐空了出来时，我在开心之余也突然被失落感笼罩。

绝不是因为舍不得把自己的东西拱手送人，而是因为，由它们串联起的记忆片段，似乎就这么被抽离，被拔起，被永远地带走了。

刚买那张"纽约海湾"的油画时，我 18 岁刚过，对新大陆充满未知和一些忐忑……

那个电饭煲，是从韩国超市抱回来的宝贝，我用它煮过多少次八宝粥、排骨汤、蔬菜海鲜浓汤，已经记不得了。很多风雪交加的晚上，是它温暖了我的胃。

那组小音响，啊……所有挑灯夜战时听的美妙旋律，都由它们发出。深夜，拉上窗帘，打开音响，"请来"巴赫、莫扎特、肖邦，我的小屋就成了维也纳、萨尔茨堡和巴黎。

今天被带走的物件，都是我的青春，我生命中的故事——好像就发生在昨天的故事。

在新主人那里，它们又将开始怎样的故事呢？

"卡轻情意重"

2019 年 12 月 15 日 多云

今天去礼品卡店挑了一张致谢卡（Thank-you card），写给宿舍楼做清洁工作的桑切斯阿姨。这学期每个有课的日子，桑阿姨都会准时出现在我的小房间，帮我清空垃圾箱、清扫地毯，每周还会做一次整体大扫除。

多亏了桑阿姨，我的小屋基本保持了清新整洁、一尘不染的状态。有次和她聊天，得知这位墨西哥裔的阿姨是单亲妈妈，除了在哈佛做清洁工作，还兼职当保姆带孩子，每天起早贪黑，挣的钱几乎都用来供最小的两个女儿读大学。

写完了致谢卡，我又默默放了些现金在信封里给她。除了感谢她的辛勤帮助、祝她假期快乐，我更希望这位和其他爱孩子的母亲并没什么区别的女人，在 2020 年以及往后的日子里能过得更顺、更好。

2019 年 12 月 16 日 雨夹雪

下午得闲片刻，在线提交了申根签证申请表，预约了面签时间。毕业旅行的计划仍是去北欧追极光。如果在挪威境内看不到，就继续去芬兰的拉普兰，或者冰岛。我对极光有固执的向往，因为它在天寒地冻的极北之地总能绽放出纯粹的绚烂光热。

在过去的毕业旅行里，我从没有过和一群人去热带的岛屿游泳，又或者，在大城市的夜里把酒言欢。我设想中的毕业旅行，是平静、宁静的几天，独自一人，或者只和三两亲友，在一片可以让心静下来的地方，同过去的求学日子道别。冬天的北欧和极光，期待与你们相见。

2019 年 12 月 17 日 阴转中雪

下午在咖啡馆给教授们写邮件，感谢他们一学期的精彩教学与关照。没多久就收到了一封回信，还是来自我这学期最钦佩的一位教授。看到后半部分我乐了：嘿，这位仁兄不但有微信，还用中文告诉我要"好好照顾自己"。真棒！果断加为微信好友，等他到北京故地重游时（教授曾在中国某公司任 CEO），带他撸串、喝二锅头。

很喜欢哈佛教授和学生之间亦师亦友的关系。去年曾和一位外表很严肃的教授一起种菜、烤火鸡，明年也许可以和这位加了微信的教授在北京唠嗑叙旧。这样的师生情、友情，请给我来一打。

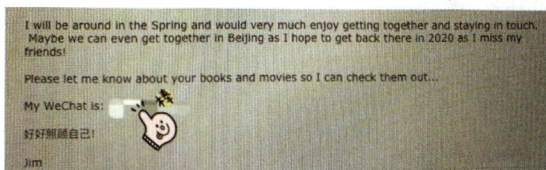

I will be around in the Spring and would very much enjoy getting together and staying in touch. Maybe we can even get together in Beijing as I hope to get back there in 2020 as I miss my friends!

Please let me know about your books and movies so I can check them out...

My WeChat is:

好好照顾自己!

Jim

↖ 教授回复的邮件，结尾处的中文亮了

2019 年 12 月 18 日 小雪转大风

明天凌晨就要披星戴月出发回国，今天下午终于依依不舍、万分拖沓地把所有箱子打包好，把宿舍基本清空了。傍晚出门和几个麻省理工学院的同学吃饭前，收到了好哥们儿 X 的信息，他说弄丢了自己宿舍的钥匙，校警晚上才能帮他开门，问能否借我的地盘待会儿，避避寒，写期末论文。X 是我在商学院最熟的朋友之一，一起上过几门课，比我晚一学期毕业。

我没多想，把钥匙丢给他就去河对面吃晚饭了。九点多走回学校，看见自己的宿舍黑着灯，估摸 X 仁兄已经离开。正准备找 X 拿回钥匙时，看见他早些时候发的信息："你吃完饭直接回宿舍就行，估计我得在你这儿待一阵子了……"

找校警开门哪儿要这么久啊？而且房间黑着，应该没人吧？我带着狐疑上了楼，刚想敲宿舍起居室的门，门突然被热情地打开了，接着从黑暗里猛然蹿出好几个家伙：为首的 X，和我另外几个同班好友。

"LEO, HAPPY GRADUATION!
CONGRATULATIONS ON FINISHING HBS!"
"LEO，毕业快乐！祝贺你完成了在哈佛商学院的学业！"

穿着耶鲁帽衫庆祝哈佛毕业，就是这么皮

灯亮了。在我眼前出现了正咯咯直笑的朋友们和张灯结彩的起居室：墙上是"BYE 2019, CONGRATS LEO"（再见2019，祝贺LEO）的彩字和气球，茶几上是香槟、甜点和播放着圣诞音乐的小音箱。

一下子不知道说什么，除了感动，还有种回到了本科时代，甚至小时候的感觉。我这人特别不爱麻烦朋友给自己费心，而这次毕业在没有典礼的隆冬，也压根没想过开派对庆祝，但朋友们却都记住了、包办了，给了我离校前最好的温暖。

有趣的是，我今天刚好穿了耶鲁帽衫去吃饭，所以就有了这张穿着"敌校"校服的赤脚毕业派对照。

2019 年 12 月 19 日　大风天

凌晨三点半被闹钟叫醒——其实几乎都在半梦半醒，没能沉睡。像往常一样，俯卧撑、拉伸、洗澡、穿衣。但这次不再是带着案例材料去吃早饭、上课，而是拉着三个行李箱，背着两个书包，和已经清空却仍然暖和的小屋告别。如果屋子里的空气可以被拥抱，我真想紧紧抱它一会儿。

今天寒流过境波士顿，凌晨四点的朔风吹出了满天星斗。在零下十五摄氏度的黑夜里回望熟悉的宿舍楼和不远处还在酣睡的图书馆，然后上车，开往机场，开往人生的下一站。

你也许意识到，在这20天的毕业日记里，我几乎没写关于学习、考试、奋斗的内容，多数时间里，我的记录都和"人"有关——好友、剪发的夫妇、教授、保洁阿姨、未曾见面的学弟、偶遇的读者，还有窗边的猫咪。因为这些人和生命构筑了我在这所学校最鲜活、灵动、温暖的回忆。如果没有和他们的互动、感情，我的哈佛生活也必将黯然失色很多。

因此，在这篇长文的最后，
我要感谢每一位，

在你和世界之间

在过去的七八百个日子里，
同自己产生过交集的人。

谢谢你们共同给予了我一段，
日后必将想念的求学之旅。

再见，哈佛！

再见，波士顿

来哈佛大学，
该怎样玩才尽兴？

　　哈佛大学一定是同胞们到美国时最爱游览景点中排名前十的存在，对学生和家长来说尤其有吸引力。在这儿学习和生活，我每天都能在哈佛广场（Harvard Square）、哈佛庭院等校园中心地段邂逅来自国内的游客，倍感亲切。

　　在21世纪已经进入20年代的今天，游客们大多还是跟团前来，在举着小旗的华人地陪的带领下匆匆穿过各幢地标式建筑，摸着哈佛先生铜像的脚合张影求好运，又或者在哈佛图书馆门前的台阶上摆个文艺姿势，宣告到此一游。最后几乎无一例外地涌进哈佛纪念品商店，争分夺秒选购一件帽衫、两支笔，然后作别哈佛，发个朋友圈，"挥一挥衣袖，不带走一片云彩"。

　　如果来哈佛观光只是为了简单打个卡倒也罢了，"上车睡觉，下车拍照"式的匆忙游览能勉强满足这个目的。但我打心底为大家感到可惜，你说，都花了几万银子、跨了十多个小时漂洋过海到地球另一边了，就真的不想更深度地体验一番哈佛吗？

　　迄今为止，我还没有看到一篇足够"深度"的哈佛游览攻略，于是决定作为一名哈佛"土著"，把自己最推荐的哈佛玩法写出来送给大家伙儿。开始介绍前有两个说明：

　　第一，作为哈佛商学院学生，我对HBS会有不可避免的熟悉和倾向性，因此下面的内容会给HBS更多"C位"。

第二，大多数人在哈佛停留的时间非常有限，但即使你在这儿只有一小时，我也强烈建议你从下面的推荐项目里至少选择一项进行体验，一定会比走马观花棒得多，相信我。

到查尔斯河边吹吹风

北大有未名湖，剑桥有康河，哈佛也有查尔斯河。有水的地方就有了灵气，从大学来看更是如此。她将哈佛校园一分为二，更确切地说，将波士顿核心地区分成了两半："河北"属于剑桥市（Cambridge，此剑桥当然非彼剑桥），"河南"属于波士顿市。哈佛主校区在"河北"剑桥，哈佛商学院校区在"河南"波士顿。

查尔斯河对发奋苦读的哈佛学子来说，是日常疗愈放松的去处：在河上划船，在河边行走、跑步、看野鸭。对游客来说，是感受哈佛日常生活脉动的绝佳场所。河上有数座桥，每座桥上都有好风景，随手一拍就是明信片。尤其推荐大家在日出或黄昏时凭桥远望，看波士顿美得不真实的暮光晚霞。

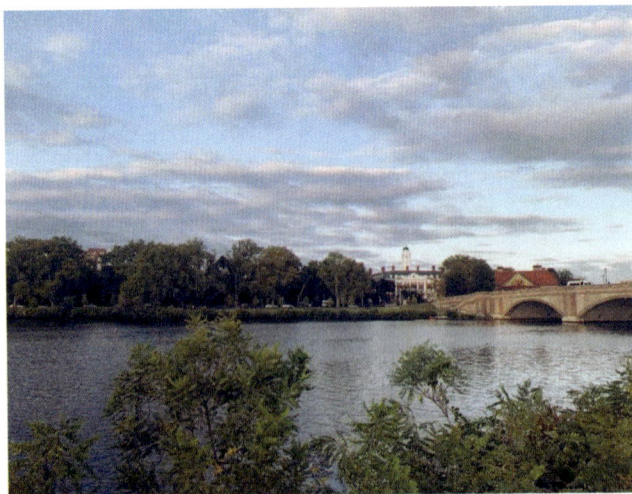

静静的查尔斯河

而且，哈佛赛艇队日常均在查尔斯河上训练，不出意外都能看见他们，很酷。哈佛学生爱跑步，而查尔斯河就是完美的跑步大本营，身材好、颜值高的学生云集。你只需在查河边待 30 秒钟，就能邂逅美好风景，不骗你。

到哈佛图书馆的自修阅览室
读读书、静一会儿

让我略感遗憾的是，大多数游客到哈佛图书馆都是浅尝辄止，拍拍照、上个洗手间就走人。但我坚信图书馆不只是用来"瞧一瞧、看一看"的，而是一个能让人暂别浮躁的所在。

哈佛的大多数图书馆对游客都很友好，在入口处只要说明来意、出示证件，管理员就会放你进去参观逗留。很多导游为了省时间，只让游客在门口拍照后就匆匆离开，着实可惜。如果你时间稍微宽裕，我推荐你带上一本书到哈佛图书馆，然后在自修阅览室找个位置坐下，安静地阅读片刻。

图书馆的深夜学堂

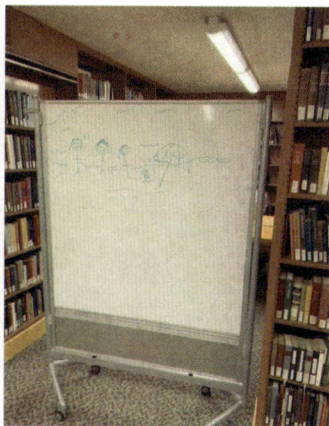

在图书馆学习时看到的白板涂鸦

当你坐在那儿读书时，四周一定都是认真学习的哈佛学生。那种氛围不是我能用文字形容的——那不只是"安静"，而是一种让人特别踏实的清静、淡然、专注，需要你自己去感受。

前提条件：不要带着浮躁动机（比如拍自拍）进入图书馆，否则你就很难真正体验馆内的求知氛围。

以下是我最推荐的三家图书馆

Ⅰ 哈佛大学怀德纳图书馆（The Widener Library）

哈佛大学图书馆是全世界藏书最多的大学图书馆，而怀德纳又是其中心图书馆，里面的藏书数量多达几百万册，可谓强悍。

Ⅱ 哈佛商学院贝克图书馆（The Baker Library）

也被一些中国同学称作"贝壳图书馆"，它在 HBS 校区中央，内饰装潢漂亮，很有商业气质。

＼ 小阳春里的贝克图书馆

Ⅲ 哈佛燕京图书馆（Harvard‐Yenching Library）

世界上著名的东亚主题图书馆之一，里面有汉文、韩文、日文、马来文、蒙文、藏文等各种东亚语言藏书，二楼以上是哈佛东亚研究系。馆内的墙上不乏东亚文化主题的书法、绘画、电影海报。

建议在汉语藏书区徜徉片刻，在异国他乡遇见老舍、巴金、林语堂、张爱玲、三毛等熟悉的大家名字，你一定会别有亲切感。对了，你还可以在这里看到《盗墓笔记》《我的前半生》《延禧攻略》《小欢喜》这样的当代中文作品。在收录东亚时下最火作品这件事上，燕京图书馆从没让人失望过。

找一个有阳光的地方坐下，
或者躺下，闭上眼睛……

如果你来哈佛时天气晴好，就一定、一定要尽可能享受阳光。别只在校园里不停走路，看完一个景点马上赶下一个景点。

↖ 天朗气清的校园

↖ 放空和减压的沿河大草坪

慢下来，找一个阳光能照在你全身的地方停留片刻。我推荐你去哈佛庭院的中心草地、贝克图书馆前面的大草坪、查尔斯河畔的野花草地，又或者是校园里随处可见的露天木椅休息区，毫无顾忌地坐下。如果不嫌草木湿润，更可以躺下，随后闭上眼睛，心无杂念地冥想几分钟，或者就是看看来来往往的学生，都是极好的放空和减压。

加入一场校园里
正在进行的运动比赛

上面说到哈佛学生喜欢的运动种类很多，除了在查尔斯河畔跑步、在学生健身房挥汗，校园的广场草地上还常有各种即兴的体育活动，最常见的是极限飞盘（ultimate frisbee），一项非常有美国味的运动，以及越野跑（cross-country running）。

↖ 因为算是"偷拍"，手抖了

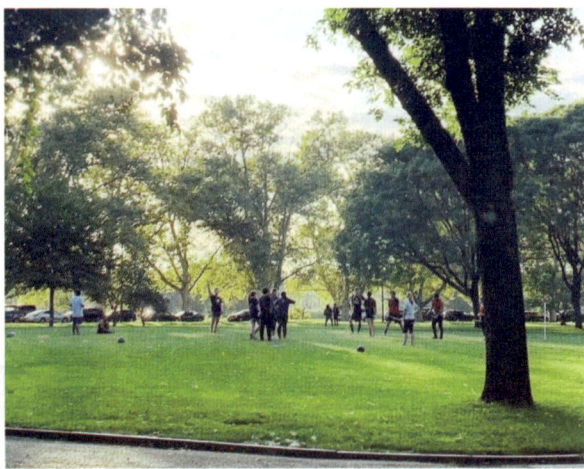

↖ 亮点自寻

如果你在哈佛漫步时偶遇了正进行团体运动的学生，那么我的建议是：别害羞！加入他们，一起玩会儿！哈佛的学生都很友好，一定不会拒绝你的请求。也许，你还能通过运动结下一段异国校园情缘哟。

去哈佛体育场做"运动场跑梯"，出一身大汗

哈佛体育场（Harvard Stadium）是享誉全美的建筑，建于1903年，已经是近120岁高龄的"古董运动场"，能同时容纳三万人。更值得一提的是，这个体育场的长相也颇为古色古香，远看更是酷似古罗马斗兽场，特别霸气。中心体育场在"河南"，同商学院校区只有一街之隔，所以我也将它列为哈佛的必逛之地。

除了领略体育场的风姿，我更建议大家在这里接受一项颇有仪式感的挑战——运动场跑梯（Stadium Run）。这是不少哈佛学生（尤其是商学院学生）在毕业前都会打卡完成的经典项目。挑战内容很简单：

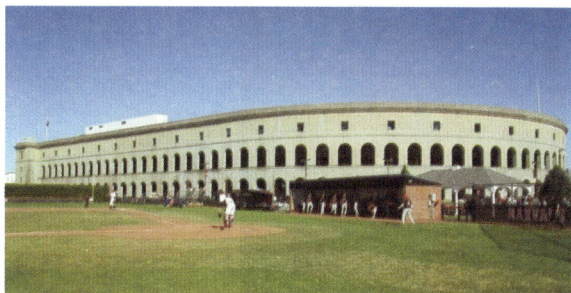

颇有古罗马风的哈佛体育场

哈佛体育场的阶梯，有的爬咯

换上运动装，做好热身，然后从体育场的第一区开始爬梯，到达顶层后走下来，再往前继续爬梯，到顶后走下来，接着进入第三区、第四区、第五区……

不断完成爬梯、下梯、爬梯的循环，直到把整座体育场的所有阶梯都跑完为止——虽然，到最后很有可能是走，甚至喘着粗气手脚并用"爬"完的。

如果你有足够的时间和精力，如果你想体验一次哈佛原味的仪式感，就一定不要错过"动动场跑梯"。

作为掐着时间和哈佛长跑队成员一起"极速"完成过爬梯的人，我……十二分推荐这个项目。屁股和大腿的那种酸爽感，你也可以拥有。

在哈佛食堂吃一顿饭

首先要说明的是，假如你是"中国胃"，那么哈佛食堂的饭菜大概不能算"可口"，但起码非常卫生、有机、健康。据我观察，来哈佛的同胞们不是被导游带到提前安排好的"八菜一汤"中餐馆，就是在校园里兜兜转转，然后找家有眼缘的饭店吃饭。这样虽说能填饱肚子，却少了"意境"。

都来哈佛了，不体验一下这里的食堂岂不太可惜了？

食堂在晚上有时也会变成自修室

我可以很有把握地说，哈佛大多数学生食堂是面向公众开放的，只是大家不知情罢了。比如商学院的斯潘格勒（Spangler）食堂和格里尔（Grille）食堂，无须学生卡就可轻松出入，不论早中晚，所有食物都是自选形式，想吃什么拿什么。除了比萨、肉食、沙拉之外，还有水果、甜点和各式饮料。

付钱时只要刷银行卡就可以了，怎一个方便了得——只可惜暂时还不能用微信和支付宝。不如，我去试着游说一下食堂管理团队，把咱们中国人最常用的付款方式给补上？

学期结束前的最后一节课，一同起立为教授鼓掌

旁听一节哈佛大学的课

你没看错。哈佛大学的一些课，是可以进教室旁听的！我教大家两个方法：

第一个方法是"非正式、非主流"的"蹭大课法"，主要适用于本科生院的讲座大课。这类课通常有 150 个学生以上，同时在大教室或小礼堂听讲，因为人数多，教授几乎不会统计出勤。

如果你摸清了这类大课的时间和地点，就可以"神不知鬼不觉"地走进教室，在后方找个空位坐下听课——其实，即使教授发现了教室中的"异类"（游客），通常也不会介意，所以不必有做贼心虚的担心。

但是一定要注意遵守课堂秩序，尊重教授和学生。如果进教室了，就立刻把手机调到静音，并且最好不要拍照。

　　第二个方法是走正路子的"旁听预约法"，主要适用于研究生院，比如哈佛商学院 MBA 课。方法很简单：访问哈佛商学院官方网站，以游客身份完成基本信息登记，选择想免费旁听的课，随后提交申请、等待校方的确认回复就好了。

　　通常，商学院开放旁听的课都是 MBA 一年级学生的基础必修课。如果想听二年级的选修课，就必须通过认识的商学院学生引荐（注意：必须是真实存在的亲友关系，且需要由二年级学生领进教室，在上课前和教授打好招呼），才能获准进入课堂。

在哈佛肆无忌惮地玩雪

　　如果你在十一月初到次年三月底来哈佛，那么就有可能和一场铺天盖地的鹅毛大雪相遇。虽然国内北方也下雪，但和美国东北部的暴风雪比，简直都不能用"小巫见大巫"来形容，也许用"婴儿巫"还差不离。

雪后像城堡一般的校园

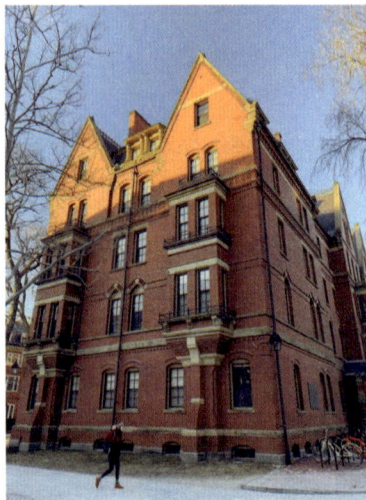

哈佛本科宿舍楼，历经百年沧桑，内部设施却很新

十二月底到二月底是波士顿的暴雪季，下得大时，连宿舍楼近两米高的门都会被积雪掩埋大半，甚至全校停课。有一次彪悍的大雪过后，我竟还看到几个学生在马路中央直接玩起了单板滑雪。

如果你刚好碰上了大雪，请一定不要矜持，不要拘束，在校园的雪地里尽情撒一次野吧！当雪花纷飞时，我们都变成了孩子。

如果你看过 20 世纪 70 年代的好莱坞电影《爱情故事》（Love Story），也许还会记得，有幕镜头描绘的正是在下着暴雪的哈佛，男女主人公恋人在雪地里撒欢的情景，特别美，特别幸福……

看一看哈佛学生的宿舍（如果条件允许）

如果有熟识的亲友在哈佛读书，就不要错过学生宿舍这道"大菜"。很多人游览校园时都对宿舍有特殊情结——虽然原因不尽相同。

哈佛本科生在查尔斯河北岸的宿舍和商学院学生在查尔斯河南岸的宿舍风格和气氛迥异，前者更有居家感，几乎每一栋都历经百年沧桑，后者设施更新、空间更开阔，也因此显得更高大上一些。

不过，参观宿舍是不可强求的事情。如果没有在校学生引荐，就千万别贸然尝试"私闯民宅"，尾随学生进入宿舍楼——这在哈佛是明令禁止的事情，可别让校警大叔来找你麻烦。

哈佛校园区域的
必吃必喝清单

不少朋友希望我推荐哈佛地界上最棒的餐馆、甜品屋、咖啡店。为了避免明晃晃地打广告，这里只列几条我推荐的必吃必喝提示，感兴趣的同学可以循着下面的信息自主对号入座，前往打卡。

◎ 在肯尼迪街（JFK Street），哈佛校园最热闹的区域。餐馆名字里有"House"这个词，蟹肉馅饼和波士顿生蚝是必吃的，新鲜美味补身体。

◎ 这家店的越南牛肉河粉和越式牛肉炒面特别棒，是过去两年里我最爱的周末晚餐中排名前三的存在。老板一家都是来自越南胡志明市的移民。

◎ 包子店，波士顿远近闻名。猪肉灌汤包做得很地道，还可以尝试龙虾包、咖喱牛肉包、红薯香橙包（是不是有点清奇）。

◎ 这家店的意大利奶昔很著名，建议添加黑巧克力味或开心果味的冰激凌，和

LEO 牌哈佛美食生活

（此图和上面的美食描述没有对应关系，但都是我在哈佛大快朵颐过的美食）

鲜牛奶昔一起打制，味道别提有多好了。

◎　这家店的曲奇饼具有超高人气，是不少哈佛学生熬夜学习时的"好伙伴"。热腾腾现烤的巧克力曲奇饼是我的最爱，再搭配一小杯鲜奶一起吃，醇香无敌。

◎　这家店低调朴实，但味道很赞。在麻省大道（Massachusetts Avenue）上，主打墨西哥餐，尤以各式墨西哥卷饼（burrito）和墨西哥玉米卷（tacos）见长，我经常去这家吃午餐。

◎　日式烤串居酒屋，在哈佛大学旁边的奥尔斯顿（Allston）区，开车八分钟可达。和牛串、鸡肝串、鸡皮串最佳。点一小壶清酒、一碗茶汤泡三文鱼饭、若干烤串、一盘刺身，是我和同学们都爱的周末晚餐。

哈佛校园寻宝挑战

最后，再来一个"哈佛校园寻宝挑战"吧。以下几张图片是我在哈佛不同角落的随拍，大概是 90% 的游客都会忽略不见的小风景。但旅行的意义，我认为不该只是追逐最主流、最火的地标风景，而是发现低调却可爱的细微点滴，比如下页这些。

在哈佛两年，我也还没走遍这里的每个角落。虽然从大众美学角度评判，哈佛并不算美国最漂亮的大学，但它几百年积淀下来的气质和底蕴，依然让无数学子、过客倾心。

欢迎来哈佛，祝你玩得开心。

常春藤大学里的常春藤

哈佛大学地铁站，每天来往
着多少一期一会？

这条马路就叫"哈佛"

遇到了困难？别怕，用这个
电话找校警叔叔帮助你

校园里的怪诞雕塑，丑萌丑萌的

哈佛华人校友会捐赠的纪念碑，每次看到都会有骄傲感

在你和世界之间

跟着我，
一起看世界

CHAPTER 2

第二章

○○

济南　北京

曼谷

富士山

百慕大　札幌

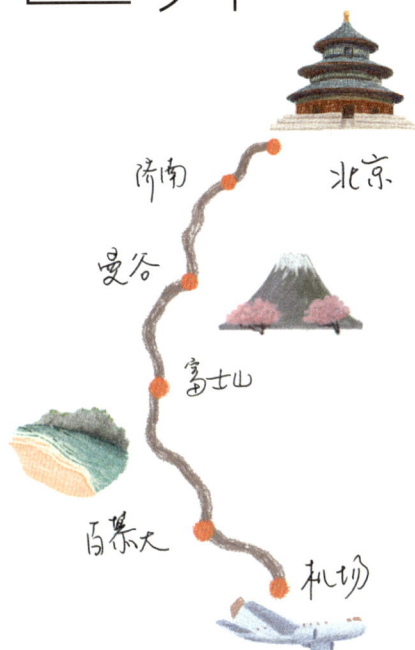

英国作家阿兰·德波顿在《旅行的艺术》中说：

"我们从旅行中获取的乐趣
或许更多地取决于我们旅行时的心境，
而不是我们旅行的目的地本身。"

深以为然。旅行的意义，就是发现故事，发现美丽的故事，以及——如果可能的话，成为美丽故事里的一员。

那些温暖的记忆，
常和机场有关

我常旅行，这些年因为学习和工作的关系飞行较儿时更多。我喜欢在路上的感觉。这"路上"，不仅指在目的地的大街小巷行走、探索，还包括在机场里候机和徜徉的时光。回想这些年的旅行点滴，竟发现许多最温暖和忘不了的回忆，都和机场有关。

机场总能有让人惊喜的新事物、新发现。小时候第一次出国，在国际候机楼看到各色人种、印着不同航空公司标识的飞机，第一次意识到自己的世界这么小，外面的世界那么大。

飞到了国外的机场，下意识寻找来自国内的航班，蓦然看见印着梅花的一架飞机上有"中华航空"的字样，优雅宁静地泊在停机坪，立刻很兴奋而略幼稚地对着家人喊："看，是去北京的飞机！"直到听见登上这架飞机的旅客说话多操着柔软的宝岛口音时，才意识到它是即将飞向台北的。那是还没实现大陆和台湾直航的年代（2005年1月29日开通），虽然并不是飞去北京的航班，但在异国他乡看到中国人都熟悉的红梅，依旧有了想家的感觉。

大学时从美国纽约经科威特飞印度新德里。在科威特城这座中东城市转机的五小时里，我第一次看见了机场里的祈祷室，吃到了清真风格的麦当劳，看到跟在丈夫后面疾走、全身被黑纱覆盖得严严实实的女人。转机到印度需要换航站楼，从摆渡车上下来前，我和旅伴们颇有仪式感地一起倒数三、二、一，然后同时下车，"脚踏实地"，嘚瑟地宣告："Hooray! We've been to Kuwait!"（耶，我们来过科威特了！）——虽然，只是在停机坪上走了几十步去登机而已。

机场里还有不期而遇的温暖和善意。依然是读本科时，有次去洛杉矶，清晨出发急了，竟马大哈地把装着银行卡的钱包落在了宿舍，付了出租车费后，裤子口袋里就只剩五美元现金了，而那时还没有手机支付工具。这意味着我只能等到了洛杉矶之后，再硬着头皮向当地朋友借旅费。候机时饥肠辘辘，在餐厅用两美元买了一块巧克力布朗尼，就着机场的免费饮用水几秒钟吞下肚子。坐在旁边的一位拉丁裔老奶奶看了看我，笑眯眯地说："亲爱的，看你好像没吃饱。我刚好点多了，你看，这盘蛋饼我一点都没动，你帮我吃了吧！"话音刚落，就把冒着热气的蛋饼推到了我面前，继续友善地打量着我。

虽然一定有人要说提防陌生人，尤其是那些在人生地不熟的场所向你释放善意的陌生人，但在那个机场餐厅的那一分钟，萍水相逢的老奶奶和亚裔小伙儿之间不存在任何居心回测，也无须猜忌怀疑，只有最纯粹友好、一期一会的短暂交集。虽然我并没接受那盘溢着香气的蛋饼，虽然两分钟后我们就各奔东西，搭上不同航班，一辈子也许不会再见第二面，但那个狼狈的赶飞机的早晨和友好的老奶奶，这些年来却一直存在于我心里很柔软、很温暖的地方。

我习惯提前一点到机场，在登机大厅连廊自由惬意地走走，又或者到休息室拿杯咖啡坐下，在候机的碎片时间里读几页书、写一段文字。当然，也有匆忙到令人抓狂的时候。前些年在投行工作，每每出差香港都是争分夺秒干活，好几次在赤鱲角机场打鸡血工作到登机前最后一刻，然后一边被广播催着"Passenger Mr. Li Zheyuan"（乘客李柘远先生），一边冲上飞机。

我想，自己喜欢在机场的感觉，除了因为可以看到不同的风景，更因为机场总能给我每次都不同的"期待感"。无论外面是晴是雨，不管这次的目的地是去了又去的城市还是首次前往的秘境，从机场出发，我都将拥有一次独一无二的旅程，收集和先前都不同的故事。只要你曾出门远行，就会懂这种心情。

写这篇文章的此刻在久违了的香港国际机场转机，刚吃完一份烧鹅饭，喝了一杯冻奶茶，马上要飞往一个还未去过却对我有特殊意义的东南亚城市。听着粤语和英语的机场广播，看着或漫步或快跑的旅客，我的心里又一次被期待感填满。

一个人逃离世界，
去百慕大流浪！

作为旅行发烧友，我尤其喜欢不走寻常路、说走就走、几乎不做任何攻略以保有足够悬念和神秘感的旅行。有时我也热衷于独自一人去一个陌生的目的地，微信和邮件全部不看，连来电都要设成"勿扰"，彻彻底底屏蔽外界的一切干扰项，只求心无旁骛地旅行和感受。在遥远的世界角落，我不认识任何人，任何人也不认识我，就最好。

2019 年 5 月初，我完成了在哈佛又一个学期的所有论文和考试，瞬间进入像小鸟一样自由的状态。彼时距回国还有数天，我开始筹划着逃离波士顿，去呼吸呼吸外面世界的空气。班里几个同学叫着一起去西班牙、意大利，我想了想还是决定不加入任何旅行分队。自冬季下雨的中国台北和 1 月热如盛夏的泰国曼谷后，我就再没独自做过远途旅行。暑假正式开始前走一个，实在是完美的时机。

5 月 8 日晚和友人们聚餐结束后在宿舍看电影，快到 12 点时因为想起"一个人的旅行"这件事又来了精神。既然是说走就走，这次哥就任性得极致一点。去哪儿玩？决定办法很简单：

拿出一张纸，撕成三小张，每张写一个目的地，再折成相同的三个小方块，放到盒子里甩一甩，抽到哪个就去哪里。

就是这么简单，对不？

我的三个候选地是古巴、厄瓜多尔、百慕大——这三个地方我还没去过，都有着迷人的文化、独特的历史和让人醉心的自然风景，都不需要另办签证，且从波士顿飞行只要几个小时。

时间过了零点，我很有仪式感地甩了盒子三圈，然后心无杂念地抽出一个小方块，打开——

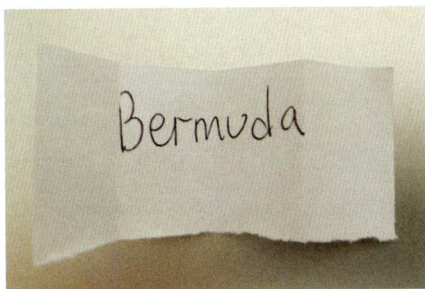

↖ 百慕大

好，那么，这次旅行的目的地就是百慕大了。接下来的一系列动作在 30 分钟内完成：深夜 12 点 20 分订好了 5 月 9 日一早 10 点多从波士顿直飞百慕大群岛的航班（也就是 9 个多小时后），5 月 9 日~11 日的住宿，快速打包好这次旅行的行装，然后洗澡关灯睡觉。

Bermuda, here I come!
百慕大，我来了！

大多数听说过百慕大的国人可能更熟悉"百慕大三角"这个词，那是一片神秘莫测的海域，有着诡异的磁场，历史上多艘轮船和飞机在这个区域失事，且难以找到残骸，骇人听闻。实际上，"百慕大群岛"和"百慕大三角"不是一回事——虽然百慕大群岛确实是三角区的一个重要端点，另外两点是美国佛罗里达州的迈阿密和美属波多黎各的圣胡安。

百慕大群岛，是由七个主岛和若干袖珍小岛组成的"英国海外领地"。换句话说，百慕大不算独立国家，而是当年大英帝国在全球野心扩张计划中的"遗存领地"。曾经的"日不落帝国"统领广阔疆域的美梦终究未能实现，却在百慕大这孤独的大西洋群岛上留下了不可磨灭的英国印记——无论是语言、文化，还是社会制度。百慕大的国旗至今拥有英国米字符号。

这些年我尤爱去非传统目的地旅行，看一看鲜有国人前往的地方。这么说来，百慕大着实是完美的所在。这片安静低调的珊瑚群岛，名气和人气都比不过宣传做得更好的加勒比海主岛（比如巴哈马和多米尼加），正中我想避开人群的下怀。

另一个和加勒比海岛不同的地方是，百慕大在16世纪初被西班牙航海家百慕大（Bermudez）发现前，是没有任何印第安原住民居住的"处女地"（virgin soil），是真真正正的"新世界"。在这个如同伊甸园般、面积仅53.3平方公里的地方，没有发生过欧洲殖民者在美洲大陆各地对原住民的残忍杀戮和种族融合。百慕大，是纯净、纯粹的小岛。

这些是我本科在耶鲁某节西方殖民史课上的所学，至今还有记忆。不过这篇文章毕竟是游记，不是科普，所以我就此打住。若你对百慕大历史感兴趣，可以自己做延伸阅读。

"LEO牌游记"大多分主题来写，比如"美景"是一块，"美食"是一块，这次咱们换个风格，以"时间推移"——第一天（Day One）和第二天（Day Two）的方式来写，更细碎，但也可以把我的这趟小旅行还原得更完整。

Day One

早上的美国达美航空航班准点把我从下雨的波士顿带到了晴空的百慕大，航程仅两小时有余。此时不是休假旺季，飞机没坐满，除了我一个亚裔之外，六成以上都是去度假的退休白人夫妇。

邻座的阿姨关切地问我在百慕大的计划，当听说我是一个人前往时难掩惊讶的表情，不过依旧不失礼貌地回应道：

That's awesome! You'll have tons of fun there!
（这太棒啦！你肯定能在那儿玩得很好！）

谁说百慕大一定得是家人、情侣或者朋友们结伴前往了？一个人飞去热带的岛屿游泳也是很妥帖的选择啊！

下飞机后连上机场网络，有点嘚瑟地截了一张自己的所在方位。一句话形容就是：前不着村后不着店（in the middle of nowhere）。离哪儿都不近，我心里美滋滋的。

百慕大机场极其袖珍，从下飞机到入境用时 5 分钟，怎一个快捷了得。上面说到百慕大全境加在一起才 53 平方公里左右，真是小得可爱（怜）。到底有多小呢？来个参照吧，厦门的市区在厦门岛上，这个城市我觉得已经很小了，可厦门岛的面积都有近 158 平方公里，而北京朝阳区的面积有 470 多平方公里——还是别比了，没有对比就没有伤害。

目之所及，皆为碧海蓝天

从机场打车直奔酒店，全程 3 公里，用时 6 分钟，创下了我旅行至今的机场—酒店单程最短纪录。给自己订的住宿是百慕大度假酒店里的某老牌旅店，有私人沙滩。前一晚预订时我主要就是看中了他家的私人沙滩这一项。

从机场大道开出来就能望见这家度假村的房子，大道两边都是浅宝石蓝和深宝石蓝交相辉映的海水，一下飞机就心旷神怡得很。

办入住时，前台女生问我：

Have you got any plans for today and tomorrow?
［你今明两天有什么（旅行）计划吗？］

我非常耿直地回复道：

Absolutely no plan. Just wanna chill and play by ear.
（一点计划都没有，就是想放松放松，然后再看咯。）

女生顿时流露出略带无奈又略带佩服的眼神，然后从身后的橱柜里拿出一大摞旅行小册子、地图、优惠券、酒店名片，开始事无巨细地介绍一番，生怕我在这个岛上走丢，或者一个人无聊。真是很有旧时英国人做事细致而周到的遗风。

表达了感激之情后，我抱着这摞旅行资料往房间走，边走边想：嘿嘿，可能一个都用不上。这次在百慕大，我想怎么玩就怎么玩。我的旅行我做主。

这个酒店度假村依山而建，绿植花草郁郁葱葱，客房都是联排别墅，一排排延伸到私人海滩。从前台走到房间的路上，我邂逅了各种来度假的家庭、情侣，有相互搀扶的老爷爷老奶奶，也有你侬我侬的清凉"比基尼们"和"沙滩裤们"。顿觉一个人住在这里真是"萌萌的"。

在房间安顿好以后已经是下午一点半（百慕大比美国东部时间快一小时）。早上

我所住的楼正对面的景象

酒店大堂随处可见的英国印记

这只猫咪友好极了，是个"人来疯"自来熟

通往私人海滩的小路两旁，雏菊朵朵开

在你和世界之间

在机场休息室只吃了一碗燕麦、一根香蕉、一片吐司，此时饥饿感已然十分澎湃。登录 Yelp（美国著名商户点评网站），迅速圈定一家好评如潮的百慕大风格海鲜餐馆，然后搭出租车直奔而去。

说到坐车，百慕大主岛的交通方式对游客而言比较单一。外国人一律不可租车自驾，一大原因是百慕大岛上多临山海而建的弯曲细窄的羊肠小径，对不熟路况的人来讲，开车难度较大。所以，大多数游客会选择打的或搭乘四通八达的公交车，当然也可以租骑小摩托车、脚踏车。因为肚子正咕咕叫得厉害，我就选了最短平快的出租车，不过价格也是高得可以，大约是纽约曼哈顿的 1.5 倍。

这家餐馆已有百年历史，在百慕大的一个小港边，我选好一个露天座位坐定。今天天气实在太好，不但天晴，还有微风，下午两点也不到三十摄氏度，惬意极了。

服务员多是上了年纪的黑人阿姨，大家都面善和蔼，笑眯眯地迎来送往。帮我点菜的阿姨得知我来自中国、求学美国，一个人第一次来百慕大，十分激动地用带英伦口音的百慕大式英语热情欢迎我，然后给了我一个大大的拥抱。在离家一万公里外的大西洋孤岛上受到如此温暖的问候，我肚子的咕咕声好像都减弱了些许。

饥饿使人贪婪。餐单上的好菜我每道都想点来尝尝。纠结良久，还是"情定"餐馆排名第一的人气招牌菜——"百慕大三角"。这是一道硬菜，偌大的盘子上放着用不同方式烹制的三种当地海鱼，故名"百慕大三角"。除了分量很足的鱼，还配有整盘垫底的炒棕米、烤百慕大芭蕉、红薯、生菜丝和两种蘸酱。

点了这道硬菜我竟还不满足，想再来一盘百慕大风的酥炸鸡柳块（chicken tender）。一直笑吟吟的黑人阿姨突然一本正经地板起面孔，认真问道：

Are you sure you want that much? Are you super duper hungry?

（你确定你要吃那么多吗？你是超级饿吗？）

看到我犹豫的表情，阿姨接着说：

餐馆的露天座位

人气招牌菜：百慕大三角

Honey, I don't think you wanna order both. The fish dish is huge.

（亲爱的，我不认为你想两个都点。那道鱼的分量可足了。)

言下之意是我吃不了，那盘鱼（"百慕大三角"）分量超大的。好吧，真是个可爱的、为食客着想的阿姨。您说不点，那不然，我就听一次老人言，今次就专一享用"百慕大三角"。

看，这就是大名鼎鼎的"百慕大三角"（见上图）。三种鱼肉＋三种烹调方法，肉量十足，肉质Q弹入味又鲜嫩。不过颜色高度重合，有点傻傻分不清楚。但是也顾不了太多了，刀叉拿起，叉起一块就开始大快朵颐。鱼肉的下面是炒棕米，四周码着烤芭蕉、红薯等配菜，满满当当一大盘，就是被我照得显娇小了。再点上一杯酸甜爽口的红石榴树莓鸡尾酒，配"百慕大三角"慢饮，吹着午后清新的海风，实在赛过"活神仙"。

在这家餐馆心满意足地用完在百慕大的第一餐，已是120分饱到了嗓子眼。想起刚才的饥肠辘辘，真可谓是"扶着墙进来，扶着墙出去"啊。多给了些小费，在餐馆的顾客留言本上写下一段感谢的留言（thank-you note）后，我被黑人阿姨一口一个honey 地拥抱和目送着走出了餐馆。

此时已是下午三点半，距离百慕大全岛进入"休眠"状态只剩一个多小时了。何为"休眠"？百慕大的营业场所（商店、景点、公共机关等）会在下午五点准时关门，几乎没有特例。入住时前台的女生就告诉我："要想好好逛这座岛，一定赶早不赶晚，五点之后叫出租车有时都得等很久。"当地人的谆谆教诲铭记在心，我决定抓紧时间去看看百慕大的世界文化遗产地——圣乔治镇（Town of St George）。

首府哈密尔顿（Hamilton）是百慕大全境为数不多的"大都市"之一，而圣乔治竟也算另一"重镇"。圣乔治在百慕大的东北隅，常住人口数千，始建于 1612 年，是百慕大历史最悠久的一方天地。曾几何时，圣乔治是英属百慕大的首府，不少现存建筑都有 400 年以上的历史，比如最著名的圣彼得教堂；另外还有展现了 17 世纪～ 20

绿房子、红房子
绿色的是一家叫作"西瓜"的小酒馆，而红色的是普通住家

橙房子
如果没记错，这是圣乔治的邮局

水清沙幼的圣乔治小码头

著名的圣彼得教堂，圣乔治
镇的地标式建筑，建于 17 世纪

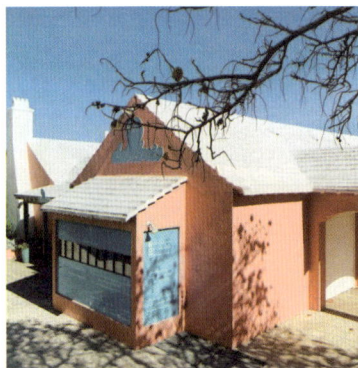

临海而建的餐馆，欣赏这座
小房子独特的肉桂红色

圣乔治的街巷处处有英伦遗
风，比如这个街名（皇后街）

世纪英国军事防御技术发展的维多利亚要塞、艾伯特要塞等。

在圣乔治，时间行走得很慢，慢到几乎要停滞。这里的所有建筑均是完美的混血儿：欧洲英伦风、非洲的鲜艳色块、大西洋的海洋元素有机结合在一起。每幢房子、每条小街都在大西洋的海风吹拂下迎接着新人来、旧人去，不论白天黑夜。西班牙航海家、英国白人殖民者、葡国过客、非裔黑奴……每个人、每个族群都成了百慕大几百年历史兴衰里不可分割的一部分。

我去过不少古城、古镇，但不管是国内的大理、丽江、九份山城，还是欧洲的因斯布鲁克、萨尔茨堡，大多早已变成游人如织、商店鳞次栉比的景区。但圣乔治不同，这个小镇太安静、太纯了，纯到没有一点和原生环境不合的味道与痕迹。这是我会考虑的多年后养老的地方。

依依惜别圣乔治回到酒店时已经过了六点，我在百慕大的第一天却远未结束。一个人说走就走的旅行，此时才进入最缓慢、最巴适的节奏。我换上背心和人字拖，带着两本书走到私人沙滩，静等大西洋落日，也面向着大海阅读、冥想和放空。暮光出现的时候，我索性脱掉鞋和上衣，在退潮的沙滩上向着晚霞跑步，好像一下子回到了小时候的那片海。

一个人，
一片海，
一个无人、无事打扰的平和世界，
就是我此次旅行的意义。

我住的这栋别墅有一整面落地窗，打开任意一扇，就能无缝接通这片宁静的海湾。拍这张照时大约是晚上快八点，天尚未全黑。

﹀ Day One 之夜

哼着小曲儿美美地冲上一个澡（嗯，洗澡时唱歌有益身心健康），然后优哉游哉地到酒店的餐馆吃晚餐。这是一家有浓郁百慕大风格的餐厅，所有服务生均着旧时服装，说旧时英语。这顿晚餐我并没有太精挑细选，而是直接点了一份有百慕大风格的炸鱼薯条（Fish and Chips）——英式饮食文化里经（简）久（单）不（粗）衰（暴）的招牌菜。本没抱任何期待，味道却出乎意料地好。

吃完炸鱼薯条后，一位服务生以令人非常难以拒绝的灿烂笑容邀请我再吃一份酒店自制的巧克力冰激凌甜点。我也是鬼使神差般地并没有拒绝。服务生笑靥如花地把两个巨大的冰激凌球端上来时，我不禁哼起了"燃烧我的卡路里"。

临近零点，窗外初夏的虫鸣更盛，完全是法布尔在《昆虫记》里所描写的昆虫交响曲的再现。我特意半开了一扇落地窗，好让不远的海浪、漫天的繁星和林中的小虫们伴我入眠。

酒店餐馆

巧克力冰激凌甜点

晚安，百慕大！晚安，这个世界！

在你和世界之间

Day Two

在百慕大的第二天，我看到了比第一天还美的风景，走到哪儿随手拍出来都是一张不需修饰的明信片。

话不多说，百慕大的第二天，我来也！

第一天晚上听着虫鸣声和海浪声入眠，第一次在无边大西洋的中央睡觉，感觉有点浪漫——一个人的浪漫。突然想起《也许明天》这首歌的一句歌词："海一望无际，我在浪里……"虽然意境有点不符，哈哈。

时隔 n 个月后第一次起得有点晚。倒也不是一口气睡到晒屁股的大中午头儿，而是大概七八点就被门外的鸟叫虫鸣声唤醒了，但我也并不是很情愿立刻睁开眼睛，而是逼自己继续睡过去。

大概用了半个多小时酝酿"二次觉"睡意，翻身若干次后终于又昏沉睡着了，再次醒来时打开手机看时间：中午十一点，优秀。真是久违了的大头觉啊。连轴转、每天忙不停的你一定懂我的，当生物钟已经适应了每天五六个小时的睡眠，想睡懒觉都有了不低的难度。

做俯卧撑、高抬腿、平板支撑若干，洗澡更衣，然后决定直接叫车到百慕大的首府哈密尔顿市区觅食。前面说过，百慕大是个只有 53 平方公里的小得可爱的地方，从酒店坐出租车到哈密尔顿大概 25 分钟——这已经是当地人公认的长途旅行了。唉，真的好远，竟然都快半小时车程了，呼——

这次遇到了一个极其健谈的司机大叔，百慕大土生土长，拥有西班牙、英国和非洲人的血统，真是完美涵盖了百慕大大部分移民成分。大叔也去过不少地方旅游，不过每次旅行回来最重要的感悟都是——任凭外面的世界被吹得多么天花乱坠，多么发达，多么酷，俺们百慕大小岛在俺心里永远是最美、最棒的。我想，在异乡感受当地人溢于言表的对家乡的骄傲与热爱，也是一种旅行的意义。

大叔把我载到了哈密尔顿市区最繁华的商业街，一条双向四车道的"海滨大马路"。对寸土寸"钻石"的百慕大而言，能有这条大道实属不易。

因为是十足的说走就走，任何攻略都没做，所以选餐馆自然也是要完全彻底地"跟着感觉走"。凭眼缘秒定了一家在二楼、有露台、人气颇旺的餐厅，随后非常人品爆发地跳过了排队等位这个工序，直接被安排坐在了露台区视角最好的单人雅座，开始了一边欣赏哈密尔顿港湾海景，一边享受正午阳光与和煦微风的曼妙午餐。

这顿午餐的主菜是大西洋三文鱼配芦笋杂蔬。三文鱼对于无鱼不欢的我而言烤得有点老，反而是蔬菜的味道更胜一筹。头盘我点的是百慕大风格的甜蜜酱鸡腿翅，摆盘是不是挺有仪式感，突出了菜品的精致唯美？噗，其实就是一个鸡腿配一个鸡翅……

干杯，百慕大！

↖ 头盘 ↖ 凤梨汁和远处的百慕大国旗

吃饱喝足，再加上"暖风熏得游人醉"，此时我感到有点食困（food coma）。但是，嘿，亲爱的哈密尔顿，我还没有一睹你的芳容呢，此时怎能被食困干扰？擦擦嘴巴，结好账，我开始了对百慕大首席"大都市"哈密尔顿的探索。

我对这座小巧的首府情有独钟。在我看来，有魅力的城市绝不是车水马龙、高楼林立、霓虹璀璨不可，而是任凭世事变幻，永远能保有自己纯粹、本真的风格、风貌和风韵，拥有自己独一无二的灵魂与积淀。

哈密尔顿的市区里，许多历史老建筑得到了完整的保留和妥帖的呵护，每一幢楼都封存着过去一百多年里，属于这座小岛的人、物、景的所有记忆。

从吃午餐的餐馆向左走一个小街区，就看到了百慕大书店（Bermuda Book Store），这貌似是百慕大最大的一家书店。在世界各地旅行，我和书墨香向来有缘，总是能在闲逛的伊始邂逅书店，这次也不例外，于是赶紧进去一探究竟。书店的橱窗里码放着《国家地理》儿童版杂志，封面恰好是小狮子。当 LEO 遇见 leo，自然要拍张照。

《国家地理》儿童版杂志

书柜上张贴的海报

完全赞同书店里这张海报上的话：

**Happiness is meeting
someone who loves
the same books you do.
幸福，就是遇见一个人，和你喜欢相同的书。**

只可惜在这个年代，遇见读书趣味相投、能一起聊书聊很久的人已经很有难度了。

百慕大一家卖红酒、烈酒的老字号商店，叫作"小鹅兄弟"（Gosling Brothers，gosling 的意思是"小鹅，幼鹅"），名字很有萌点。

哈密尔顿市的绝对地标式建筑百慕大大教堂，其建筑规模丝毫不亚于欧美主流城市的教堂。哈密尔顿市的地标建筑还有百慕大最高法院，看上去还是很气派的。

　　这幢在深深庭院里安静坐落着的两层小楼又是什么呢？这是百慕大国家图书馆（Bermuda National Library），有点好奇这里的藏书量有多少，不过，肯定也够我们任何人读几辈子了。

小鹅兄弟商店

百慕大大教堂

百慕大最高法院

百慕大国家图书馆

在你和世界之间

哈密尔顿市区各个角落都在诉说着百慕大的历史，比如这里讲述的就是在1620年，百慕大成为殖民地后不久便颁布了禁止捕杀海龟的法令，这也应该算是新世界（New World，泛指欧洲殖民者踏足的美洲大陆、澳洲大陆）的第一条自然保育法规。值得骄傲一下。

哈密尔顿依山坡而建，每条南北向的路都是北高南低，一路通向海边。

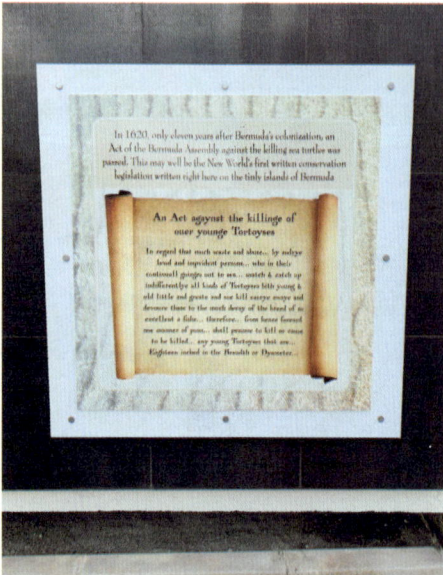

禁止捕杀海龟的法令

北高南低的马路

在哈密尔顿，行人和建筑一样有特色，这里的男性着装尤其抢眼。百慕大男士们在日常工作和生活中也可以穿出舞台感，比如在时尚界曾经（可能现在也依旧是）备受青睐的百慕大短裤（Bermuda shorts），它通常会配上纯色半筒袜一起穿，而就是这半筒袜的搭配成就了百慕大短裤独特的观感。下页这张小卡片是第一天有黑人阿姨的那家餐馆的杯垫，上面介绍了百慕大短裤的缘起。

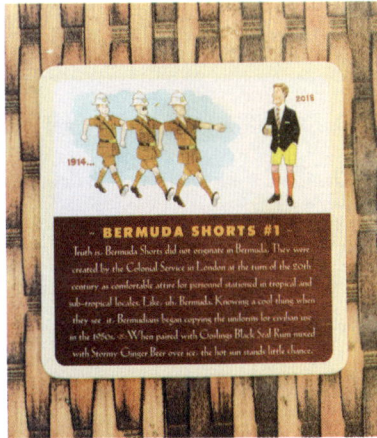

来，大家做一段英语阅读练习

　　在哈密尔顿市区"趴趴走"的几小时里，我就看到了密度极高的百慕大短裤。虽然本人从来没有偷看和偷拍别人的习惯，但因为心想着之后要写游记给大家看（这是千真万确的），并且"无图无真相"，所以也破例抓拍了两张。

　　百慕大短裤1：很少见男的穿粉红色袜子，并且还是长到膝盖的半筒袜。你们觉得违和吗？似乎……还好？

　　百慕大短裤2：白与黑的组合。

百慕大短裤搭配半筒袜

在你和世界之间

逛完哈密尔顿已经是下午快四点,你知道接下来我要去哪儿吗? 当然是——海滩!

这次来百慕大满打满算三天两晚,虽说是说走就走的旅行,但心态上并没有完全进入"海滩度假"模式。我所谓的"海滩度假"模式,就是一上岛便换成泳衣,涂好防晒霜,最好再带上一块冲浪板,一套浮潜装备,随时都可以跳进大海里和水亲密接触。这次哥没切换到这个模式,原因也是很简单的:一个人啊。

虽然从严格意义上来讲,我绝不算特别喜欢交际的社交型选手,但水上运动我觉得还是和一群好友一起疯会比较来劲、带感。这次,请让我做一个安静的旅人,在海边久久伫立,眺望远方,静享孤独的喜悦……呃,这种文字真让人起鸡皮疙瘩,某些作者是怎么写出来的,请问?

言归正传,百慕大的海和沙之美在西方世界是小有名气的。很久以前当我还是某旅游网站"有问必答"版旅行专家的时候,就已经读到过英国旅行作家写的关于百慕大曼妙海滩的故事。那篇文章的论点类似 "黄山归来不看岳",说的是世界上绝大多数海滩在和百慕大相比时都会瞬间失色。所以当时内心就种下了想目睹百慕大海滩之芳容的种子。

虽然昨天从机场到酒店的路上已经瞥见了百慕大的海,酒店的私家沙滩也够美,但毕竟还不是百慕大的海之精华。而现在,我就要去领略百慕大沙滩中的 No.1: the Horseshoe Bay,中文可译作"马蹄湾"。这是权威旅行杂志评出的全世界最美十大海滩之一,拥有惊艳的粉红配粉白色细腻沙滩。"粉红"是百慕大近海红珊瑚礁群的碎屑所赋予的颜色,在日落时尤为明显。

虽然是周五下午——按我从小在海边撒野的经历,这时候应该会有不少市民齐聚沙滩才对,但这片惊艳了世界的海滩却依然淡定着、宁静着,没有喧闹,更不可能有严重煞风景的各种小摊点。

整片海域只有共晒日光浴(间或旁若无人地秀恩爱)的情侣们,和一起出游的家庭小分队们,以及为曼妙海景倾倒的喜悦的我。在喜悦间隙,看着一簇簇一群群集体在海边放松着的浪漫着的人,有大概五秒钟时间,我突然有点不明白自己为什么就来到了这里，并且是一个人。

感受下我见到马蹄湾时"孤独的喜悦"。在马蹄湾浅滩里看到一片石头阵，此处的海是由浅绿到碧绿再到宝石蓝的渐变。

三五亲友的日光浴派对

为了这片海，我可以回到这里，千千万万遍

↖ 每一种颜色都纯粹到极致的百慕大之海

↖ "怎么都看不够的美"，美，美美美美美

无视频无真相，这就是完全无须修饰的美 ———————

　　正想着是"脱了上衣去海里游个泳呢，还是席地而坐，安静地冥想一会儿呢"的时候，突然有群人由左边余光里由远而近小跑了过来，并且行走的路径指向特别明确，就是朝我"杀将而来"的。

　　扭头一看，嘿，竟然是七八个亚裔男生女生，年龄和我差不多，估计也是考完了试来玩的，每个人都晒成了很好看的小麦色。还没等我反应过来，走在最前面的男生就笑着问我（如果没记错，原话就是如下）：

　　Hey man, okay...this might sound a little creepy but we've been staring at you for a little while from over there.

　　（嘿，哥们儿，好吧，这听上去有点诡异，不过我们已经在那边盯着你有一会儿了。）

他说着，指了指远处的躺椅区。说完这句时，所有人都开始起哄（但很友好地）大笑，弄得我顿时比较尴尬。

And we thought to reach out and say hi. Are you actually visiting here alone?

（我们就想过来和你打个招呼。所以你是一个人来这儿玩的吗？）

Oh hey guys, nice seeing some Asians here, finally. Yeah indeed I'm here alone haha.

（哦，你们好啊，终于在这儿见到亚洲面孔了。对啊，我确实是一个人来的，哈哈。）

对于突如其来的寒暄，我赶紧调整进社交模式。大家听到以后又大笑着点头表示赞同。来，大家再做一段英文阅读。

Wow that's amazing! We're from California and are here for a short vacay before summer internships. If you don't have plans yet do you wanna join us tonight? We're prolly gonna explore the party scenes here...

总之这帮来自加州的美国大学生想邀我晚上一起去参加派对。然而，正深度体验一个人旅行的我，并不是非常想被别人打乱自己的计划。尤其是我并不是十分想去派对……

Oh nice! Sounds great but I've actually got plans for tonight haha...Thanks for inviting though!

来，最后一段英文阅读练习。总之我就是"呵呵呵"笑盈盈地婉拒了他们的邀约。

Ugh oh okay, hmm, but what if this girl wanted you to join us?

男生做支支吾吾状，然后突然问了这个清奇的问题——如果是身边的这个女生想让我加入他们（而不是男生发出的邀请），那么我还会说"不"吗？

"最怕空气突然安静，最怕陌生人突然的关心。"

我只记得那个突然被提到的女生露出了又尴尬又不好意思、又愠怒又惊讶的复合表情，以及大家持续但友好的狂笑。不过我有点忘了自己是怎么再一次礼貌婉拒的了。

我只想对他们说：谢谢你们看到了一人独行的我，谢谢那么热情友好地邀请我成为你们的一分子，希望你们有一个愉快而难忘的百慕大旅程。

和亚裔小分队作别后我继续沿着海滩往东走。马蹄湾不但美，而且绵延数公里，除了极适合日光浴和发呆的宽阔粉白细沙滩，也有浅水险滩和嶙峋礁石，完全是海边徒步的完美场所。此时已近六点，可惜马蹄湾在岛的东南侧，没法看到火焰般的海上日落，所以我索性继续自己的海滩"东游记"，打算走到天黑时打车回酒店。

浅滩和礁石

越来越嶙峋的礁石

沙滩背心和大裤衩，"6"吗？

大块礁石群

往前走了大约两公里，白沙滩暂时消失了，取而代之的是越来越多的浅滩和礁石，在石头围成的小水洼里还有不少银色水母、蓝紫色小鱼、红色小螃蟹甚至黑不溜秋的小海龟，估计都是涨潮时被冲上来的。

再往前走，浅滩完全被大块礁石群取代，与其说是礁石，不如说是小型石山了。如果还要继续往前走，就要开始翻礁越石——正合我意，平常没什么机会攀岩，这会儿刚好玩个痛快。（注：这些石山是可以攀爬的，不少礁岩上还有远足者们的刻字——当然我是非常反对这种行为的。在大自然里穿梭，最好什么都别带走，什么都别留下，只当一个尊重自然原始风貌的过客就好。）

徒手攀岩过程中比较全神贯注，再加上手机快没电了，就几乎没拍照，只留下了这一张。看到岩石顶端的鸟了吗？我往上爬的时候这只鸟一直看着我，等我爬到顶端时竟然也没飞走，丝毫不怕生。大概因为，我们都是一个人吧，所以对彼此都没有戒备心。

俗话说：十年修得同船渡，百年修得共枕眠。在这浩瀚宇宙的这个时间和地点邂

在你和世界之间

逅，不知是得修行多少年才能达成的缘分？

离开海滩前留下唯一有人的相片。

天黑前作别这片美丽海滩，我挥一挥衣袖，不带走马蹄湾的一片云彩。

去打车点时途经一条海边的林间小路，突然想起美国诗人罗伯特·弗罗斯特的代表作《未选择的路》（*The Road Not Taken*）。

Two roads diverged in a wood, and I—
I took the one less traveled by,
And that has made all the difference.
一片树林里分出两条路——
而我选择了人迹更少的一条，
从此决定了我一生的道路。

晚上选择宅在了酒店度假村，去健身房运动一小时、晚餐一小时、看书一小时、工作一小时。

是啊，旅行尚未结束就已经忙起来了，不过听着夜晚的虫鸣声和海浪声，喝着从餐厅带回来的鲜榨树莓汁工作，着实是一种别样的享受。

第三天，一早爬起来搭早班机飞波士顿，去机场的路程只有十多分钟，而这也可能是我唯一一次去机场特别希望"道阻且长"的。多想再看看百慕大，多想再赶赶百慕大的海，这是属于我一个人的"那年夏天，宁静的海"。

百慕大，我会回来的！

关于百慕大的游记在线上线下都属凤毛麟角，估计到过此地的国人仍是寥寥。希望我的"百慕大游记"能让更多朋友意识到：在这个星球上，原来还有那么多未知却美好的远方。

富士山下的
欢乐安逸"趴趴走"

出差日本时在富士山脚下的河口湖畔有一日的"忙中偷闲"。边工作边静享富士山小镇的宁静，实在是极好的。

虽然这些年到过日本多次，但还从未在东京旁边的富士山下停留超过半天。此次出差来东京，依旧是只有三天半的短差，不过总算在回国前一天有机会住到一家离富士山很近（准确地说，是就在富士山河口湖畔）的酒店。虽然只是下午入住、第二天大清早便赶车到成田国际机场回国，匆匆而过不到一天，但已是心满意足。而且，这短促的不到一天着实给了我各种惊喜——短短二十个小时内竟然体会到了富士山不同季节感的阴晴雨雪，还有早晨似仙境般的山岚。

去富士山的前一晚，和东京当地的朋友到日本桥商圈附近的日式庭院餐厅吃和式综合料理，食物不算惊艳，但餐厅景致极好，可谓闹中取静。日式的庭院餐馆，虽没小桥但有流水，在夜里潺潺流淌，和枫叶交相辉映。

此时初冬的东京比北京暖不少，比关西地区的大阪和京都也暖几摄氏度，枫叶还未全红，黄红绿相间，别有一番滋味。

这次依旧住在熟悉的酒店，在东京中心，能在房间里鸟瞰这座泱泱大都会。东京的天际线其实没有太多第一眼便惊为天人的建筑，不像北京有国贸大厦、中央电视台总部大楼和中国尊，魔都上海有外滩、陆家嘴，不过东京的整体观感很棒，一大原因是空气好，另一个原因是城市规划非常工整。

第二天一大早离开东京市区，坐车到了山梨县的富士河口湖町。听上去好像很远，

日式庭院餐厅的枫叶

俯瞰东京建筑群

其实也就和从北京二环坐车到怀柔城区差不多距离,哈哈。日本不大,"都道府县"又多,很容易就能跨省。

都说富士山是每个日本人一辈子都必须去的地方,算是他们的"国民神山",我的所有日本朋友聊到富士山时也总是一脸的神圣。每当看到他们敬仰富士山的样子,我都会半开玩笑地叫他们去中国看看什么才是真正的大江大海大山——在咱们动辄海拔5000米以上的巍峨雪山面前,海拔3776米的富士山确实不算多么抢眼。不过,在满是秀气山水的日本列岛,富士山也算出众了。它的接近完美的圆锥形山体尤其是亮点,颇有意境。

这次去富士山,当然不是去膜拜。与其说我对这座山本身感兴趣,不如说我对富士山下纯净的气氛感兴趣。连着奔忙了挺久,我希望暂别喧嚣,在这里稍微洗洗肺,清净一下。

出发前比较了富士山地区的各家宾馆,最终选定了住在接下来要和大家分享的这家。为了避免变成广告，就不"安利"全名了，暂叫它 H 酒店吧，日本本土品牌。这家酒店没有富丽堂皇的装修，也不是光鲜的高楼大厦，却有全日本乃至全世界多家旅行杂志给的无数好评。在猫途鹰网站（Tripadvisor）上读了一些用户评价以后，我便毫不犹豫给自己订了房，决定来亲自打卡一番。

H 酒店算是"有名任性"，我正午十二点到了前台，但被十分日式礼貌地告知"需要下午三点才能住进客房哟"。也罢，就先在附近溜达溜达吃个午饭吧。此时惠风和畅，是有浮云的小晴天。走出酒店前门，再往前走几步，转角遇见了富士山！这是我第一次近距离端详这座日本人心目中的神山，还是有点兴奋的。因为很多日本朋友跟我说，富士山其实并没有想象中那么容易看到，尤其是在多雾多雪的冬季，经常神龙见首不见尾。很多人远道而来，都走到山脚下了，却只能看到浓密得拨不开的云，败兴而归。所以第一次到富士河口湖町就能看见高清无遮挡版的富士山，算是幸运。

带着愉悦的心情走啊走，肚子开始咕咕叫，饿了。就在此时，一家很朴实但看上去好像很好吃的小餐馆映入眼帘，真是来得正好！我不是那种在出游前会做很多攻略的人，来富士山前当然也没做任何本地餐馆的功课。抱着碰上哪家吃哪家的心态，竟

荞麦面餐馆

能邂逅这家眼缘不错的馆子，开心。这是一家以荞麦面为招牌菜的小餐馆，有五十年历史了，应该不会差。店面装潢很日本，"荞麦"两个白字在红底板的映衬下很醒目。

端着菜单看了两分钟，想了想，还是不吃面了。过去两天在东京为了省时间图方便，竟然已经吃了一次拉面、一次荞麦面、一次乌冬面，基本把日本屈指可数的几个面种都吃了一遍，而我本身并不是那么痴迷于面条的人。刚好看到菜单的末尾有一个很小的部分，写着有且仅有的两道不是荞麦面的主菜——一个是"亲子饭"（日本的传统饭食，又称滑蛋鸡肉饭，鸡肉＋鸡蛋下面盖着白米饭。鸡肉＝"亲"，鸡蛋＝"子"，一直觉得这名字有一丝残忍），另一个是"天妇罗饭"（天妇罗＝日式油炸海鲜、肉类、蔬菜等，炸之前先用面糊裹上）。

不瞒大家说，我有点喜欢吃油炸物，当年第一次到日本、第一次吃天妇罗的时候就觉得：哎哟，还挺好吃的。后来在耶鲁选修了一门东亚历史课，教授有一次半开玩笑地分享日本野史，说某大名鼎鼎的幕府将军是"吃油腻的天妇罗而死的"。好吧，可还行，这食物被黑得有点惨。言归正传，肚子饿了就要不违本心，选最爱吃的，管它影不影响低体脂率的保持。于是愉快地点了一份荞麦面店烹制的天妇罗饭。

↖ 一碗盛着天妇罗的饭＋一小碗味噌汤＋一块小豆腐＝朴素但暖胃的午餐

端上来的时候，店家阿姨笑盈盈地介绍说，除了虾和香菇是在海鲜市场买的，其他的天妇罗食材都是自家小菜园里种的：南瓜、红薯、茼蒿（嗯，日本也有茼蒿）、芋头、茄子，随后又有点小自豪地说："比市场上卖的食材都新鲜而且好吃哟～～～"（波浪线代表她的欢快语气。懂日语的同学可能知道，稍微上了一点年纪的日本女性在高兴时说话的风格——尾音上扬，略带一惊一乍感。）

　　介绍完以后还顺便和我聊了几句家常，问我从哪儿来到哪儿去，问我为什么日语说得地道，以及——呃，"为什么你的腿可以很长呢～～～日本男生都没有的哟～～～"。好像，有一点，尴尬……唉，碰到开朗健谈的日本老板娘，还是得笑着聊一聊的。

　　有点扯远了，不过这碗富士山脚下的天妇罗饭确实很给力。不像东京地铁站里一些快餐馆做的天妇罗那般油腻，却很入味，而且炸得很脆，恰到好处，唇齿留香。好评 +1。

　　吃完天妇罗饭准备抹抹嘴买单时，开朗的老板娘又笑盈盈地朝我走来，端上一个小红碗："这是我们自己做的香草鲜奶冰激凌，上面撒了我刚磨好的荞麦粉，好吃的哟～～ 送给你吃哟，免费的哟～～ 其他客人都是要付钱的哟～～～"。哇，看来尬聊也是有"好处"的，哈哈哈。以感谢的心情收下这份饭后甜点小礼，感觉自己和富士山下的这个小镇气场还真是很合。

　　不慌不忙地吃饱喝足，和开朗的老板娘"依依惜别、互道珍重"以后，看看表不到两点钟，还不能入住"傲娇"的 H 酒店，于是决定走到河口湖畔散散步，饭后消食。富士山的景观之所以看上去很唯美，"水"功不可没。嗯，富士山地带有好几个当年（很早很早以前）火山喷发之后形成的湖泊，经常被称作"富士五湖"，而河口湖是最有人气的一个，因为天气好的时候在湖岸边就能欣赏到富士山全貌，春天时还有曼妙开满的樱花，怎一个完美了得。小荞麦面店离河口湖岸只有几百米，几分钟就来到了湖岸边。关于风景就不碎碎念了，直接上图来了解一下吧。

河口湖岸的富士山景

再把镜头拉近一点

确实是安谧静美的所在啊。两年前的夏天去北海道洞爷湖，同样是火山喷发后形成的湖泊，却完全是另一种风格，不像富士河口湖那么秀气，多了北国的大气苍劲。如果说想在日本感受自然的宁静，那么富士山下和洞爷湖畔我都推荐。

在河口湖畔徜徉了半个多小时，时而漫步，时而坐下来半眯着眼感受冬天的午后阳光，不远处日本小朋友们叽里呱啦、奶声奶气的嬉戏声竟然很催眠，差点让我睡着（如果睡着了做个白日梦也挺好的啊！）。时间不知不觉到了两点半，决定走回"傲娇"酒店办入住。那么现在就开始揭开 H 酒店的面纱。

"傲娇" H 的"高格调"之一：前台和客房不在一起。前台在平地上，是一个独立的别具设计感的小黑屋，房间则全部建在富士山对面小山的半山腰上，只有二十多间，而且是独立的一间一间，从远处看去就像一栋栋长方体的小房子，需要从前台坐酒店专门配备的牧马人越野车去，五分钟才能到达。所有房间都直面河口湖和富士山，并且均有一个"无敌"观景大阳台，富士山就"赤裸裸"地暴露在阳台面前。一打开房间的门，阳台就会映入眼帘，阳台映入眼帘的同时，富士山也就映入眼帘了。天气好的时候，坐在阳台柔软的沙发式榻榻米上，就能在富士山的陪伴下尽情享受现在——读一本书，喝一杯起泡酒，听一段音乐，打一个盹，度过无比悠闲的一天。

"傲娇"H的"高格调"之二：可以总结为一个英文词"glamping"，也就是"glamorous camping"——中文可以译作"奢华露营"。上面说到所有房间都建在半山腰上，更准确地说，是建在原生态的森林里，每个房间都被郁郁葱葱的花草树木温柔包围着，而从客房走到各个公共设施区域（比如餐厅、露天烧烤区、图书馆——对，这酒店还有一个像模像样的图书馆）的过程就是在森林里"爬山"（没那么陡，也不会很累）和徜徉的过程，颇像在露营，是为"glamping"。

所有房间看上去都像一个个独立的长方体格子屋

也因为住在这里就像在"奢华露营"，所以办理入住的体验也与众不同。大家可以看到下图里的酒店前台区有一面大白墙，墙上挂着各式各样的背包。这些可不是装饰品摆设那么简单，而是要给客人的——入住时，服务员会让你从这里面挑选一个自己最心仪的，然后就可以把它带走咯。啊，这个包是干吗的？里面装了啥子哟？

酒店墙上的"盲盒"背包

　　这就要回到"奢华露营"这个关键词了。背包里装了这几样东西：一包曲奇饼点心（估计是作为"露营"时的营养补给），一个小型望远镜，一个头灯，一个越野水壶，一台小相机，一个防潮坐垫，还有一件速干雨衣。H 酒店准备这一大包东西的用意，一定是在模拟露营体验，让住客们可以尽情在森林里享受 glamping 的感觉。真的用心了，点赞。

"小蓝"里装的东西真不少

我选的"小蓝"

从小到大也住过不少酒店了，这样的 glamping 还是第一次尝试，新鲜感满格。办完入住，欢天喜地地上了牧马人越野车，前往这一天内属于自己的小房间。此时三点刚过，天气骤变，之前的天朗气清瞬间被乌云密布取代，气温也明显下降了几摄氏度，而刚才还一览无余的富士山突然没了影踪，被云盖了个严严实实——这里的天还真是很情绪化啊！

不过好在午饭前后已经饱览了富士山全貌，现在看不到了倒也不算什么，只是大概没法坐在阳台上欣赏山景了，还是有一丝遗憾。但转念一想：这不是很好吗？大多数过客匆匆经过富士山，只能看到它的其中一种样子，要么晴朗，要么阴天，要么雨雪，而我这次却能领略至少两种不同的风景，已经很幸运了，要惜福才是。想到这儿，禁不住露出了会心的微笑。

再分享一个随手拍的富士山小视频，一起感受一下咯！ ——————

在你和世界之间

任性出走曼谷的
80 个小时，我很惬意

　　元旦飞去台北待了几天，在离台前觉得没玩够，于是任性地退了回北京的机票，说走就走飞到了 365 天都是夏天的曼谷。

　　这是我第二次到泰国首都、"天使之城"曼谷，但现在很确定之后会常来。曼谷对我来说并非游客们竞相打卡的大皇宫、人妖表演秀场、卧佛寺——坦率地说，这些景点我至今大多还没去过。曼谷对我而言，就是一个可以永远穿着人字拖、大裤衩、短袖 T 恤，端着一杯冰咖啡惬意闲逛的地方。我不认识任何人，任何人也不认识我。这是一个可以完完全全放下包袱和压力，全身心放松放空的地方。

　　我喜欢曼谷这座城市，因为它特别自然、随意、从容，特别不装、不端、不做作。这城市没法跟东京比先进，没法跟香港比摩登璀璨，没法跟新加坡比精致整洁，这城市的主干道永远堵车，大车、小车、摩托车、嘟嘟车永远在呼啸着竞速，甚至在相当于北京西二环、东三环的街道上还能看到过街的肥硕大耗子。可曼谷真实，也因为这种毫无遮掩和雕琢的真实，曼谷有味道、有魅力、有料、有趣。这城市真的太包容了，各色人种和各种宗教信仰都可以在这里和谐共生。

　　好像一赞美起自己喜欢的地方就会变啰唆。旅行时我不喜欢带太专业的相机和三脚架等装备，因为总觉得带了这些东西之后，整个旅途中的心思一大半就放在拍照上了，有时会无暇静下来感受所处的时间和空间。所以过去几年以来，无论走到哪儿，我都几乎只用手机拍照，看到喜欢的就拍下来存着，回家以后再分主题整理成大大小小的专辑，有空时翻出来回味一下当时的风景和心情。

城市景观

　　曼谷的综合城建和天际线，在亚洲一众大都市里我估计排不进前五，却是我喜欢的风格，还是那个关键词——真实不造作，现代和古老并存，创意与传统共生，经常是超现代大楼旁的转角处便是泰式寺庙和古早的居民小楼、小吃店，稍显杂乱，却又很和谐。更重要的是，受惠于热带气候，这里的植被得天独厚，绿化非常棒。

城在林里，林在城中
满眼青葱真的是一种享受

　　这次特意选择住在曼谷的大使馆和中央商务区，天铁（空中铁路）和地铁四通八达，酒店周围尽是各国使馆，步行一两百米就可以到达如今曼谷最有人气的商圈——中央使馆大楼（Central Embassy）。从酒店房间看出去，曼谷商务区和新加坡颇有几分相似。我想，曼谷一定是建筑设计师们青睐的地方，这里永远对创意来者不拒，城中不乏诸如下页图中左一那样有特点、有性格的建筑。

　　我从小就特别喜欢建筑，在上小学之前还曾创下十个小时不停歇地坐在建筑工地旁看工人叔叔们盖楼的纪录。晚上走回酒店的路上往曼谷商务区一瞥，和中国香港的中环、铜锣湾也有一点像。

曼谷热闹的商务区

唐人街

嘟嘟车

　　这个世界上繁华璀璨的都市不胜枚举，每个中心城市（尤其是亚洲城市）都有引以为傲的水泥森林、地标式天际线，所以保留了传统的老城区才更显可贵。这次到曼谷，我特地走到只有当地人才熟知的老街小巷，也看到了很多比商务区更让我心动的风景，比如曼谷的唐人街（China Town）。

　　泰国有相当比重的华人人口，大多是早年下南洋的福建、广东民众，尤其以潮汕人和客家人为代表。曼谷的唐人街完美保留了华人移民最传统的文化元素，又巧妙融合了泰国本地民族的文化风俗，别有一番韵味。

　　大马路上的嘟嘟车是曼谷百姓出行时经常会用到的交通工具，也深受游客们青睐。在晚高峰堵车很吓人的曼谷，嘟嘟车的价值也更加凸显。

美食天堂

不得不说，很多人喜欢曼谷的一大原因是这座城市琳琅满目的美食。真的得说，曼谷是美食家和吃货的天堂！相比于拥有几十家米其林餐厅的香港、新加坡，高级餐饮并非曼谷的最强项。曼谷真正拿手的美食，藏在它的老街区、小巷子里，很多一级棒的餐馆都是"酒香不怕巷子深"。而触角敏锐的饕客们也不是吃素的，总能"闻着香味"纷至沓来。这次在曼谷我显然还"吃得不够"，下次完全该以美食之名再来天使之城，一家家吃过去。（呵，好大的口气！）

每天在酒店吃早餐时都会拿上满满一盘新鲜热带水果：百香果、木瓜、凤梨、波罗蜜……逛超市时也会特地拐到水果区徜徉一番。杧果、莲雾、山竹都是最爱。

那天晚上走到唐人街，特地拜访了一家在 Yelp 和大众点评上都好评无数的海鲜菜馆，叫作 T&K 海鲜餐厅（T&K Seafood）。工作日的晚上六点多我就赶到了，结果还是排了足有半个小时的队才好不容易得到一个角落的小座位。人气实在爆棚。

这家店是泰国华人开的，海鲜的做法和味道算是"中泰混血"吧，既有广东福建风味，也大量使用泰国本土食材调味。这一混血，就不小心混出了接近满分的美味，而且是难得的东西方人都喜欢的味道，所以生意才好得吓人。不过店面的内部用餐环境不是太理想，好在食材都十分新鲜，制作过程也算清洁，才不会让人有卫生方面的担忧。店里必点的蟹肉羹，汤头鲜甜，蟹肉的火候恰到好处，吃到嘴里唇齿留香。

超市的水果摊位（水果天堂）

好评无数的海鲜菜馆

这家餐馆的泰式咖喱虾也拥有超高人气。咖喱这东西蛮神奇的，每个国家的咖喱味道都不尽相同。印度的咖喱偏辛辣浓郁，按北方人的说法就是有点齁；日本的咖喱配饭吃非常棒；印尼和泰国的会加椰奶，而泰国咖喱还会在做海鲜时加些鸡蛋一起炒制，是我最喜欢的咖喱版本。一盘咖喱虾配一大碗米饭，我好像五六分钟就消灭干净了。

感觉自己忒能点（而且，并没有什么剩菜……实在是喜欢海鲜）。每次吃海鲜时好像也从没有过太明显的饱胀感，不像吃大肉时就会有明显的边际效益递减（diminishing marginal return）的感觉——前几口觉得好吃到爆，到后面就会渐渐被腻住，直至完全不想再多吃一口。

此行曼谷，我也很喜欢在另一家本地人的餐馆点的鲍鱼捞饭套餐。套餐由一份料很足的鲍鱼捞饭、炒空心菜、包心菜卷炒蛋和一只新鲜椰子组成，加起来 400 泰铢（约合人民币 80 元），十分划算。之前其实一直不爱吃鲍鱼，觉得就是个肉疙瘩，没什么味道，但到曼谷前被耶鲁的一个泰国朋友强势"安利"了这家店，说一定要去吃!!!（带着泰国女生那种激动起来会有点一惊一乍的口气，大家自行脑补。）于是将信将疑点了这个招牌套餐，吃第一口捞饭就被感动了——猪大骨、鱿鱼、鲜虾和蟹肉联合熬制的浓郁高汤配上鲜鲍鱼和半软半脆的炒米，真是好吃哭了，也瞬间理解了为什么长期在纽约工作的来自泰国的耶鲁校友听闻我可以去曼谷吃鲍鱼捞饭时，有那种激动而羡慕的语气了。

另外就是大名鼎鼎的泰国招牌菜——冬荫功汤。酸甜辣味的鲜汤，由泰国本土香

鲍鱼捞饭套餐

冬荫功汤

料加各种海鲜熬制而成，特别适合冬天喝上一碗（其实夏天也适合，能发汗）。

泰国也有海蛎煎，我国台湾和新加坡等地区和国家通常叫"蚝煎"。大颗新鲜的海蛎裹上地瓜粉、面粉、鸡蛋浆快火煎制作成，配上小葱和香菜调味。在哈佛我有时也去市场买新鲜海蛎，带回宿舍的厨房，自己做海蛎煎，打打牙祭。

阅读与闲暇时光

这次来曼谷的目的是放空、放松、休息发呆，像当地人一样过几天小日子。所以，午饭后的两三个小时我几乎都给了咖啡馆和书店，喝杯咖啡，吃些茶点，看一会儿书。这家叫开放屋（Open House）的"书店＋生活方式"综合体，我竟然一共去了三次，它在 Central Embassy 商厦的顶层，从酒店出发走路六分钟就到，既方便也惬意。

Open House 空间非常宽敞明亮，由几个不同的书籍区（书店）和九家袖珍餐厅、咖啡店、甜品站组成。所有顾客来到这儿之后，都可以先叫一杯饮品，点些好吃的，去图书区选一选自己喜欢的书，然后把书带到餐桌上，边吃喝边阅读，度过一个悠闲的午后。

Open House 其中的一个袖珍餐馆，叫作西蓝花革命（Broccoli Revolution），名字听上去就极其健康有没有？嗯，这个小餐馆做的几乎都是有机蔬果沙拉和各种鲜榨

袖珍餐馆——西蓝花革命

另一个袖珍餐馆，像个开放式厨房

书架

小书柜

暹罗猫抢镜

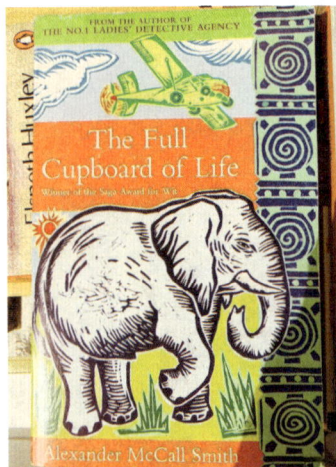

很有泰国特色

蔬果汁。我没尝试餐食，不知道味道如何，但很喜欢他们家的装修风格。

　　书架的设计非常打动我，不过我想这个柜架里陈列的书大概有一半装饰品的功能吧，并不是纯用来销售的，不然摆在高处的书也太难拿到了……

　　如果没说错的话，上页图中的小书柜陈列的都是泰国国王主题的书。泰国民众普遍爱戴自己国家的王室成员，尤其是亲民的国王和王后。在曼谷的大街小巷和各种公共场所里经常能见到国王的照片或肖像画，也是一道独特的风景线。徜徉在书柜书架间，发现了很多封面好看的书。

　　在既炎热又冰爽的曼谷，穿着人字拖"趴趴走"、吃美食、泡书店，就是我永远也不会腻的减压方式。如果你累了倦了，想短暂逃离日复一日的内卷焦虑了，就到曼谷走一走吧。这座佛教之都、天使之城，一定不会让你失望。

East or west, home is the best.

这句英文谚语既能被翻译成"金窝，银窝，不如自家的狗窝"这样接地气的中文俗语，同时也有着"在家千日好，出门一时难""月是故乡明"的意境。

我习惯了走南闯北看世界，习惯了背起行囊踏上未知的旅行，但习惯了当过客的我，却依然对家乡爱得深切。

当被问到是哪里人时，我喜欢毫不犹豫地回答：半南半北，半鲁半闽。

我的母亲是山东人，父亲是福建人。多年前，他们在山东大学邂逅，毕业后结婚，留校任教，之后有了我。所以，我在泉城济南出生，8岁时又随父母搬到了福建厦门居住，直到18岁赴美留学。

从耶鲁本科毕业后我选择回国工作，北京也成了我在国内的第三故乡。刨去后来在哈佛读书的两年多，我自2013年来也已在北京工作和生活了九年（截至2022年）。北京，这座我幼时曾觉遥远的城市，如今已和我的人生密不可分。

在探索、醉心于世界不同角落不同风景的同时，我也常想起远方的、陪伴我成长的故乡。作为吃着中国饭、说着中国话长大的华夏子孙，回到再熟悉、亲切不过的故乡生活，就是最幸福、最妥帖的事情啊！

济南，我想夸爆
我出生的这座城市

辛丑牛年（2021 年）的大年初五下午，我和济南的家人们依依惜别，回了北京。每到离别，总是满满不舍。从年三十到初四的这些天，我在济南过得非常愉快。和亲人们在一起，总是能放下负担和压力，全身心只管放松。平日秉持"爱拼才会赢"的上进小哥我，当然也是需要偶尔慢下来，过一过安逸巴适的生活的。

如果用一个英文词来形容济南，我想选"underrated"，也就是"被低估了的"。

人杰地灵、底蕴丰厚的泉城济南，相对名声在外的其他北方城市，比如青岛、大连，实在是有点被低看了。

实际上，济南真的很"可"。作为经济和文教强省山东的省会，这座齐鲁大地的首席城市有非常值得夸赞的历史和文化。千佛山、大明湖、趵突泉……国内高等教育界的老牌劲旅山东大学，还有老舍先生笔下的名篇《济南的冬天》，都只是这座城市丰富文化底蕴的冰山一角。

对济南有所了解的朋友大概听过，这座城市因泉水众多而被称作"泉城"，拥有"四面荷花三面柳，一城山色半城湖"的绝妙美景。济南有三大名胜，千佛山、大明湖和趵突泉，不少人应该在语文课本里学过《趵突泉》。

对对对，大明湖是济南的，不是江南或者其他地方的。"大明湖畔的夏雨荷"，是操济南方言的女子。

当然了，哈哈，夏雨荷只是琼瑶笔下的文学角色，历史上是否真的有原型存在，咱无处考证。不过，写出"知否，知否？应是绿肥红瘦"，"争渡，争渡，惊起一滩鸥鹭"，

"生当作人杰，死亦为鬼雄"的著名女词人李清照，是地地道道的济南人，曾在趵突泉边生活。相传李清照连洗漱都是用的趵突泉水系的泉水，因此趵突泉公园内有一处"漱玉泉"（该名从李清照《漱玉集》而来）。另外，趵突泉的"三股水"远近闻名，是纯天然地下泉水上涌形成的独特景观。趵突泉公园里除了"三股水"主泉，还有大小多处天然泉水，有的湍急，有的静谧，池底常有鲤鱼小虾，偶有乌龟。

登千佛山

趵突泉公园的天然泉水

小街不宽，但很整洁

大明湖边吹风，视野通透开阔

如果大家来济南，可以专门走走老济南的古城旧巷，有纯粹的老房子、花和泉水叮咚。对，是天然活泉、清澈见底的那种。我一直坚信，一座城市任何时候都不能丢了嵌在灵魂里的传统，那些古老的历经时间洗礼却长存的经典、精髓，是要用心呵护的。

2020年济南GDP（国内生产总值）过了一万亿，很多人说这是济南再次扬眉吐气、再次让全国人民刮目相看的起点，我倒觉得经济数据没那么重要。更重要的，是当地居民的幸福感。济南人的幸福感，在我看来十分在线。

咱就是说，这座城市要啥有啥。在这里当老百姓乐乐呵呵过日子，真的惬意。

文化教育强悍，资源丰富。除了山东大学这样的名牌大学，还有山东省实验中学、山东师范大学附属中学这些全国百强中学。济南人有文化的多，不是说大家习惯一口一个"老师"这么简单，而是济南大街小巷的书店密度高，很多市民酷爱阅读，即便普通话里可能带着容易被调侃的山东味，但因为看书多，所以引经据典、旁征博引的能力强，文笔也好。济南的文化感，足。

医疗水平高。当年有句话说"北协和，东齐鲁，南湘雅，西华西"，这其中的"东齐鲁"就是指山东大学齐鲁医院。除了齐鲁医院这家实力强悍的大医院，济南还有其他多家三甲医院，以及医术颇好的专科医院。所以，在济南看个病什么的，方便，相对不那么让人焦虑。

济南的吃喝玩乐也多啊。各种商场、餐馆、运动场、电影院应有尽有，周末不愁没地儿消费散心。再加上地理位置得天独厚，城里有山有水，所以想远足登高、泉边纳凉，都可以分分钟安排。

还有啊，山东是交通大省，高速公路和高铁都四通八达，比如从济南到北京也就一个多小时高铁；比如一路高速，自驾几小时就能到青岛、烟台、威海度个美美的海边周末。

即使不说这座城市各种"正经"的优势和幸福点，就说点肤浅的，济南也丝毫不露怯。比如吧，人的颜值。哈哈哈。每次到济南都会有一个明显的感受：这里的人，长得是比较好看啊，毕竟是山东人的大本营。

（补充说明：只是偶尔一瞥，我可从来不刻意打量路人的哟。）

所以，在这里为故乡济南打个大 call（应援支持）。山东不只有"中国青岛"和网红海滨城市威海。济南是山东省会、全国历史文化名城，人文底蕴和自然风景都非常在线，从济南出发还能很快到达孔子故乡曲阜的孔府、孔庙、孔林，以及泰安的五岳之首泰山。如果再走远点，还有"宇宙之都"曹县！

　　推荐大家到泉城走一走。到老济南的泉水巷子里走一走。到我爸妈曾读书和任教过、我幼年时生活过的山东大学校园里走一走。

济南夜景

LEO 读《济南的冬天》| 老舍

厦门，我的第二故乡，我很想你

有天晚上睡觉做了个久违的、不想醒来的梦。在梦里我回了厦门，回到八九岁的时候，和发小们在一起，周身有棕榈，有海风，有亚热带海滨城市的一切。

梦境里我说着简单的闽南语，伙伴们也用闽南语回应我，还依稀听到了那个年代在厦门再熟悉不过的闽南语歌。闽南语，这是我多少年都没有说过，甚至几乎未曾再听到的乡音啊。

醒来以后，很久都没能缓过神来，就想一直沉浸在梦里。我突然意识到，厦门，Amoy（厦门的外文名旧称），我是真的想你啊。

8 岁从齐鲁大地的泉城济南，搬到当之无愧的海上花园，是厦门把我养大，一直养到 18 岁。2009 年的夏秋之交，我拖着几个大行李箱，一步三回头地与厦门告别，去美国读书。没想那次离别，竟让我从此成了鹭岛（厦门的别称）的过客。

厦门，我真的想你。关于你的一切，都想。

小时候的厦门是我心中无可替代的厦门。20 世纪末的厦门还不是如今的移民城市，耳畔听到的除了普通话，就是闽南语。其实，闽南语可能还更多些。除此之外，也就是客家人说的客家话和其他闽粤赣方言了吧。我有闽中、客家民系血统，本非闽南人，却对闽南语和厦门有更多的认同感。我想，是厦门的人和厦门的一切，都那么温柔地对待我、保护我、陪伴我的缘故吧。

厦门，从哪里说起呢？回忆的机关一旦开启，就变成了不止歇的永动机。从小到大最爱坐的是厦门航空（简称"厦航"）的航班。厦航的服务，个人感觉是当之无愧的全国第一。真想现在就坐上一趟厦航班机，再听一次"人生路漫漫，白鹭常相伴"的普通话和闽南语广播啊。不是厦门人，大概永远无法了解这里的市民对厦航的感情。

多年前的鼓浪屿，哦，那座美丽岛，是真真正正由内而外的优雅，绝不是包装出来的。想坐着渔民的木船，而不是渡轮，漂漂荡荡从厦门岛吹着海风唱着歌，渡到鼓浪屿。那时候只有安谧的、转角就能遇见钢琴声的小岛和她的别致建筑群，她的上坡下坡古早小巷，她四处可见的、被岛民厚待的肥嘟嘟的猫咪，她厚重的华侨文化，她亲切朴实的做鱼丸的阿婆和做麻糍的阿伯。

没有拼命打卡的游人，没有南腔北调吆喝着的小店。我想一切的"厦门产"，太想了。鹭芳橙汁、苹果汁、冬瓜茶，古龙的肉酱、午餐肉罐头、中山公园西门配着酸萝卜片的土笋冻，湖滨四里菜市场的沙茶面，213海鲜大排档和小眼镜大排档的各种海鲜，局口街思北的鱼丸贡丸汤，灌口周宝珍卤味，丙洲煎蟹，同安封肉，妙香扁食，烧肉粽，斯利美的杜果绵绵冰、四果汤和芋圆烧仙草，浮屿鸭肉粥，龙海炸五香，吴再添小吃，还有豪客来和豪佳香百吃不厌的牛排与珍珠奶茶，海滨大厦24楼能俯瞰厦门岛和鼓浪屿的必胜客里总是吃不腻的鸡翅……

哇噶哩贡（"我跟你说"的闽南语发音），厦门没有北上广那么多的餐厅，但厦门人是真的会做菜，厦门的小吃闭着眼睛点，道道都入味可口。对厦门的想念里，"吃"只是一部分而已。厦门的方方面面，无论别人说好还是说歹，我都留恋。

想厦门的地名。港仔后，曾厝垵，将军祠，五缘湾，西堤，内厝澳，文屏，文灶，文塔，文曾路，金榜山，梧村，椰风寨，大德记，后埭溪，三丘田，后江埭，黄厝，大生里，火烧屿，珍珠湾，忠仑苗圃，乌石浦，前埔，后坑，金鸡亭，筼筜湖，高崎国际机场……一个大街小巷都把传统元素保留得很好的城市，是有底气的城市。

想念厦门骨子里带的文艺气息——这真是装不出来的，是一代又一代有文艺气质的厦门人一年又一年传承下来的。

厦门大学（以下简称"厦大"），多美的校园啊，依山傍海不说，旁边还有清净的古刹南普陀寺。小时候一到周末就爱坐上公交车，途经万石植物园，穿越隧道，到厦大校园旁的外文书店，如痴如醉读书到忘了时间。

华灯初上时意犹未尽地离开，再去白城沙滩或厦大芙蓉湖畔散散步——那时我还乳臭未干，总羡慕大人模样的厦大学生们。

有时我和几个伙伴同行，也会偷看几眼在芙蓉湖畔卿卿我我谈着恋爱的学生情侣……

那时的中山路，就是纯粹的中山路，没那么多"闽台伴手礼小店"，也没摩肩接踵的各地游客。我喜欢在中山路走走停停徜徉着的感觉，饿了就到黄则和花生汤店喝碗热腾腾的花生汤，再配个芋包。

也好想当年仍营业的光合作用书房。直到如今，在去过全世界不同城市的文艺书店之后，我依然怀念已经关闭的"光合作用"，怀念那里的书香和咖啡香。

厦门是音乐之岛、爱乐之城。好想再在星期日午后，到将军祠的音乐厅里静静坐着，听爱乐乐团的音乐会。

厦门是有信仰的城市。想再回南普陀，向佛祖和菩萨虔诚诉说；又或是跟着基督徒朋友们到鼓浪屿的小教堂听福音，被平安和喜乐环绕。

厦门的每一条路，都不分四季地飘着花香。尤其想念每年五六月时全城火红的凤凰花。当然，还有每个角落都能寻到影踪的三角梅（厦门市花）。

喜欢从湖滨南走到湖滨北，喜欢从禾祥东走到禾祥西。想念一路上的棕榈树，白鹭洲的郁郁葱葱、鸟语花香，筼筜湖畔驻足歇息的小白鹭（厦门市鸟），街边的每一家有气质的小店。

好想再回阳台山，再访虎园路。那都是我初到厦门时住过的地方。不知当年那么慷慨地把自家院子里桑树的叶子摘了几大袋送给我喂蚕的、笑吟吟说着温婉闽南话的越南归侨奶奶，如今还健在安好吗？不知当年我总在放学后光顾的那家文具小店，生意是否依旧兴隆？

还记得有次初夏雨后，在阳台山间的小路上，偶遇一条过街的花蛇。小蛇从容地瞧了我一眼，又继续从容地前行，钻进湿漉漉的灌木丛。

福建简称"闽"，门里有条虫。福建自古多蛇虫。厦门岛的山林里，也会在惊蛰节气后出现大蛇小蛇，却鲜有伤人事件。最多也就是在本地的报纸上读到：某某靠山住家后院溜进一条蟒蛇，野生动物保护部门已将其捉起、放生。

这一点，和福建后裔众多的新加坡何其相似。鹭岛的蛇，一如厦门人的性格：温润，随和，友善。"和谐"二字，在厦门就能找到完美注解。

想念在厦门读书的每一天，想念小学和中学的老师、校友。想再回初中部的操场跑圈，回高中部的球场打球；想再去一次吃不腻的食堂，再参加一次外语节的排练；想再在寝室熄灯后裹着被子打着手电背单词；想再在周五傍晚，从海沧区嵩屿路坐 72 路公交车，和同学们望着大海聊着天，回到厦门岛的家。

…………

人年岁越大，走得越远，就越念旧。厦门是我的家，我的家曾在厦门。想念台湾海峡边的你，北纬 24°、东经 118° 的温暖之城，那么近，又那么远；那么温柔，而又那么肯定地一去不复返。

北京的四季

在北京的生活总是节奏飞快、步履不停，但纵使工作再忙、压力再大，我也定会驻足歇息片刻，感受帝都在不同季节里满是治愈力的风景。

放眼全国，纯论自然和气候，北京大概算不上特别宜居的地方。甚至，不少南方朋友会抱怨着说道："哎呀，这个城市太干燥了，简直住不下去！"

作为在厦门长大的"一半南方人"，我也曾极不适应北京的水土，甚至一度痛下决心要搬离这里。但每一次皱着眉头即将要说出的"再见"，总还是被繁忙的工作给堵了回去。

然后，渐渐地，我适应了北京；渐渐地，我开始发现并喜欢上了北京的诸多"可爱"。这座城市于我而言，真的是越品越有味，越住越习惯了！

那就分享几段自己在这座城市的碎碎念和手机随拍吧。欢迎你到北京亲自感受一番。

京·春

最近在小区里戴口罩绕圈跑步，四月天之始，正是春色满园之时。因为疫情突起，这可能是北京近几年来最清净的一个春天，花也开得漂亮极了。每天跑步间隙都驻足拍下几张存手机里，不时感慨：呀嘿，男生遇见花，也是可以瞬间少女心爆棚的。噫……

赏花能让人心旷神怡。隔着书页，你闻到花香了吗？心情美丽一点了没？

"桃花春色暖先开，明媚
谁人不看来。"（唐·周朴）

"昨日雪如花，今日花如雪。
山樱如美人，红颜易消歇。"（现代·邓尔雅）

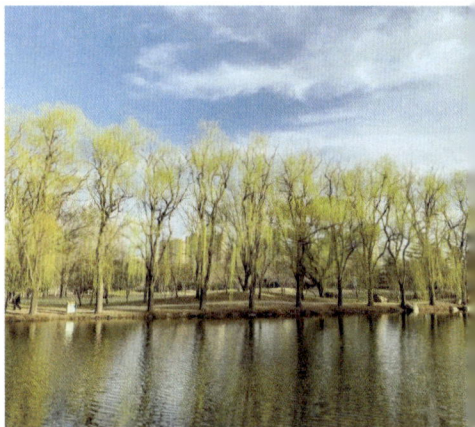

"桃红复含宿雨，柳绿更带朝烟。"
（唐·王维）

你最喜欢哪种花？看看我们是不是有一样的答案。

京·夏

在初夏的小雨里回到金融街散步。从 2013 年开始，我在这里干活，在这里租住，在这里看北京的日落与日出。金融街是我在这座城市的起点。我不清楚自己对金融街到底有多喜欢，但是我真真切切度过了很有回忆、快速成长的两年。

在依然熟悉的路上走着，经过很多人挤破头想进的名校，经过各种拥有神奇名字的胡同，经过当年吃饭的餐馆、剃头的理发店、偶尔逛的百货商场，经过一家又一家大型金融公司的总部，然后，看到雨后的云彩、远处的高塔和渐浓的夜色。

金融街光鲜、宽阔，是很多人的梦想，是我会偶尔想念的地方。当我结束一天的

金融街，见证了我的职场第一步

远足，暮色笼罩了下来。不知今夜你会有什么样的梦境？只愿想望与现实始终互相照耀，不负你我生活中的韶光。

　　前段时间到门头沟（位于北京市西部）工作。已经三年多没到过有山的京郊，从朝阳区驱车一小时后出丰台、石景山，逐渐看到仲夏里碧绿的山峦，顿觉舒坦。北京讨人喜欢的一点，就是不仅有适合造楼建市摊大饼的平地，也有巍峨连绵的山区。

　　当天的工作比较正式，穿了久违的西装。但我是真心不喜欢正装加领带的配置，

京郊的风景

在你和世界之间

绝美的乡村公路

穿上以后总觉憋气，更爱背心配大裤衩子，总之怎么轻便怎么来。

返程路上飘起小雨，偶遇一条绝美的乡村公路，很有身处北野武《菊次郎的夏天》和克林特·伊斯特伍德《完美的世界》电影中的感觉。顿时激动，下车，脱掉西装，把衬衣扣子解开三颗，再把下摆从裤子里拔出来，让带着雨水泥土香气的夏天的风穿过衣服，触抵肌肤。耳畔又仿佛响起民歌《乡间的小路》，回到了某年七月在南方田园小径上漫步、唱歌到黑夜的那一天。

京·秋

四季里我最喜欢秋天。说起缘由，大概因为这个季节独特的沉淀感。虽然没有夏季的热烈、春季的鲜嫩，但秋天的韵味在我看来是无与伦比的：不张扬，不肤浅，不浮躁；淡定、与世无争。

喜欢在秋夜里散步。秋风扫落叶，京城的大街小巷开始铺满飘然落下的银杏叶和枫叶。之前在三里屯一条闹中取静的小街上看见黄叶簌簌落下，突然想起哈佛的秋天。

毕业已近两年，对这片园子的感情却似美酒般，愈酿愈醇厚。哈佛的秋天是通透的、极致的纯粹，只感受到大自然尽其所能用它的美，滋润每一个在这里求学、生活的人的心田。

在哈佛时，喜欢在秋天里摘苹果，把果子从大到小码在书桌上，整间宿舍都是清香。

果香四溢

北京的秋天也好，却是另一种感觉，更苍劲、空旷，但同样有温度。秋天的北京，烟火气较春夏更盛。接近初冬，开始能在傍晚时分闻到烤地瓜和糖炒栗子的香味。

秋色尤美，无须过多构图，也不用滤镜，随手按下手机快门，就是明信片等级的美。我一直觉得秋日胜春朝，觉得历经沉淀后的风景更耐看，更"沉得住气"。

深秋初冬的月季依然有香气

秋冬之交，柳条依旧青青

深秋小路，满是金黄

最是红黄辉映的温柔

快要下初雪前的天空与红叶

银杏树里藏着最美的秋天

　　深秋十月，还忙里偷闲去了趟景山公园，登上这座叫"景山"的小山丘，俯瞰从古到今的北京，便觉周身清爽，压力一扫而空。

景山上看到的北京城

京·冬

冬日里的一个下午到海淀区和西城区"出了趟差"。之所以称之为出差，是因为北京城东和城西有相当一段距离，回公司路上还恰逢傍晚高峰，足足走了一个半小时才回到办公室。从西二环一路向东，基本都是"大型停车场"，个别路段堵得让人怀疑人生，我公司的司机大叔说，"都可以下车打套太极拳再继续上路了"。

因为堵，反而没什么好着急了。就当是紧密工作间隙的难得休憩。途经北京老城区时，我让司机下了环路，到老街巷上走一走。北京的朝阳区和东、西城区风格差别很大，平常我基本在朝阳区活动，习惯了东边的现代感。一到鼓楼东大街、平安大街这些老街区，就顿觉进入了另一座城市。

不过，这里也是北京，是更厚重、更有积淀、更有烟火气的北京。那里没有东边光鲜的写字楼群，却更让我喜欢。一座城市如果只是忙着建高楼，就容易丢了本真的灵魂。还好北京没有。这也是我欣赏这座城市的原因。这座城市藏在大街小巷里的浓厚底蕴和人文气息，难以被忽略。

在傍晚的车水马龙里经过胡同区，我下车随手拍了几张，想着周末再去老城区走走，放慢脚步，沾沾地气，净化心情。

傍晚的胡同和车水马龙

一期一会也很美：
旅行中邂逅的
那些景、那些人

在数年前递交给哈佛商学院的申请文书中，我曾以这句话为开篇：

I am a traveling soul.
我是一个为旅行而生的灵魂。

从童年开始，我便期盼每一次假期里的旅行。自己做规划，自己攒经费，自己背上包搭飞机、赶火车。

很幸运地，在 30 岁之前，我走过了六大洲的 30 多个国家。
星辰大海，田野高山，
旅行是此生戒不掉的爱。
我的旅行，
不是打卡逛景区，
而是到当地人的生活里走一走。
旅行的意义，对我而言，
是探索世界的奇妙与广博，
感叹人生的张力和多彩，
也深深感知，
自己的渺小与平凡……

在你和世界之间

写这篇文章的此时此刻，因为疫情，我已经有两年多没踏上曾是家常便饭的跨国旅途。在等待与全世界风景重逢的日子里，回忆曾走过的地方也能给人无限回甘。

曾有一位读者的留言我觉得说得很好，大意是：旅行，就是一寸寸地感受这个世界。

深以为然。当我们带着善意、友好之爱，潜心地看这个世界时，就一定能发现很多美好的细节，邂逅一个又一个美好的故事。

感恩节假期的周末旅行。回本科母校耶鲁时拍的哈克尼斯塔楼——这所大学的地标式建筑，我在耶鲁几乎每天都会驻足仰望的建筑。

耶鲁是我心中永远无法被替代的象牙塔。愿 Lux et Veritas（拉丁语，耶鲁校训：光明与真理）一直伴自己前行。

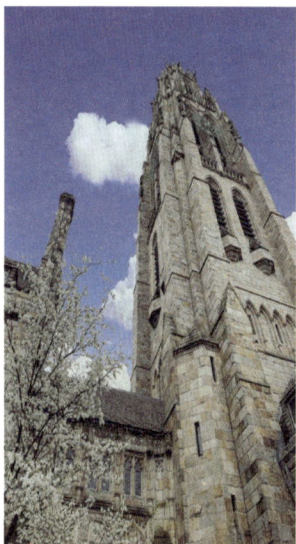

| 哈克尼斯塔楼永远挺拔 | 黄昏下的洛杉矶 | 午夜时分的东京塔 |

圣诞假的某天，摄于在美国加州度寒假时住的房子的阳台。喜欢在华灯初上时眺望不远处的洛杉矶市区。喜欢看这里的一切建筑、人、车流和灯火，因为他们代表了一个又一个梦想的实现。

　　仲夏夜，在日本东京和朋友们聚餐后散步。微醺的众人聊着天，无导航无目的地漫步，从大手町到六本木，直至临近午夜。途中抬头时忽见东京塔，那么明亮、那么真切、那么完整地出现在眼前。不管多迷惘，总会有灯塔在那儿等着你，不离不弃。

　　人间四月天的傍晚。在波士顿查尔斯河畔的人间四月里跑步，看见北美野鸭夫妇的宝宝们出生了，一家人一同出"游"，小鸭跟跟跄跄，父母在旁耐心指教，偶尔啄一啄努力的娃娃们。这样的家庭，就是我自己以后想要拥有的家庭。

　　七月盛夏的周末，结束一周的工作，从德国慕尼黑坐火车到奥地利边境的小镇放空发呆。一个人，一声汽笛，一座边境小站，一片暮光，组成了七月盛夏属于自己的一次一期一会。

野鸭一家

在奥地利边境的小镇车站放空

在你和世界之间

八月立秋后的某天，匆匆到波兰首都华沙出差，在老城街头偶遇手风琴卖艺男孩，不熟练地拉着东欧民谣。许是因为无人驻足聆听，小男孩耷拉着头，有些沮丧。我走到他面前站定，微笑地看着他，不说话。小男孩的眼睛突然亮了，开心地笑出了声，然后开始从头为我演奏。末了，我把零钱和刚从书店买的《肖邦传》送给他，拍了拍他单薄的肩膀。他再次开心地笑出了声。这样的孩子值得鼓励，也许他永远成不了肖邦，但起码该有一个充满光亮的未来。

马来西亚槟城的夜市。烤沙嗲肉串的华人老阿嬷已经独自经营小吃摊几十年，一个人撑起了一家人。几个孩子都争气，先后从本地或新加坡的名牌大学毕业，进入知名公司，组建家庭。但即使经济条件明显改善，阿嬷仍风雨无阻来夜市卖小吃。

那天雷雨滂沱，我饥肠辘辘地赶到小吃摊，邂逅老阿嬷，听她用马来口音的华语讲华人在东南亚打拼的故事，全程被她笑呵呵的态度感染到极致。阿嬷姓甚名谁我一无所知，也并未过问，但我至今都想念那晚的那一盘配着阿嬷秘制酱料的沙嗲牛肉串。

↖ 沙嗲牛肉串

↖ 手风琴卖艺男孩

这棵大树位于美国首都华盛顿的乔治城大学校园。树洞本是令老树无奈的一种存在（树洞是树木损失后的空心），但这棵老树的树洞着实可爱有没有？有了这些小家伙的陪伴，大树肯定不会孤单了。

夜晚，在新加坡街头慢跑。在他乡遇见故乡的名字，于是他乡也变得亲近起来。到新加坡多次，其实从未对这个叫"星岛"（新加坡的别称）的地方有过生疏感。作为在厦门长大的一半福建人，星岛的文化、饮食乃至整个"气场"，于我而言都是再熟悉不过的（新加坡的福建人很多）。

乔治城大学校园里的可爱树洞

在新加坡街头偶遇故乡的名字

冬季多雨的台北。在阳明山上走路，冬季里的这座城市多雨潮湿，路边邂逅一只蜗牛，我竟来了兴致，蹲下观察她。她缓慢但坚定地往上爬啊，爬啊，不知有多少人和车经过了她微小的身子之后，她终于爬到了坡上的一株野兰花草边，或许接下来，就可以吃到花蜜了吧？周杰伦在《蜗牛》里唱道："我要一步一步往上爬／等待阳光静静看着它的脸／小小的天有大大的梦想／重重的壳裹着轻轻的仰望……"冬季雨中的台北蜗牛激励到了我，也成了此后数月我的手机屏保。

离台北不远的九份山城。一面是海，一面是山，太平洋的水汽常年滋润着这座山城，随手拍下的景色，都有如电影剧照，让我想起侯孝贤导演曾在此拍摄的电影《悲情城市》。

晚饭后走回能眺望太平洋的民宿，老板家放养的小猫蓦然出现在眼前，悠闲地看看我，再看看远方。我赶紧走上前去，蹲下，把专门从海鲜排档为它打包回来的小鲜鱼掏出来。

整个环境里只有猫咪和我，还有海声、风吹叶摆声、小猫吃鱼声、小猫满足的呼噜声，连时间都可以被丢在一边了。

冬季雨中的台北蜗牛

九份山城的民宿小猫

多日连续熬夜忙碌之后，我从大西洋边的波士顿飞到了阳光满地的加州，和几个朋友租了一座明亮宽敞有泳池的大房子，开车兜风，自己做饭，游泳晒黑，吃垃圾食品，看走心电影，彻底给心放假两天。这是一个不上闹钟、只要放松的周末。

一直上紧发条很努力的我，当然也会偶尔慢下来，静享生活的片刻悠闲。

长沙出差行，学到不少，吃得太好。

好玩事：出差行程结束后经过长沙四大名校之一的长沙雅礼中学。其实我是刻意去打卡的，因为雅礼中学和我的母校耶鲁有千丝万缕的联系。20 世纪初的 1906 年，正是耶鲁校友来到长沙开办了这所学校，"雅礼"（Yali）之名便来自"耶鲁"（Yale）的变体音译。

作为耶鲁校友，我对这所优秀的"附中"有着别样的亲切感，所以特地换上耶鲁帽衫，在途经校门时拍了张游客照，冒充一回高中生。

我站那儿拍照时，有几个身着雅礼中学校服的孩子经过，用有趣的眼神打量我（和我的帽衫）。更有一位路人阿姨友好地笑着说："小哥哥，你穿的衣服字母印错了吧，是 Yali，不是 Yale，是 i，不是 e 噢！哈哈！"

我微微一笑，表示赞同。毕竟"山寨版"的雅礼中学校服穿起来还是很舒服的。

去往加州的途中

当 Yale 遇见 Yali

放眼中国，风格相像的城市不胜枚举。重庆却在西南一隅独树一帜，从未丢失自己的性格。我从小喜欢建筑，所以鬼斧神工的"重庆森林""渝中半岛""中国曼哈顿""8D 都市"就尤其令我着迷。这里的摩天大楼和桥梁隧道不但修得漂亮，还让我感动——在两江夹四岸的连绵群山中硬是造出了气派恢宏的泱泱城市，这一砖一瓦、一泥一钢的建筑过程该有多不容易！

山沟沟、陡坡坡里能生出重庆这个浩荡的直辖大市，不得不说是一件伟大的事情。当然，建筑路桥只是山城、雾都的表面美，重庆让我欣赏的另一个城市基因是这里的博大、包容、接地气。在解放碑、观音桥、江北嘴的高大上 CBD（中央商务区）和奢侈品店旁，人们照样可以在天黑后临街而坐，吃起老火锅、麻辣烫、跳水蛙和小面。穿西装皮鞋的和穿大裤衩、人字拖的人，说重庆话和普通话的人，在鲜香麻辣的夜宵面前没什么区别；不管在这里做什么工作，处于人生什么阶段，都有机会在重庆得到自己的一小片天，活得安逸。

山城重庆

有一天周五忙完，临时决定出北京过个周末，放松一下紧绷许久的身心。在手机上打开地图快速查看数秒，同时在大脑中飞速检索离北京不远的理想目的地。"威海"这个名字马上跳了出来。作为半个山东人，我还一直没去过这座齐鲁最东边的海滨城市。

到了威海，我独自住在能看见广袤大海的宾馆房间；在威海不同海滩边的咖啡馆码字、看书；黄昏时到沙滩上散步、迎接夜色降临；等彻底入夜后再背上书包，去本地海鲜小馆和地道的韩国料理店吃饭小酌；吃饱喝足后回酒店，洗热水澡、听音乐看书、睡觉；第二天起床后拉开窗帘，又是一整片的碧波浩渺、海阔天空。

即使在每天能看到海的厦门长大，即使海于我而言早已不是新奇事物，但我仍喜欢上了威海。对这座北方海城的欣赏，不只因它极好的海景、通透的天空、新鲜的空气、一尘不染的大街小巷，更因整座城市的不急不躁、从容随和、岁月静好。如果你累了、倦了、不开心了，就到威海来看海吧。

偶遇夕阳中来海边散步的阿姨和小柴犬

火炬八街，颇受欢迎的打卡地，乍一看确实
有日本的镰仓和小樽之感

海边半岛上的彩色别墅，住
在里面该是惬意得很

（据说因风向不同，威海的海边不像青岛那般潮）

周六下午的夕阳尤其绚烂，
随手一拍就是电影画面

在你和世界之间

我生命中的
摆渡人

第三章

这世界不可避免地有让人伤心、揪心、担心、焦心、
寒心的事，
但我们的生命，
也因有了可爱的家人、爱人、朋友，
而获得了温度和幸福感。

谨以此章，感恩每一位给了我爱和温暖的人。

在你和世界之间

她永远是我最棒的妈，毫无商量余地地最棒且唯一

　　我妈快 60 岁了。前几年和朋友们说到 60 岁，我不假思索地觉得，那是一个严格意义上的老年年龄，是看《夕阳红》节目的年龄。

　　好家伙，现在我妈已经即将进入 60 岁俱乐部，但她丝毫不像老太太。大娘？没有的事，也不存在。就连"老阿姨"好像都把她说老了。从心态到生活，我妈一直是个酷炫的妈。

　　比如说，她每天还是不停地看电影、读小说（当然，得戴着老花镜）。悬疑推理小说是她的最爱，我偶尔瞟一眼她的手机或平板电脑，常能看到"侦探""犯罪现场"这些词儿。看久了吧，她也偶尔叹一声气：眼睛花了，读得晕。然后就进入听书模式。在某软件上，她已经买了也听完了几百本有声书。白天的家里常是书声绕梁。我特忙，没空听，但在我妈的熏陶下，几个有声书头部主播的名字我现在也能倒背如流了。

　　她退休后的另一项爱好是日常喂养和救助流浪动物。其实不只是"爱好"，英文里"commitment"这个词更贴切，大概可以翻译成"使命"。

　　小区里的几个不同的流浪猫"帮派"经常打仗，有时斗得头破血流，但和我妈的关系都好极了。没辙啊，这位阿姨忒有善心，每天风雨无阻、雷打不动地带着各种好吃好喝的，满小区转着喂猫，覆盖喵星群众少说几十只。这些猫大多数都有名字——她和几位"救友"取的。

　　不只是猫粮，也喂鲜肉罐头、猫条、猫饼干这些我看着都想尝尝的小零食。最近她"变本加厉"，每次买虾的量都多了一半儿，不是给我吃，是给流浪猫们打牙祭添营养的。

冬季天寒地冻，她会扛着暖水瓶给猫们倒温水，用纸箱、家里的旧毯子褥子和我不穿了的毛衣给流浪动物（不只是猫）做暖窝越冬。天暖和点了，就把病猫送到医院治疗，把性成熟的母猫送去做绝育。

"真不能再生了啊，野外的难产母猫太可怜了……"

前几天和院子里的保安小哥聊天，他说："李阿姨可不只是喂猫啊，最近黄鼠狼眼看着都肥了一圈儿。"我说："不能啊，这是什么情况？"保安小哥说，他这个月值夜班的时候，老见着黄鼠狼妈妈带着小崽子们出来觅食，和猫咪共享美食。

嘿，不小心为北京城中的野生小生灵保育做了贡献，挺好。

我妈是山东人，在南方生活多年，不过按她的话说，还是回到北方舒坦些。她更习惯宽阔敞亮，不喜欢迂回婉转——我只是在说北京和厦门在道路设计上的区别啊。她的性格也像北京的街道，从没"弯弯绕"，对人对事都实诚得很，年纪越长越是如此。

我回国以来，她最爱跟我说的话就是：

↖ 我的大龄女文青妈和我

在你和世界之间

一定要对团队的同事们好点，他们北漂很辛苦，你要多鼓励这些年轻人，发奖金的时候别犹豫，大方点儿。

你要多感恩，很多人帮过你，你一定得帮回去。等以后实力更强了，就帮更多人。默默帮，别声张。

她是有信仰的人，心中满是善意。平安喜乐，阿门。她还爱跟我说：

儿子，不能给自己太大压力。你好好奔自己的生活，好好组建自己的家庭，好好对未来的老婆和孩子。妈妈养老怎么样都好，只要你过得好，我就放心、舒坦了。

你不能再熬夜了！！！赶紧去睡觉！！！（嗯，语气里常带若干个感叹号。）

现在是深夜一点半，妈妈你已经睡了，我在悄悄地打字。但我第二天从早晨到中午都没空，只能现在写。好，那要不，我停笔不写了，五分钟内关电脑睡觉。

其实还有很多想写的，但温暖的话搁心里即使不说出来，也很好。

我妈快 60 岁了，但她离"老太太"还很远。我妈她也确实老了，没有年轻时的好身体了，这几年尤其明显。但无论处在什么年纪，她永远是我最棒的妈，毫无商量余地地最棒且唯一。

作为她唯一的孩子，我只希望她永远以最舒服的方式，过好未来的每一天。作为家里的顶梁柱，我的每一分打拼，都和她有关。

LEO

写于 2020 年母亲节

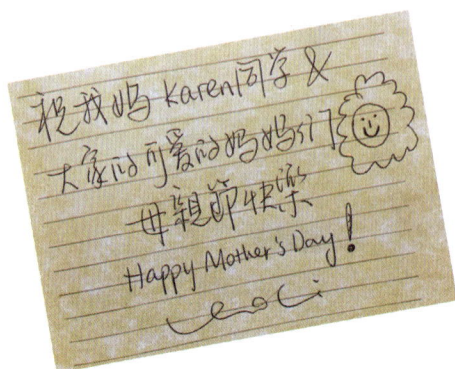

致我妈 Karen 同学 &
大家心所爱的妈妈们:
母亲节快乐
Happy Mother's Day！

↖ Hey，母亲节快乐！

有家回，有饭吃，
有人爱

这两天我过了两次小年。作为一个"南北混血"的中国人，腊月二十三吃饺子，过的是北方小年；而腊月二十四是南方人心中的小年。这两天我在工作、写文章和祈福中度过。

这个小年和过去几年都不同，因为终于回到了国内的家。对我来说，节日本身远不比"回家"来得重要。这些年在外奔波，常在地球另一边、时差十二三小时的地方独自生活，虽然每天过得满满登登，但心里依然觉得空落。毕竟，那里不是故乡。

我越来越肯定自己是个重度恋家的人。能和家人在一起，吃上一口家里厨房做出来的热乎饭，就比什么都幸福妥帖。我仍有许多野心和目标想实现，但到了而立之年后，我开始更期待忙碌后回到家的那种无法被替代的放松和舒服感。英文里"cozy"这个形容词说的意境，就是我最喜欢的状态。

想借这篇文章分享自己私藏了挺久的一些照片。它们有个共同的主题——过去这些年里，我每次回国、回家以后，我妈给我做的饭菜。即使在北京，我也经常得在外面吃饭应酬，所以才想着把我妈的（一部分）手艺拍下来存在手机里。

我妈不算大厨，"妈妈的味道"不比外面的山珍海味精致高端，但我独爱这一口。这不仅因味道本身，更因"回家吃饭、在家吃饭"这件事的轻松和畅快。换上背心和大裤衩，端起碗筷，想怎么吃就怎么吃。在"家"这个小小的世界里，我无须顾忌社会身份和随之而来的种种。在家里，我就是个爱吃老妈牌饭菜的儿子。

我从小就爱吃我妈做的红烧鸡腿和鸡翅，上初中那会儿能一口气吃十多个。现在也依旧觉得比麦当劳、必胜客的各类鸡翅、鸡腿产品好吃。

作为山东人，我妈蒸面食的技术还是非常过硬的。这两个白净馒头就是她的原创。由于 9 岁之后在南方海边长大，我对馒头的感觉实在很一般，但我妈做的除外。

妈妈牌红烧鸡腿和鸡翅

我妈蒸玉米和馒头
那可是信手拈来

除了馒头，花卷儿、包子、馄饨、煎饼……她都在行。有次还炸了油条，打了豆浆，可惜激动得只顾着吃，没拍照留念。妈妈做的小包子皮薄馅儿大，我在想，如果给部队里的大兵们吃，一个人干掉二三十个妥妥的。

有时候晚上开完会回去，还没进家门就闻到了香味。进门一看，嘿，我妈包了鲜肉大馄饨，还用小清新的小碟子配了几朵小清新的小草莓。完美暖胃晚餐，大抵就是如此吧。

给我做正餐时，我妈喜欢二配一：两盘绿色蔬菜配一个纯肉或纯海鲜的菜。我一直是个喜欢肉类和海鲜的人，对太绿的蔬菜很难爱上。还好她做菜比较入味，清淡的西芹配上黑毛山猪肉，也能炒得香。荷兰豆这盘菜比较清奇。看出来配的是什么了吗？是切成丁的涪陵榨菜。

我从小吃鱼长大，青春期有段时间每天的午餐和晚饭都有鱼。在美国吃鱼总觉得不够劲，因为上好的鲜鱼多被做成了木讷的鱼排，淋上各种略带尴尬的酱汁。回到国内就不同了，清蒸、红烧、糖醋、煎炸、烤焖，样样都有。老妈牌酥炸小黄鱼，我一顿饭可以全部干掉，太好吃了。

有时，二配一也会调整重心，变成二荤一素。比如2019年12月毕业回国后的第二顿老妈牌午饭，除了上面提到的红烧鸡腿，我妈还煮了红虾汤。在海边长大的人几乎没有不爱吃虾的，我尤其是鲜虾的重度爱好者。去了虾线、小火慢炖出来的大红虾，怎一个"鲜"字了得。你，想尝尝吗？

我妈做的红烧肉。此处省略10086个字描绘其美妙滋味。这是每次全部吃光了都会后悔，但后悔过后下一次依然果断饕餮的一道经典。

和红烧肉一脉相传的是红烧排骨。我妈看到照片时的第一反应是："排骨的颜色怎么深得看上去都有点不正常了？"……嗯，这色儿似乎是有点重，但我只怪手机和相机，不怪我妈的烹饪方法。因为吃起来一点也不腥、不咸、不腻。配上主食刚刚好，极其下饭。

花式馒头是我妈的日常巧思创意之产物。之前家里有袋燕麦片没吃完，我妈看我对冲燕麦粥的兴趣不大，干脆把燕麦片和葡萄干混合着面粉做成了馒头。虽然不太上相，但这馒头味道确实非常可以。

鲜肉馄饨配草莓　　　荷兰豆＆酥炸小黄鱼　　　红烧鸡腿＆红虾汤

红烧排骨

花式馒头

　　虽然回家以后的早餐主要是牛奶、鸡蛋、水果配面包，和在国外时无异，但我妈时不时也会做更精良的早餐，比如大虾面配荷包蛋，浓浓稠稠、热乎乎的一碗飘着虾香、蛋香的面下肚，一上午都充满力气。

　　糯玉米海带排骨汤，汤鲜料足排骨"横"，喝了两碗，卡路里爆棚。还有孪生兄弟甜玉米海带排骨汤，以及表妹山药海参排骨汤……我必须得承认自己对一切带排骨的汤情有独钟。

在国外时日思夜想的排骨汤

蒜薹炒肉配米饭的一人食。我妈炒的蒜薹嚼着从来都不老，口感介于香脆和软嫩之间，刚刚好。

蒜薹炒肉配一碗香米饭

有次出差，奔波了十天以后飞回北京。在机场候机时，边工作边和妈妈聊了几句天，没多想。刚进家门，便看到一桌热腾腾的饭菜和笑盈盈的妈妈，还有猫。我想，这大概便是自己恋家的原因吧。

出差后回家，瞬间被妈妈做的一大桌菜治愈！

韭菜馅饺子

北方小年夜，我妈包了饺子。韭菜肉馅儿，肉＝猪肉＋虾肉。

在美国几乎吃不到韭菜，因为外国人大多觉得这种菜味道怪。哪儿怪了？怎么就怪了呢？

小时候在山东济南长到8岁多，从韭菜炒鸡蛋到韭菜盒子、韭菜饺子、韭菜包子、韭菜卤面都常吃，自然对这种菜充满感情。它不但味道好，还助长身体元气（据说对男生尤其好）。

吃完老妈牌原创午餐之后经常配一杯茶。每次我回到天干物燥的北京，因为时差加熬夜，都特别容易上火，所以清热败火的菊花茶出镜频率尤其高。这一杯泡得好看，遂拍照留存之。

还有老妈牌晚餐之必配水果，这是某年冬天的搭配，以奇异果和褚橙为主打。

老妈牌祛火花茶

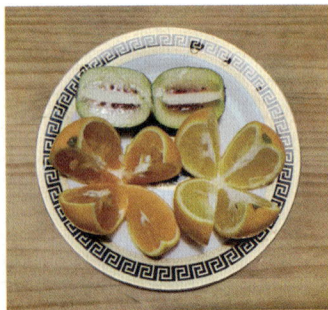
朴实无华的鲜切水果

我在收尾文章这会儿，我妈又做好了今天的午餐，竟还给了二选一的机会：

A 选项——土豆胡萝卜肉丁面；B 选项——时蔬蛋炒饭。

土豆胡萝卜肉丁面

时蔬蛋炒饭

告诉我，你会选哪一项？

我妈退休以后，每天仍然忙忙碌碌：翻译英文著作，看书，看电影，救助流浪动物，定期回济南照顾我的姥姥……

我在国外时，她自己一个人经常吃得很朴素，说是"上了年纪，饭量小"，可只要我回国归家了，她就天天下厨做饭，还总想着变花样做不同的菜。这次我毕业回来以后尤其如此。我有时怕她累，提出下馆子吃，她还不答应，一是觉得外面吃得不如家里卫生，二是心疼我一直奔波和辛苦。我这个儿子回家了，她就总想多做些营养、好吃的给我打牙祭。

我跟她说："我要把这篇文章放进新书里，给大家伙儿看看你的手艺。"我妈听了，第一反应就是："哎呀，我做得不好，给大家看多不好意思啊！"

可她分明就做得很好。我幸福地享用，幸福地感恩，幸福地用相机留下每一次"回家吃饭"的幸福感。

　　除了每次吃饭时以"光盘行动"回馈我妈的手艺，我也要借这篇文章夸爆我妈。当然，也要夸爆世界上每一位等着孩子回家的母亲。

　　只要回家吃饭了，一切就会很好。

光盘行动

写一些文字，
想念一个人

印象中，姥姥一直是个精瘦、整洁、安静的老太太，胃口一般，常年饭量小。但姥姥的阅读量巨大，且读起书来"作息骇人"，常常一盏小台灯开着，一本厚书举着，读到凌晨两三点。她手不释卷到九十多岁。

有年春节，姥姥写了张书单，仔仔细细交给我，说："昭昭，你要是有空，帮我去书店买这些书回来。"我一看，都是那一年最火的长篇小说，比如那年刚获诺贝尔文学奖的莫言的作品。

姥姥读书，也写字。她的小楷写得娟秀，却也大气。很小的时候，我就收到过姥姥给外孙的手写信，小楷、竖版、正体字，全是老一辈知识女性对后辈的爱和期望。

在山东济南远近闻名的齐鲁医院，姥姥工作了几十年，一辈子。医务工作者的灵魂责任感，在姥姥身上体现得淋漓尽致。她对病人痊愈、对世人健康，有强迫症般的执念。姥姥对医护事业的付出，影响了下一代。我家的多位亲人，都在医院完成了几十年的奋斗。比如二姨，虽已退休，却依然"摆脱"不了职业后遗症，有时梦到上夜班查房，因潜意识里记挂着病人，突然惊醒，之后再难入睡。姥姥也是如此。

姥姥身体一直不壮实。几十年前便病危过，但挺了过来。她被我们戏称为"药罐子"，各种药好像都"尝"过，却也被家人们坚信拥有细水长流般的生命力。她体质一般，但对孙辈的健康甚是重视。我小学四五年级时不爱吃饭，瘦到体检时被判定"中度营养不良"。彼时七十多岁的姥姥在厦门小住，一边笑叹我"肩胛骨突出得犹如天使的小翅膀"，一边变着花样给我煮粥熬羹炖肉，好让"这瘦孩子"赶紧壮起来。

在你和世界之间

后来我算比较争气，壮了，也最终长成现在一米八几的小伙儿。姥姥还是没完全放心，总觉我工作太忙，强度太大，也侧面叮嘱我妈"别让孩子太拼了"。在高盛工作时我经常凶悍地熬夜，姥姥的口头禅一度变成：昭昭工作努力是对的，但别为了百盛（她老叫不对这家投行的名字）和资本主义卖命啊！我一忙起来就把这些话当成耳边风。姥姥发自内心的叮咛，鲜少让我走心。我不是个听话的外孙。

姥姥是个文艺老太。上面说到她爱书，也爱剧，尤其京剧，妥妥的资深票友。我仍是小屁孩时，就和她一起看遍中央电视台戏曲频道的京剧，也在姥姥的影响下，尤爱京剧程派。没变声前，我还装腔作势模仿程派当家名旦名角的曲目，自然是唱得拙劣，但好在，姥姥的捧场功夫了得。

这些年在国内外求学又工作，忙，成了我的生活主线。和姥姥的见面次数和时长锐减，甚至变成一年一度。可即便是春节回泉城，回到姥姥身边，我也常手机不离手地回复各种工作或朋友信息。姥姥耳朵背了，聊起天来费劲了。而我又想当然地觉得，北京离济南那么近，想回来和姥姥见面聊天，随时都可以，不是吗？

又是一年农历五月初五。端午小长假开始前，我思忖着，回去看姥姥吧，好久没见她了，顺便买些姥姥爱吃的绿豆糕、桃酥什么的，和她边吃边聊会儿天。却很快打消了返济的念头——有些工作得收尾，小长假又短，还是先待在北京，等节后再抽空回去吧。

端午节后的第二天，姥姥骤逝，享年九十四岁。那天，收到姥姥病危的消息后，我带着自责，隐忍泪水，匆忙返回泉城。登上高铁前，姥姥走了。

这一天是 2021 年 6 月 15 日。二十一年前的同一天，我的姥爷去往天国。

"死亡不是失去了生命，而是走出了时间。"

永远愧疚。
永远怀念这位善良谦逊的老太太。
我的姥姥。

一天晚上做了一个很长、很长的梦。

在梦里我回到了多年前的小时候，左手被妈妈牵着，右手被爸爸牵着，我们都一直笑着，那么快乐地往前走。

走啊，走啊，看到了童年时的玩伴和亲切的班主任，又好像回到了少年时的操场，还见到了仍健在的姥爷，他比印象里更和蔼矍铄。

每个人、每处景都让我留恋。我就这么一直笑着，笑着往前走。

突然，一切都消失了，周围是风、雨、沙和我。只剩一个星球和一个我。

我努力地往前走，努力地尝试回忆起所有幸福的瞬间——那些父亲、姥爷和童年伙伴们都还在身边的瞬间，可我越努力，却越无力。

然后，我发现自己醒了。原来此时天还没亮，窗外下着小雨，偶有春天早起鸟的鸣叫声。

就这么静静地闭着眼躺在床上。原来，梦里梦外，我都早已泪流满面。

教师节，写了这篇唤起感情和回忆的文章

受家庭影响，我从小就对"教师"这个身份倍感亲切。不夸张地说，我是被老师们看着长大的孩子：出生后就有幸在大学校园里长到8岁，身边的叔叔阿姨们是清一水儿的大学教师，大哥哥大姐姐们全是大学生。就连我妈本人，也是教龄十多年的大学老师。

她每晚在灯下伏案备课，使我耳濡目染。周末有时她还会请学生们到家里做客。每每有孩子们来了，我妈就会准备一大桌子好吃好喝的，有时还买些当年特洋气的肯德基，带着学生们看英文电影，讨论莎翁戏剧，又或是讨论《呼啸山庄》《荆棘鸟》《傲慢与偏见》里的种种。

我还记得，几个比较"调皮"的哥哥姐姐会和我妈没大没小地开玩笑，说："李老师，×××在宿舍里说，要是你再年轻十岁就好了，说不定能追你。"

话音刚落，便是荷尔蒙满溢的年轻人们才会发出的爽朗大笑。我妈随即会做出"好啊你们，怎么和老师说话?!"的假装愠怒的姿态，学生们接着笑得更放肆了。

那时候我才六七岁，却已经觉得，教师真是世界上最幸福的职业啊。

当老师确实可以很幸福。我们后来搬离济南，和很多人断了联系。可二十多年过去了，我妈也年近花甲，却依然能不间断地收到20世纪90年代曾教过的学生们的祝福，有几个重感情的学生出差到我们的城市，还会上门拜访，说什么都要见见他们想念的"李老师"。

当年这帮没大没小开玩笑的70后、75后"大哥哥大姐姐"早已过了不惑之年，

事业有成，而我这个"小不溜丢"的男娃，竟也过了而立之年。

我对教师这个角色的感情不仅因为家人里当老师的多（比如我姥爷也是几十年的老教师），更因为我是真真正正的幸运儿——受到过太多优秀老师教诲的幸运学生。真的，我在当学生的将近二十年里，遇见的每一个老师都是好人。我能在学业上取得一些成绩，一大半要归功于我的老师们。因文章篇幅有限，我就先说几位自己童年、少年时的老师。

01

我人生中的第一个班主任是济南市舜耕小学的侯旭芹老师。当时教我的时候，侯老师应该就年近40岁了，我至今记得她的长相和口音。她是一位朴实善良、语文教得很棒的山东人。是侯老师让我每天都期待上妙趣横生的语文课，也是侯老师让我在人生中第一次戴上了红领巾，当了班长。

哎呀，写这些字的此时此刻，往事真的全都浮上了心头。我甚至想起了早读铃声的音乐和舜耕小学当年还有些简陋的操场和学生厕所（抱歉，哈哈）。

02

我搬到厦门以后读的是实验小学，这所学校的全称是"福建省厦门实验小学"（以下简称"实小"），在中山公园对面，离虎园路不远。作为说话不带闽南口音的北方来的小孩，刚转学入校那会儿我是有些忐忑的。但是实小的老师们瞬间化解了我所有的紧张。我当时进了三年二班，班主任是说话温柔、性格却很爽朗的高斌老师，教语文，在全班同学面前"力挺"我时从没有过半点犹豫，甚至让"土生土长的厦门孩子们多向柘远学习，学他字正腔圆的普通话"。

她真是很用心地在用各种方式鼓励我啊。我入学后没多久，竟就让我当了副班长，帮助我加速融入新环境。

03

四年级到六年级我有幸连续三年作为郑平平老师班上的学生，度过了小学的黄金时代。如果要评出对我价值观影响最大的三位老师，郑老师一定在前两名。

郑老师教书一流就不用说了（我们班的平均成绩一直是年级头名），她还特别重视教孩子们"学做人、学做事"，像妈妈一样对待所有学生。她很有爱，但也严格，是个细节控。比如我记得，郑老师绝不允许任何一个同学抖腿（"非常俗气"）；教我们吃饭时安静咀嚼、不吧唧嘴；她还严禁学生们在背后"嚼舌头"，东家长西家短地搬弄是非。总之，一些父母都可能忽略的教养细节，却在郑老师这里囊括，无一漏网。

我读中学后不久，郑老师就退休了。这几年也曾想过回厦门时看望她，无奈郑老师没有微信这些当代联络工具。如果坐标厦门的伙伴们读到这里，又刚好和实小的老师们有日常联系，可以在"学长 LEO"公众号后台留言告诉我，感谢感谢！

要不，我干脆把济南市舜耕小学和厦门实验小学曾教过我、让我感恩的老师们的名字都写在这里吧。如果大家碰巧认识其中的一位或几位，可以向他们转达：一个叫李柘远的学生在挂念您，祝您教师节快乐！（我在舜耕小学的就读年份：1997 年秋—1998 年冬；实验小学：1999 年秋—2003 年夏。）

郝海霞（谢谢郝老师带我入了珠心算的门）；

邢春燕（想念邢老师的音乐课）；

李衍群（您是我二年级上学期的班主任）；

王雅琴（我心目中最好的音乐老师，把我带入了合唱的世界，希望您身体康健）；

庄锦法（实小当年最受人尊敬的数学老师，让我爱上数学，玩转"画线段图"）；

郭秋菊（您辅导我参加全市手抄报大赛，我画的是"西部之光"，得了一等奖，我记得您是厦门同安区人）；

曾老师（体育女老师，抱歉名字记不得了，您当年建议我加入校田径队）；

杨立旺（当年很年轻的少先队大队辅导员兼美术老师，是很多小女生崇拜的"男神"）；

黄宛辉（喜欢您永远元气满满的英语课，对您的悦耳声音记忆犹新）；

付黎芬（五、六年级时我的英语水平突飞猛进，都有赖于您的教导）；

苏荔红（三、四年级时的英语老师，像妈妈一样好的老师）；

杨添寿（劳动课老师，有浓厚可爱的闽南口音，非常亲切随和）。

二十年过去了，今天回想当年，惊喜地发现老师们的名字我大多还没有忘。未来也不会忘的，因为他们都是我此生的宝藏。

再次祝我们家的老师们节日快乐。

祝曾给过我知识、启发和温暖的每一位小学、中学和大学的老师节日快乐。

祝所有用知识和爱改变孩子们命运的老师，节日快乐！

感恩的，

LEO

于 9 月 10 日教师节

在你和世界之间

一位看着我长大的阿姨发来这张老照片。当时他们夫妇俩和我妈是大学同一个系的讲师，我们还住在同个单元楼，所以几乎是朝夕相处。不忙的时候，阿姨和叔叔喜欢抱着我唱歌、看英文电影，骑车带我去动物园，还常给我做各种好吃的，一直把我当成自己的孩子。一晃二十多年过去了，他俩的"准00后"儿子如今都已入读研究生，我们没在同一个城市生活也已经二十多年，但友情、"亲情"从未变过。收到照片的这一天特别忙，也有点累，但这张温暖的照片让我一下子开心了不少。照片里的小 LEO 和笑盈盈的叔叔阿姨……甚是想念那段一去不复返的日子。

↖ 小 LEO 和笑盈盈的叔叔阿姨

写给未来太太的
一封信

老婆：

你好啊。我知道这是一封有点怪的信。毕竟你我到目前为止也许还没见过面，但这不妨碍我想在波士顿秋风初寒的晚上写信给你。我这会儿是个单身小伙儿，不过也许几年后我们就会组成一个小家。时间有时过得特别快。

写这封信，是想聊聊你，聊聊我，聊聊我们。毕竟我们在一起过日子，要相伴几十年呢。你的幸福，自然就是我的幸福。

我想告诉你一些自己的想法和希冀，不是缠绵情话，没有引经据典。你读一读，看是不是都同意？如果有不同意见，一定要告诉我，好吗？

01

先说说你吧，我心中你的画像。不过别紧张，这些可不是对你的"条框要求"，我也绝非挑剔苛刻之人。下面你要读到的，只是我期盼的你最好的模样。

我希望你有气质，而非美若天仙。"气质"，不是眼线、粉底、口红勾勒出的东西，我不知该如何详尽描述，但如果非要用几个关键词，大概就是"知性""阳光"和"氧气"吧。如果听上去很抽象，那我换个说法——我不介意你不化妆，不介意你没有现在人人乐道的"锥子脸""大长腿"，但我希望你有一股从内里散发出来的朝气；我希望你爱笑——当微风吹拂你的秀发时，当阳光洒在你的脸上时，你会笑着朝我走来，眼睛弯弯，开心而纯粹。那样的你，必然很美，让我觉得仿佛在空气稀薄的雪峰之巅吸到了久违的氧气。

说句可能有些"自私"的话：实际上，老婆，我不希望你太美，千万别美到令所有男性都倾倒的地步。毕竟，你是我太太，我可不想让"贼"惦记你。我没有虚荣心和炫耀欲，不会像一些人那样，恨不得媳妇儿美过演员和超模，带出去能给自己"长脸"。不，我没有这种需求。咱俩安稳过日子，互相看着特顺眼，就好。情人眼里出西施，你就是我眼中永远和唯一的西施。

两人搭伙过日子，我相信性格比长相重要太多。诚然，外表会使我们对彼此产生激情和冲动，但再美丽或再英俊的脸，也总有令人习以为常的那一天。到那时，性格就会变得尤为重要，如果咱俩性格契合，互相欣赏，热情就能持续下去，生活便可以越过越有味。若好外表和好性格二者只能取其一，我会选好性格。

性格好最基本的体现，我认为是善良有爱心，这也是绝不能被妥协和替换掉的一条。而善良最重要的表征之一，便是孝顺。我希望你对咱们父母好，由衷地疼他们，而不是走形式、走过场。

你会发现，我妈是个特好相处的人，虽然她很快就进入花甲之年了，但心依旧年轻得很，脾气也亲切随和。我希望你们成为朋友，就算不叫我妈"妈"也没问题啊，直呼她"Karen"也行，只要你们处得愉快无负担，我就高兴。

如果你有爱心，就更迷人了。一直以来，我都觉得喜欢动物的女生尤其可爱。你和猫猫狗狗逗乐时的样子，可能会让我心醉。爱心有时也是同情心，对遭遇不幸的人、身世卑微的人，我希望你会毫不犹豫地帮他们一把。起码，不可以嘲笑、歧视他们。

再有一条，就是乐观。悲观的人总有负能量场如影随形，这种气场会辐射出去，给身边的人制造压力。咱俩在一起的几十年里，一定不可能一马平川，在遭遇风浪的时候，我希望你能充满信心和勇气——毕竟，不管发生什么，我都会握着你的手，紧紧不放松。

老婆，上面这些"要求"都不过分吧？其实，还有一个有点大男子主义的想法，就是……我不希望你太要强，不要成为野心勃勃、叱咤风云的女强人，可以吗？我想，还是由我来当咱们家那个顶天立地的人会比较好。我这么说，真不是在搞性别歧视啊，你别介意。只是我发自内心不愿让你太累，以及——其实我会很喜欢你时不时撒个娇，当个软妹子，躺在我怀里的那种。好了，就此打住，肉麻话不多说。

当然话说回来，如果你在事业方面有追求，对自己的工作充满热情和动力，那么我必会在你背后全力支持，做好你最给力的助威团团长、啦啦队队长。

总有人问我："你找对象有学历和专业要求吗？是不是也得上过耶鲁或哈佛什么的？"哈，当然不是。

老婆，你是不是学霸，我一点都不在意。你在哪儿读的书，拿到什么学位，也都不重要。你不需要智商过人（我本来也不是天才），但我希望你喜欢思考、热衷学习，尤其愿意探索新鲜知识和技能。不爱给自己充电在我看来是件可怕的事，那样的人会很快丢掉生机与朝气。

学历没有"最低要求"，事业也没有。我只希望你找到一份真正有感觉、有动力的工作。只要是你喜欢做的，我就支持你，别因为工作而两地分居太久就行，否则我肯定会特别想你。

工作之外，你也可以有自己的爱好，插花、瑜伽、做手工这些活动当然好，就算你喜欢空手道、摔跤、拳击这些力量感十足的运动，我……我也支持！注意安全就行。

给你的画像到此为止。怎么看我都觉得你是个特好的女孩。娶到你，是我的幸运。

02

再聊聊我吧。

自己说自己，有点不知道要说什么。总之，我是个比较好相处的人，朋友、同事、同学们都说我脾气好、随和、重感情。（哎哟，王婆卖瓜了，不好意思。）所以，我不会随便跟你拌嘴的。朝另一半发火，是无能的表现。

和我在一起，你不该有什么压力——像上面说的，我不在意教育背景和工作阅历上的差异，更看重两人心灵的合拍。你也完全不用在外表上有压力，我绝对不会要求你一直"貌美如花"的啊，老婆，素颜就很好。

不小心又说到你身上了，折回来继续说我。虽然这几年总因为工作或学习四处奔波，不太着家，但其实我挺宅的。对在外面开派对、唱歌、喝酒、打牌这些活动，我并不热衷。相反，我巴不得在不忙的时候多在家里待会儿。手机关掉，只有你和我，我们的孩子，我们的宠物。窝在沙发上，读本书，看个电影或者球赛，吃点零食，再睡会儿，对我而言就是无比美好的放松。

不工作又不宅的时候，你多半会在健身房找到我。如果你也喜欢运动，咱们就一起，估计我们很快就能做得了那些高难度的二人档健身动作。如果你不太喜欢运动，没关系，等我带着一身臭汗回家，快速洗个澡，然后咱俩一起下厨，做出一顿暖胃又暖心的晚餐。

03

最后，再说说"我们"吧。

我相信好的夫妻同时也是好的朋友、好的玩伴。老婆，在咱俩还精力充沛的时候，一定要有几次特别棒的旅行——等我们老了后会无比怀念的旅行。

除了巴黎、米兰、东京、旧金山这些大都市，我们更该去看看世界上更遥远的那些角落。乌斯怀亚、马达加斯加、加拉帕戈斯群岛（科隆群岛）、复活节岛、巴布亚新几内亚、格陵兰岛……我想在每一个这样神秘又美丽的地方牵着你的手，狂奔、大笑，把世界的喧嚣全部甩掉。

我们也许可以有两个孩子（三个当然也好，不过怕你孕育生命太辛苦），如果是两个女儿就再好不过了——我偏爱女儿。自己这辈子是独生子，总想着能有个妹妹。有你这样优秀的妈和我这样还不错的爸，咱们的孩子绝对差不了。

我可能会溺爱我们的孩子，他们想要什么我都满足。所以，为了确保孩子们更健康全面地长大，我需要你把把关，别让我把他们给惯坏了。

我们的物质生活不会差的。虽然我对赚出几辈子都花不完的金山银山这件事丝毫没兴趣，但"财务自由"一定要尽早实现，绝不能亏待我们的父母、孩子，还有咱俩。

在我们都退休以后，就有时间精力做些更有意义的事了。我想，我们要去行善——不是咋咋呼呼恨不得让全天下都知道的那种"做慈善、做公益"，而是默默地助人。不管是建小学，还是保育森林和珍稀物种，或是捐助医疗科研，我们都可以做些力所能及的事，也要让孩子和孙儿们一起参加。

都不小心说到那么远的未来了，我入戏可真够深的。老婆，想到你，我的脸上就会泛起微笑。谢谢你让我有机会写这封信，这些文字让今晚的我感到很幸福。结尾前，送你几行小诗：

Without you?
I'd be a soul without a purpose.
Without you?
I'd be an emotion without a heart.
I'm a face without expression.
A heart with no beat.
Without you by my side,
I'm just a flame without the heat.
没有你？
我将是一个没有目的的灵魂。
没有你？
我的情感将没有了根基。
我将是一张没有表情的脸，
一颗停止跳动的心。
没有你在我身边，
我只是一束没有热量的火焰。

真诚的，

LEO

金秋 9 月底于哈佛校园

很高兴遇见你，期待在未来见到你

LEO 读《醒来觉得甚是爱你》节选 | 朱生豪

想和未来爱侣
一起做的 20 件小事

初春的这一天，在天空澄澈的北京码出这篇文章，"浅"整理一番想和未来爱人一起做的许多件事情。虽然此时仍是单身状态，也不着急脱单，但拥有美好爱情自古便是人生一大幸事。如果在不久的将来遇见了好的恋情，我定会仔细经营、用心享受。

谁说"单身狗"不能憧憬有爱情的生活？这篇文章写完后我先存起来，留着以后给另一半看，然后俩人顺着这份"爱情清单"，一项项体验和完成。

脑子里有很多点子，就不按惯常理科男的思维——归类、整理了。想到什么便写下什么，请和我一起憧憬、感受。

1. 在热带森林里开车旅行。车窗外大雨滂沱，刮着赤道的风，车内播放着我俩喜欢的音乐。一直顺着林间的路往前开着，目的地是哪儿并不重要。我们偶尔侧目，笑着看一眼彼此，或者轻吻对方的脸颊、嘴唇，这便是从容、惬意的二人世界。

2. 一起做饭，早饭、午饭、晚饭、夜宵，只要是饿了、馋了、想尝鲜了、有时间了，就可以一起做饭。在我俩宽敞的、器具和食材一应俱全的厨房里，从洗菜、切菜、烹饪再到出锅，一起忙活。尤其想多做一些让心情愉悦的各种甜点，然后喂你吃。做饭时肯定得偶尔调皮一下啊，比如从后面突然搂住你，不让你动。

3. 一起学门外语，不必精通，浅尝辄止也很好。两人吃早餐时一起做听力，睡觉前再一起练练口语、背背单词。重点是学会那些表达爱情、亲情、友情、好心情的地道说法。

4. 一起养动物，猫和狗肯定要有，还可以考虑其他小动物，比如仓鼠、荷兰猪、兔子和刺猬（好像有点臭哦）。猫也许可以有两只；因为比较独立自主，狗一只。不一定是买来的小可爱，也可以是抱回来救助的流浪小生灵。好好对它们，一起给它们准备好吃的、铲屎、梳毛、选玩具，让它们做世界上最幸福的宠物。

5. 一起去地球的不同角落迎接新年的第一缕曙光。我们应该都是热爱旅行、步履不停的在路上的灵魂（traveling souls）。南北极、乌斯怀亚、摩尔曼斯克、开普敦、斐济、佛得角、萨摩亚，这些地方会留下我们的足迹。哦，还有童年读三毛时就憧憬的加那利群岛和西撒哈拉。想和你万水千山走遍。

6. 一起做些有价值的事。人这辈子如果只为自己赚钱、自己享福，不就太无聊、空虚了？我们可以作为校友，给各自的母校捐些钱，让更多的学弟学妹拿到奖学金，正如我当年在耶鲁获得的那份幸运一样。再到乡村，建些图书馆、体育场。支教是很好的，但前提是我们至少能抽出连续的一个月以上时间。绝不把支教变成"下乡三五天、拍拍照抱一抱"的"贫穷旅游"（poverty tourism），而是得实实在在帮到当地的孩子。如果支教的时间抽不出来，咱俩就一起长期资助几名学生。所有这些都无须其他人知道，默默做，偷着乐。

7. 一起在建于中世纪的、建筑经典、气氛曼妙的古典图书馆里阅读、学习。带着各自喜欢的书，面对面坐着不说话，各自沉浸在书中的世界，一上午，或一下午。

8. 一起去各种特别棒的酒店体验，尤其是那些既具异域风情又原汁原味的、和当地风土文化和谐结合的酒店。有时，美好的酒店就是最妙的景点，都无须再买门票去打卡其他景点了，咱俩在酒店好好体验，享受二人世界，就很美。

9. 一起禅修、辟谷、冥想、与世隔绝数天。这个世界太喧嚣，心的疲累有时都不知从何而起。没关系，咱俩要抽空屏蔽平日里的干扰，通过禅修等方式返璞归真。自己的身心在获得净化之后，感情中的小磕碰、小摩擦也能得以消除。

10. 一起翻修、装点房子。我们当然会有自己的房子，而且不能小，比如得有大落地窗、大书房（整面书墙是必备）、大厨房（带岛台）、健身室、绿植区和睡得很舒服的超大床。房子住了数年后要优化室内设计装修，咱们一起商量优化方案，一起把方案变成现实，让家一直温馨有暖意，住得舒服。

11. 一起在海边骑车，自行车就挺好。如果是机车，那我骑上载着你。骑着骑着就不小心遇见了夕阳和晚霞，看到了海上升起的月亮，远处是归家的渔舟点点。

12. 给彼此打点衣服鞋帽等穿搭——我知道，这当然不是天天要做的事（毕竟我对穿搭知之甚少），只是偶尔来一次，不就是为了好玩嘛！互相选选衣服，打点一下对方的"OOTD"（outfit of the day，今天的穿搭），真的还……挺有意思的，不是吗？

13. 一起关爱我们的父母。我们在一起后，父母不一定搬来同住，有了孩子也不要求他们帮带。但父母一定不能和咱们渐行渐远。他们年纪大了，需要后辈的关爱。所以咱俩设计一个"机制"，每隔一段时间就来一次"爸妈关爱日"，总之就是通过各种方式让他们开心。如果他们精力允许，就外出同游；如果他们比较佛系、不爱动了，那就一同慢下来，享受悠闲的静好岁月。

14. 一起练习一门比较独特的运动，只要学会、能玩就行，当菜鸟也没问题。比如有点酷、有点烧脑的冰壶，比如气质感满格的击剑。如果不想尝试这些也行，一起跑跑步、爬爬山、打打球就挺好。

15. 一起做回小孩。年纪再大也不能丢了童心，无论男女。咱俩在忙碌之余抽空一起返老还童，比如在纪念日去世界上最快乐的迪士尼乐园 [可以吃爆米花、坐过山车、cosplay（角色扮演）一把卡通角色] 和环球影城（哈利·波特和侏罗纪公园是永远的爱）；比如开车到郊外的山野公园，捡野果、蹚小溪、游野泳、看星光、劈柴生火做饭，然后搭座帐篷在里面住一晚上——这些活动就不一定带孩子去了啊，两人结伴就挺好。

16. 互送盲盒小礼物。虽然我们可能都不是盲盒重度拥趸，虽然平日里我肯定会经常给你买你喜欢的东西，但偶尔把显而易见的礼物变成盲盒，再由你亲自发现和开启，你惊喜的样子也能让我特开心。你要是送我盲盒偶尔故弄玄虚一把，我也一定很高兴。想起欧·亨利的短篇小说《麦琪的礼物》，虽然文中的那对爱人送"岔"了礼物，却让彼此感受到了坚不可摧的爱，多好啊。

17. 一起拍 vlog（视频日志），记录我们的生活碎片。不苟求技术，也没有脚本，甚至不存在主题，就是随心所欲放松地拍，什么时候剪出来、成片有多长、给谁看，这些也都不一定重要。就是有空时拍一拍，把生活中的小确幸、想和对方说的情话（害羞就算了）留下来，在未来很多年以后的任何时间，都能翻出来再看一看，必定有幸福感涌上心头。

18. 一起化一次妆。对，化妆，而且是请专业化妆师，把咱俩变老，越老越好，七老八十皱纹满面、白发苍苍的样子，再换上老爷爷老奶奶穿的衣服。化妆时互相隔开不让对方看到，化好了再"重逢"。静静看着彼此变老后的样子，我想我可能瞬间破防、红了眼眶，然后将你拥入怀中吧——因为看着苍老后的你，会心疼、感恩、不舍，总之会百感交集。

19. 给对方寄最传统的手写信、手写明信片。这不是矫情，是表达感情的经典方式。相伴彼此的漫漫旅程中，一定会有因工作等原因短暂离别的时候。在无法朝夕相处的日子里，鸿雁传情这件事肯定不会缺席。在信纸上写写各自生活里的趣事，直白或含蓄地抒发一番思念（就算肉麻也挺好），能让咱俩的感情保温，甚至继续升温。还想在异地期间录一首《孤单北半球》送给你，哈哈，真是挺喜欢这首老歌。

20. 陪对方克服各自的担忧、恐惧、焦躁、悲伤，陪彼此度过艰难的日子。这一生怎可能一帆风顺、一片坦途、全是喜乐？但咱俩组队后，就一定能从容面对各种困难和挑战，正如《爱就一个字》这首歌里唱的："两个人相互辉映，光芒胜过夜晚繁星。"两个人在一起，从此不必再流浪找寻。我一直相信，感情中最可贵的东西不是爱情萌芽时的火花，而是从相恋到相依、从激情到亲情的忠诚和笃定。在这一份陪伴里，愿我们永远是彼此最坚定的保护伞。

写到这里，发现思绪已经飘到了星辰和大海。实在是有太多想跟你一起做的事，上面的只不过是冰山一角罢了。

一起看电影、一起赏春花秋月冬雪夏雨、一起逛博物馆、一起赏歌剧、一起陪着孩子长大、一起看演唱会、一起打游戏、一起游泳潜水、一起剪头发、一起去鬼屋、一起搭过山车、一起画画、一起唱歌、一起规划财富、一起在山顶迎接日出、一起养花种草、一起看海豚和鲸鱼、一起小酌微醺、一起跳支舞、一起柴米油盐慢慢变老……

一起过好生命中每一个平凡又不平淡的日子。

我们在一起，就会是一支唱不完的歌。

我的交友原则
是什么？

　　人是社会性动物，行走世间必少不了朋友。哪怕再内向、深宅的人，也不可能永远孑然一身。

　　我是个对社交不太感冒的人，从小到大从不习惯呼朋唤友，也不需要多少朋友。粗略统计，目前关系很铁的友人不超过十个，且大多是友情已延续多年的老友。25 岁之后，或更准确地说，进入职场两年后，交新朋友的欲求显著下滑。进入而立之年后，更是不奢求遇见新的交心挚友。

　　一是因为相信陈酿的酒香，多年的朋友更铁。但更重要的原因是，这些年在生活中能无所顾忌、毫不设防地与人相识相熟的机会，已远不如当学生时来得多。那么干脆花更多精力和老友们继续夯实友情，或是分更多时间陪伴家人。

　　当然，我这样的状态虽无对错，但绝非适合所有人。我的好友圈里也有人是恰恰相反的情况：性格开朗，热爱交友，也因此朋友众多，三天一小聚五天一大聚。虽然吧，我是有点默默替他觉得累，但朋友开心就好。即便我们的交友观完全不在一个频道，却也未影响我和他的"多年死党情"。

　　关于自己交友状态的简述就此打住，接下来分享我对"如何交朋友"的粗浅看法。

01

　　太自我的人可能人本身不坏，但很难成为互相关照的铁友。

如果你跟一个人聊天，绝大多数时候对方都在说"我……""我……""我……"，而很少给你留"话口"、注意到你的感受和反馈，也毫无兴趣听你说自己，这样的人便是过于沉浸在自我世界里的那种"自我型选手"。

如想成为长期好友，基本前提之一必是互相关心，有互动，而非一人持续输出，另一人全盘接收。

一个很典型的对话情景：

> A：我今天不太舒服，头疼乏力，好像有点感冒了。
>
> B：哎呀我也是！我今早起来就没劲，也没食欲，我准备去看看医生……我……
>
> A：啊是吗？你怎么也不舒服了？没事吧？你……
>
> B：对呀，我……我……我……

你看，B 也许只是个心直口快、想到什么说什么的人，但 A 先说了自己不舒服，如果 B 并不"自我"，起码会先问候 A 的感受，而非只把话题转向诉说自己"也不舒服"的状态。

02

交朋友就该真心实意、踏踏实实好好交，尽量剔除和友情无关的杂质。

比如利益。如果一开始就带着功利目的去尝试和一个人变成朋友，那么对方总能发现你的不纯动机。聪明人可能立马就识破了你靠近他的意图。

有句话说，"朋友就是互相帮助、互相'用'的"。这句话没有大问题，但如果把"交朋友"这件事完全理解为"多积累些日后能为我所用的人"，便丧失了友情最本真纯粹的价值——交朋友，首先不该是在复杂的世界里，遇见能互相信任、抱团取暖、为彼此生活增添乐趣的美好灵魂吗？

03

对已经通过了"路遥知马力，日久见人心"测试的老朋友要宽容、大气些。

对方遇到困难需要帮助时，如果是在你力所能及的范围里，那么能帮就帮，不要过分纠结。帮好朋友解决问题、渡过难关，在他打拼时助力添把柴，该是很令自己愉悦的事情。这都不只是"赠人玫瑰手有余香"，而且是"朋友好了自己也开心"。

如果你帮了朋友，他之后没有反帮你或是帮得不够，也不要立马计较，更别轻易感到愠怒甚至直接考虑"友尽"。很多时候不是朋友不帮你，而是真的心有余而力不足。这次没能帮你，下次也许就会两肋插刀。

友情不是严苛的礼尚往来，没必要因为那些帮与不帮把自己搞得心累。当然，如果一个人压根没有感恩意识，把别人的帮扶看作理所当然，他就压根不配成为你的好友。

04

要想和人铁一辈子，除了尽量避免"利益"渗入日常交往，还要尽量收起竞争心和嫉妒心。

朋友好了、取得成功了，为什么不由衷祝贺？理应开心嘛，对不对？朋友之间要互相促进、共同变好，但我是反对好友之间动竞争念头的。如果两个人总是你追我赶，进而到了明争暗斗的地步，那这朋友就俨然变成"塑料姐妹"或"塑料兄弟"了嘛，多没意思。

很多人（包括我自己）都有进取心，在学习和事业上的自驱力很强，这固然好。但我真不建议把这股劲和友情放到一起。永远不要和好友为了争一个业绩、头衔、名次或机会而剑拔弩张，也许你占了上风，得到了世俗角度的回报，却可能丢了一个挚友，实在可惜。

05

道不同不相为谋，志不同不相为友。除了能用理论解释的三观差异，我还坚信听上去有点玄乎的"气场"的存在。

气场不合的两个人，再怎么生拽硬拗都成不了朋友。我自己这些年也经历过多次，明明都是好人，也各有所长，可就是熟不起来，只能凭社交礼仪尽量让彼此都不尴尬。结束交流后顿感轻松。打开家门，猫一边嘟囔一边呼噜着跑来迎接，于是蹲下撸猫，她看着我我看着她，虽然不能用人的语言进行交流，却比刚才的聊天局让我舒坦 n 倍。

所以我相信，因为存在某种暂时无法用科学解释的力量（气场），友情的缘起确实不能强求。如果第一次见面就各种不自在，就得没话找话、强装笑颜，那往后是大概率成不了铁友的。

06

在不同时间和空间里，我们会遇到很多"朋友"。有些人会给你相见恨晚的感觉，甚至瞬间和你变成形影不离的密友——没夸张，真有可能。但令人无奈的是，绝大多数人都会成为生命中的过客。交朋友，即使不像"一期一会"那么令人感伤，却也常常进入"后会无期"的无奈境地。

过去这些年我有幸遇见几个很棒的人并快速成为好友，但后来几乎都断了联系，主要就是因为时间和空间的阻隔（比如我回国了，朋友继续留在大洋彼岸）。大家在各自的时区奔忙，生活便渐渐失去交集。

没有人故意不理对方——当时玩得那么好，一起彻夜读书、看电影、谈人生，怎么可能友尽呢？大家都在惦念彼此，也期待恢复联系和重逢，可就是无意间未能把友情深化到更铁的层面。后来我就渐渐看淡了。朋友离开时，其实无须悲戚，而是要学会在孤独里行走。在任何时候都不要把朋友的陪伴看作理所当然。友情也是一种生命中的无常，自然可能永远停留在昨天。

07

有一条理论说，你自己的水平、实力，会是你最常交往的五个人的平均值。虽说这话没有科学论证，但我认为是有一定道理的。近朱者赤，近墨者黑，除了本心的指引，我们也都在不断受到身边人的影响。如果想让自己变得更"优"，身边的朋友就不能太"不在线"。和不同方面让你欣赏的优秀的人成为朋友，总归不是件坏事。

08

最后这条也是很多人问过我的一个高频问题：LEO，你觉得分手之后还能和前任继续做朋友吗？

这是我的回答：我的字典里没有"敌人"二字，前任自然也不必成为敌人。但分手后直接转换成朋友，我大概率做不到，毕竟动过感情，有过交集和回忆。起码需要双方都度过一段冷却、淡忘直至完全释怀的日子之后，才可能以纯粹朋友的身份复联。

当然复联也不一定会发生。如果之后有了新对象，我会尊重对方的意见。如果对象不乐意，那我就和前任各自安好，默默祝福，但此后不再复联。

总归是希望生命中给过你温暖的人，能过得好啊。

亲爱的陌生人，
愿你们被善待

互相体谅、通融、支持一下，难道不会更好吗？

点了一份午餐外卖，平台预计 1 点送到，12 点 50 多分的时候接到外卖员的电话，是一个很着急的女声，一开口就先给我道歉，说前面有一家地址描述不全，费了好长时间才找到，所以可能会晚几分钟才能把我的餐送到，请我谅解。

我正忙着工作，压根没关注外卖具体什么时候会到，突然接到致歉电话，反而开始替外卖员担心，只能告诉她别着急，晚一小会儿真的一点问题都没有。对方听到以后，千恩万谢地挂了电话。我知道她又忙着赶路了。

几分钟前门铃响了。我开门，是刚才打过电话的外卖员，一位正喘着粗气、皮肤黝黑、身材瘦小的中年女子，论年龄我应该得叫大姐。看到我，她竟话都没说一句，就先深深鞠了一躬，比日本人还到位的 90 度，然后以非常诚恳的语气不住道歉："对不起对不起对不起，耽误您吃饭了，真的对不起……"

说实话，我看到和听到这些，心里特别不是滋味。我何德何能，让一个为了生计而奔波的女子以这么大的诚意道歉？她做错了什么吗？好吧，送餐迟到了一会儿。除此之外呢？她没有错。她尽力了。我看看时间，只不过超了不到十分钟而已，我作为用户愿意忽略。更何况，这次的超时，大概率是前面环节（前一位顾客给的地址不清楚）导致的。

写到这里我挺心酸的。我不爱抒情，但我确实忍不住想到，这个大姐应该是背井离乡漂在北京吧……她的每一次带着外卖的奔跑，是不是为了供养自己的孩子呢？为了多一个好评，为了多跑一单，为了多赚一分钱，她到底付出了多少？

其实我已经不止一次遇到这样的外卖大姐、小哥或大叔。我唯一能做的，就是果断给这些诚恳努力的人打一个五星好评，再送一个红包。在春夏秋冬里为我们的生活提供便利的这些辛勤工作的人，有什么理由不给他们一份举手之劳的肯定呢？

是，有人可能会苛刻地说，外卖员也有工作做得不到位的，净出幺蛾子，但我更愿相信，善意是更具普遍性的存在。下次点外卖时，我们把时间留得稍微宽裕些，地址写得清楚完整些，如有问题就首先跟平台沟通，问题解决起来也许还会更快。生活已经很不容易了，大家互相体谅、通融、支持一下，难道不会更好吗？

包容和鼓励别人，也会被别人善意对待

在一家餐馆和团队员工们吃午饭，大家点了海鲜粥火锅，需要服务员来帮忙煮海鲜。协助我们这桌的服务生大概刚到店里实习，袖口贴着"见习"标，满脸稚气中带着些忐忑，看上去20岁未满。她端起大漏勺的手微微发抖，不知是几乎要溢出的满勺海鲜太重，还是她过于紧张。同事们和我继续聊天，大家都不想干扰服务生煮粥。在眼角的余光里，我能感觉出她漏勺用得还不太熟，和我之前来吃饭时帮忙煮海鲜的服务员有不小差距。

过了几分钟，女生有些怯生生地看着我们说："海鲜……为各位煮好了，现在，分一下。"说完依旧是半低着头、一脸不自信的表情。漏勺中的几粒鲜贝还夹着生，白里透着些粉红。

实习生正要往我们碗里盛海鲜时，数米外较年长的领班经理几乎是一个箭步冲了过来，厉声对她吼道："你是没长眼睛还是没长脑子啊？跟你说过了要仔细看看熟了没有再给客人，你是怎么回事啊?!"

…………

实习生被批得顿时蒙了，抱歉、羞愧、难过的表情聚集在一起，一句话也说不出来。我们见状赶紧登场解围。

"没事，她煮得很认真，都挺好的！"

"对啊，我们不介意的，再煮一分钟就能吃啦，真的不着急！"

"嗯嗯，其实这样也能吃的，要是有没熟的地方那就再烫一下，没问题的！"

女生听着我们这桌客人你一言我一语地支持她，眼圈马上红了。"对不起，我昨天刚来，还没煮过海鲜，真的，对不起……"

"别担心，你已经很棒了。熟能生巧，下次一定会更好的！"我赶紧再次鼓励她。

就在两分钟前，女生又帮我们煮了第二轮海鲜，进步神速，火候恰到好处，既没有初次的夹生，也没有因过度烹煮而导致的肉质变老。她分明是一个善于学习、有灵气的女孩。除了是第一次为客人煮海鲜，这位操着外乡口音的年轻见习生也许还是第一次来到北京，第一次进入职场。摆在她面前的陌生和不确定因素太多了，如果用英语来形容，目前的环境对她而言应该是"overwhelming"（倍感压力的、有点透不过气的）。这样的一个新人，应该被耐心善待。

她让我想起了当年稚嫩的自己。12 岁时第一次参加英语演讲决赛紧张到忘词，大脑空白得快要不知所措、抓耳挠腮。那时是台下一位评委不断微笑着鼓励我、朝我比"耶"，才帮我找回了淡定，出色完成了后半部分的演讲。22 岁时第一次做金融预测模型，吭哧吭哧搭完后才发现搞错了几个关键数据，balance sheet（资产负债表）不平，测算结果出现各种漏洞，在凌晨三点寂静的办公室里无声地感受"崩溃"，而董事总经理第二天中午就要看完整模型。

第二天清晨，我连续出差的经理上司清晨赶来办公室，拍拍我肩膀，一边肯定我的努力，一边陪着我争分夺秒改模型到最后一刻……董事总经理发邮件感谢我们出色的工作时，经理上司竟在回复中把"军功章"都归给了我，感谢我接连熬了两个通宵，让我感动而惭愧得流了眼泪。

进入一个全新的环境、面对一项陌生的任务时，每个人都要度过最初的生涩、局促甚至惊慌，如果我们的自身努力能获得周围人的耐心理解与善意鼓励，我们最终一定能做到、做好、做得很好。

写到这里，这位实习生又为我们煮好了第三轮海鲜。可以看出，她的技术更娴熟了，脸上的表情也更自信了。买单前，这个女孩坚持送了我们每人一碗冰椰汁西米露，她说每位服务员每天都有五小碗西米露的额度可以送给顾客。她很感谢我们整顿饭对她的支持，所以要把这一天的额度都给我们。谢谢，特别暖心的女孩。

无论这位女生未来将去往哪儿，她都会越来越好的，我祝福她。

温暖别人其实也是在温暖自己

中午到家旁边的商场给朋友的孩子买礼物。曾经三天两头便去吃饭、买书的商场，2020年因疫情，其间才去过两次，很是想念。进了门，还是熟悉的那些商铺，但约莫四分之一没开张，人流量大概也只有原先的五分之一。要知道，平日里这家商场的任何一间餐馆，在饭点高峰时都得排队半小时以上。

到了儿童用品区，顾客更少。走进一家知名童装店，偌大的空间甚至比门可罗雀还清冷，只有一名40多岁的服务员大姐。我相信自己是今天屈指可数的顾客之一。转了好几排货架，依然没有其他人进来。不免有些难过——替这家店和值班的大姐。也怪我嘴欠，本意是想缓解寂静的气氛，却问了尴尬的问题：

"大姐，最近生意开始逐渐恢复了吗？一个人看店，得挺忙的吧？"

"最近好了一些吧，但还是困难。嗐，不累，顾客不多。现在销售不太行，我们四个服务员已经裁了俩，过几天很可能我也得收到通知走人……"

聊到销售提成时她又说："我们一个月两三千块钱工资，提成好久没拿到了，以前也不多，唉，没办法。但也不能不工作，还得养家啊您说是吧？"

她说这些话时几乎是面无表情的，没有沮丧，更没有怨怒，只有说完后不太能觉察的一声叹息。我下意识想说句"对不起"，为自己聊起这些感到抱歉，可话到了嘴边却没能说出来。我不知道为什么。但我想尊重这位大姐，我绝不想在这个时候，把同情表现在脸上。除了同情，还有心疼。"为了养家"，她一定是上有老下有小，孩子上学吃饭花钱不少的状态吧？在北京尤甚。

刚才本来计划着买套童装，无奈看上的款式全都缺尺码——他们好久没进新货了。

可是压抑感如鲠在喉，我没法空手离开。带着瞬间满格的童心，我转到这家店稀疏的玩具货柜，挑了几只神气十足的霸王龙、梁龙、三角龙，全都买下。我不知道这些营收能给大姐带来多少提成，更不知道多一个订单能否改变她"被通知走人"的命运，我只希望她之后能过得不那么艰难。

春已暖花已开，生活快点好起来吧。

再忙，
也要用心生活

CHAPTER 4

第四章

○○

人生如若被"拼、拼、拼"占据了全部，
生活就失去了最基本的那份意义。

生而为人，
我们总该有闲暇时光和闲适心情，
去享受和工作无关的各种美好，不是吗？

我眼中的精致生活，是什么样的？

和朋友们吃饭时聊到一个话题挺有意思：什么样的生活算是精致生活？

我之前也思考过这个问题，这次就趁着码字的这段闲暇，简单谈谈自己的理解，也聊聊自己是如何尽量让生活更"精致"的——不过，以下仅是个人观点和做法，主观性较强。

按《现代汉语词典》里的标准解释，精致 = 精巧细致。不过，我认为这个定义只是字面上的，多少有些片面。"精致"在不同语境、不同情景里，意思可以迥乎不同。当用"精致"来形容生活时，我想给它个"变体"解释：

对待生活、过日子时不潦草，不敷衍，不"糙里吧唧"。相反，以用心、专心的状态，发现和创造日常生活中的各种美好。

先说第一部分。在这里我自造了个词儿：糙里吧唧。并非"糙汉子 / 糙妹子""每天不修边幅、邋里邋遢"这个意思，而是惯着爱吃贪玩好偷懒的人之本性，把生活过得散漫而随便之意。举些例子：

比如日子一天天过，对未来的规划全无，过到哪儿算哪儿，"怎么舒坦简单怎么来呗"的活法。

比如对自己的身心健康缺乏基本关照与维护。仗着年轻底子好，想熬夜就熬夜，想打游戏、搓麻将就昏天黑地玩到过瘾，想让味蕾多点享受就老吃烧烤、麻辣小龙虾等各种味道确实好但实在不健康的美食。

总之，一切以"即时享乐"为要义，丢掉自律，摒弃规划，糙里吧唧地过日子，整个人的状态也就会越来越糙，越来越颓——不只是外表，在精神状态上也与"精致"背道而驰了。

再说第二部分。精致的生活里，精美绝伦的、高大上的、彰显身价的东西并非必需品，比如昂贵的首饰珠宝、奢侈的家居品和服装。这些顶多是锦上添花罢了——至少在我看来是。

有时甚至都不是锦上添花，而是活生生变成了无谓的负担累赘。

工作让我结识了几位家财万贯的巨富。钱和物太多了，烦恼也来了。比如一位收藏有数亿古董的富商，总在为如何分配家产而头疼。几个儿女为继承财产争得不可开交，甚至对簿公堂，让这位大宅院里满是金银的老富豪头疼不已。如此一来，何谈精致生活呢？

要让生活精致，更重要的是过得用心、走心，善于把从世俗角度看来并非应有尽有的生活过出滋味、过出美感。换句话说，在有限的条件里创造出广阔无边的愉悦和舒适。

不管是成功人士、人生赢家，还是平头百姓，不管是有100亿身家还是只有月薪1000元，其实每个人的生活都不可能完全遂心如意。生活里总会有闹心遭罪的事情，有幺蛾子，有不痛快。

精致生活不是绞尽脑汁杜绝这些不好的元素。即使你想，也不可能完全规避。精致生活，是尽量把好的元素放大，并感恩一切美好的际遇；当遇到不好的元素时，乐观坦然地看待，淡定从容地解决。

举几个我自己努力让生活精致起来的例子吧。不过必须得说，我作为一名阅历尚浅、身心也仍在不断修炼提高的小伙儿，离"高级精致"的境界还差得太远。以下都是自己在优化生活的过程中，真真切切接收到了"美好感"的情景实例，朋友们或许可以一试。

01

在哈佛读书时我住的是一间十多平方米的单身宿舍。对我这个一米八几的高个儿而言，这空间挺局促的。但我就换个角度想了：冬天的波士顿，外面是下着暴雪的零下二十摄氏度，我的屋子因为小，暖气就特有功效，总是暖烘烘的。

一进屋子，我便能立刻卸下所有厚棉袄防寒服，换上背心大裤衩，切换进只属于自己的小春日和。这日子，多自在，多幸福啊。

↖ 冬日雪中宿舍楼一隅

02

屋子虽小，但也可以"五脏俱全"嘛。我入住这间小屋后便用心做了空间规划。

首先，腾出一个角落做徒手健身区，配上俯卧撑架、引体向上架、一对可拆卸哑铃，想健身时随时走起，在自己的小房间里也能练到大汗淋漓。接着冲个热水澡，换上新衣服，打开蓝牙音箱，边听音乐边啃一个苹果，怎一个舒坦了得。

其次，除了健身区，还腾出另一个角落做花草氧吧，每周都从一个哈佛教授推荐的软件上订鲜花绿植送到宿舍。学生优惠套餐让我每周只花不到十美元，就能实现"鲜花自由"。学习累了就起身伸个懒腰，接着闻闻花香，瞬间心旷神怡。记得有次一北京籍同学和一上海籍同学来我宿舍小酌，他俩看到我的花区，一个人说："我天，行啊你。"另一个人说："喔唷！嗲得咧，可以的可以的。"

我还从哈佛校园的一间花房买了一盆小发财树、一盆小仙人掌、一盆小多肉，放在窗台上，让它们愉快地进行光合作用。这些家伙还挺捧场的，等我毕业时都长高长大了不少。无奈回国时没法带回来，只得送给波士顿爱植物的好友。

03

精致生活有个不能忽视的环节，就是好好做饭吃饭。胃开心了，整个人都会好起来。无奈我的单身宿舍太袖珍，没法做饭。但没关系啊，只要用心，总能自己下下厨，让生活多点乐趣哟。比如每半个月，我会提前把宿舍楼的公共大厨房预订下来，买一堆食材回来自己捣鼓，乒里乓啷忙上一会儿，做出一桌子饭菜，再开几瓶酒，叫几个同学来边吃边小酌。我的厨技一般，能拿出手的菜也就那几道，不过没关系，做饭过程很享受就非常好了。

放完图，忽然不想谦虚了

　　和哈佛同学们聚餐聊天有个特点：爱好扯闲篇儿、东家长西家短的人不多，大家几乎不聊有的没的八卦，顶多只把××同学刚官宣的恋情作为开场话题稍微"融个冰暖个场"。微醺后，可就进入各种关乎人文、艺术、科技、哲学、人类命运的讨论了，思想的火花在觥筹交错间恣意碰撞，同窗们越聊越欢，乐不思归。这样的校园活动，我至今留恋不已。

　　和有趣的灵魂们聊有趣的话题，实在也是精致生活里不可或缺的一部分啊。

还有一点必须说：高级的精致生活，不只是把"小我"的生活过好，而是和别人、和所在的社区、和更广阔的环境建立联系，并进行积极的、善意的、为他人创造正向价值的互动。

这里就得提到一位我欣赏的哈佛教授。作为商学院的资深骨干，这位教授在学术界和商界早已拥有相当的影响力。但更棒的是，教授把生活也过得特别精致美好。让人不禁感叹：这位大叔，真是个可爱的人啊！

举两个"可爱"的例子。教授在波士顿郊外盘下一片地，开垦成果园和菜地，节假日带家人和学生们到地里干活、喝啤酒、开派对。每年都把几乎所有丰收的蔬果捐给麻省（马萨诸塞州）的贫困居民。

另一个例子更可爱。周末的午后，教授会带着两个聪明伶俐的小女儿组成"父女小乐队"，在哈佛广场拉琴卖艺，把所得都捐给救助非洲难民的公益组织。

这样的生活，是真精致、"真香"，对不对？

还有很多做法能让生活精致起来。在不同时间和不同空间，只要你肯用点心经营，精致生活就不会离你太远。

父女小乐队在哈佛广场卖艺 ——————

在你和世界之间

坚持 20 年的阅读
仪式感——中文手抄

　　从小到大，我都喜欢在阅读时动笔做书摘。一支姥爷送给我的英雄牌钢笔，一本长方形笔记本，一张书桌，一盏台灯，一个沉浸在文学世界里的我。

　　小时候摘抄好句好段，一开始是为了给作文积累好素材，提高语感和文采。但渐渐地，阅读做手抄变成了习惯，变成了陪伴我十几二十年的爱好。每当读到一些怦然心动的句子时，我就会在手抄本里记下来。

　　大概，这也是我对"阅读"真诚满满的一种仪式感吧。

　　后来远渡重洋去美国念书，和中文没法朝夕相处了。被英文包围的时候，看中文书、写汉字就是我排解乡愁最常用的方式。无论是在耶鲁的斯特林纪念图书馆，还是哈佛的怀德纳图书馆，又或是在自己的宿舍里，只要有空，我定会重温国语经典，提笔做摘抄，给自己一段放松、宁静的独处时光。每写一个字，都像是和原作者在对话，用心感悟着他们的智慧与思想。

　　我热爱这样的时刻。一拿起笔，世界就安静了下来，时间也停住了。当笔尖滑过白纸，发出"沙沙"的响声，当手指翻动书页，卷起了微风，内心里总会生出一丝温热，让人感到踏实。所谓"心流"，也许就是这样的感觉吧。

　　我也会不时重温自己的阅读手抄。当我翻阅着一年年积攒下来的手抄本，逐字逐句回味时，竟然有种用了《哈利·波特》里的"冥想盆"（用来保存头脑中的想法和记忆的工具）那般的感觉。我的思绪和情感就会被倏地带回抄下这段话的时刻，书里讲述的故事在脑海中重现，对于文字中的意味，也时常会多了一层理解和体会。

原来，时间飞逝，却也可以被文字度量、留存。

在这个高速发展的信息年代，手机和电脑越来越普及，它们在带给我们无限便利的同时，也在无形中剥夺了大家握笔写字的时间。我们用笔、用心写东西的时间越来越少，也渐渐丢掉了耐心。很多人可能甚至忘了，上一次在本子上写日记、做摘抄是多久以前的事了。

都说"我手写我心"，如果动手的次数越来越少，那么动心的机会还会多吗？

在工作学习刷手机之余，不妨抽出片刻时间，拿起一本书、一支笔、一本本子，安静地做一次阅读手抄。希望你能找回许多年前那个读书不问"有什么用"、摘抄不嫌浪费时间的纯粹的自己，真正回味起书写的快乐。

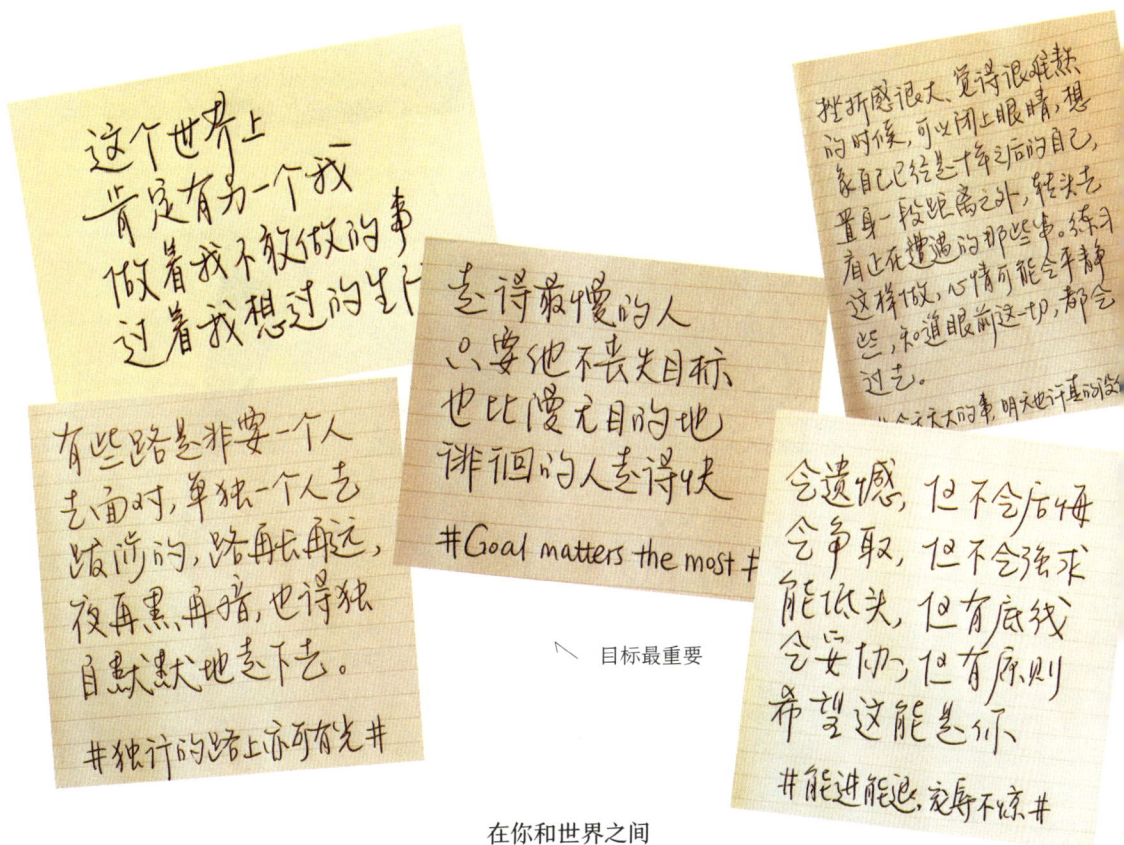

这个世界上
肯定有另一个我
做着我不敢做的事
过着我想过的生活

有些路是非要一个人
去面对的，单独一个人去
坦荡的，路再长再远，
夜再黑，再暗，也得独
自默默地走下去。

#独行的路上你可有光#

走得最慢的人
只要他不丧失目标
也比慢无目的地
徘徊的人走得快

#Goal matters the most#

＼ 目标最重要

挫折感很大，觉得很疲惫
的时候，可以闭上眼睛，想
象自己已经是十年后的自己，
置身一段距离之外，转头去
看此在遭遇的那些事。练习
这样做，心情可能会平静
些，知道眼前这一切，都会
过去。

会遗憾，但不会后悔
会争取，但不会强求
能低头，但有底线
会妥协，但有原则
希望这能是你

#能进能退，宠辱不惊#

在你和世界之间

我没有专门练过书法，只希望自己的手写文字能激励你一直读下去、写下去，让优美的文字温暖你、给你力量。也希望你在手机、电脑之间自由切换时，还记得给自己一段伏案执笔、沉静思考、自得其乐的时光。

盼望早日相见

HARVARD UNIVERSITY.

没有你的日子里
我会更加珍惜自己
没有我的岁月里
你要保重你自己
你问我何时归故里
我也轻声地问自己
不是在此时不是在彼时
我想大约会是在？

See you soon :-)

LEO

我的阅读手抄

如何在繁忙之余
学好日语？

时间 + 坚持 =Magic（魔法）

为了有朝一日能看懂日语原版小说（我不迷日本，但对日本的文学感兴趣），我大一进耶鲁后开始学日语，每学期一门课，从未中断。

起初，我连最基本的假名都写不利落，发音韵律找不到感觉，后来学各种纠结的文法和表达时，也觉得累。学过日语的同学可能听过这句话：学日语，是笑着进去，哭着出来，越学越头大。

在大学我念经济学，用来啃日语的精力有限。好在，"不用再看干涩的中文翻译书"这个目标我一直没忘。日语，终究一年年坚持了下来。从大一时几十人咿呀学语的初级班，到大四下学期只剩七八个人（大多是日裔美国人和专攻日本历史的研究生）的高级日本文学课，我成了耶鲁学生里学这门语言的"钉子户"。

大四上完高级日语课后，我终于读起了日语小说，算是达成了大一时的愿望。大江健三郎、川端康成等作家用母语呈现的故事，读起来果然和中文译本很不一样。我现在在读东野圭吾的《嫌疑人 X 的献身》（《容疑者 X の献身》），之后要读新海诚的《你的名字。》（《君の名は。》）。

后来也收到了教过我日语的松本教授的电邮："LEO 君，你大四写的关于'阿伊努原住民历史变迁'的论文，我们准备收录进耶鲁大学的中高级日语教科书里了。谢谢 & 祝贺！"

在你和世界之间

在二月的开端写这些，我想跟你们说：认准一件事以后（注意，是"认准"，不是拍拍脑门下的决定），你就一步步开始做吧。一天两天很难见成效，但别急，别有杂念，请继续。多努力一段时间，你看自己行不行。好，可能还是没完全达到你最初的期望，但如果方法用对了，起码能进步一点点，对不对？继续，继续，继续……今天不行，明天不行，后天呢？

这个关于"坚持"的小道理，并无新意可言，但我仍要分享，因为我们总忘了这个道理，总容易被各种事情扰乱了思绪。浮躁的世界里，丢了方向的人不少。

我将我的日语学习大事件总结如下：

2009 年秋天	"あいうえお"（日语五十音里的五个基本元音，读音是 a i u e o）这些最基本的日语假名也写不利落，背不清楚。
2010 年夏天	和日本寄宿家庭生活了一个夏天，口语突飞猛进；返校后开始学高级文法，偶感劳累，但决定坚持。
2012 年秋天	写出后来被收录进耶鲁日文课本的论文。
2013 年春天至今	读了十多本日语原版小说，写了十多篇日语随笔。

这不是天赋送给我的进步，而是时间。真的，时间可以创造魔法。不信，你也试试？

自分の魅力やいいところを
探して、自分のことを認めて、
自分を好きになることから
始めよう。誰にでも必ず、
ステキなところはあるのだから。

最独一无二的你
加油！Add oil & 頑張って
拓Leo
@2019初夏

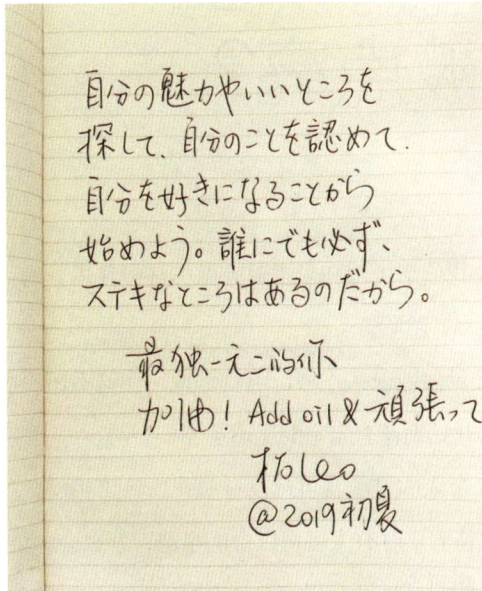

＼ 用日语给大家打打气、加加油

LEO 读《不畏风雨》| 宫泽贤治 ——————

在你和世界之间

独处时，
我喜欢做什么事
让生活被点亮？

在前面的文章里，我分享了想和未来对象做的许多件事，有点美好对不对？对，我也觉得特美好、特憧憬，哈哈。

可能会有读者一针见血地说：不啊，咱就是说，你这不还没脱单吗？一个人的生活是不是过腻了，所以开始期待有家室的生活了？

嘿，一切随缘。一个人的日子我可远没过腻呢。恰恰相反，我喜欢独处的感觉，因为"自个儿和自个儿待着"时有太多可以做的事情，怎么会厌倦呢？

憧憬完和恋人相依的日子后回到现实，现在写一写我独处时喜欢做的事。

1. 给自己做饭，想吃什么就做什么，不会做就查攻略翻视频，依葫芦画瓢做出来。要是觉得累了不想太麻烦，就煮一碗辛拉面或红烧牛肉味、老坛酸菜味的泡面——最传统经典的那种，再扔根火腿肠、几片生菜叶子，然后煎个荷包蛋，配在一起吸溜着吃，暖心暖胃。

2. 自己在家"泡温泉"。哈哈，其实就是浴缸泡澡，但我会多"造"些意境出来，比如投两枚香薰浴球进去，让热水变成好看的颜色，再用蓝牙音箱播放喜欢的音乐。然后脱衣、进入"自制温泉"，半眯着眼睛泡上一会儿，直到浑身热乎乎、红扑扑泡舒爽了，就出来，再哼着小曲冲个澡，一身清爽飘香无敌了。

3. 如果恰逢假日，就买张开往山和海的火车票，什么攻略都不做地随性出发。喜欢看青翠的山和广袤的海，喜欢火车穿隧道山洞时的忽明忽暗。途经山和海的线路国内国外都有不少，我很喜欢的一些：福州到厦门（台湾海峡的海和"八闽大地"福建的山），北京到威海（华北平原到鲁中丘陵再到胶东的海），京都到北海道札幌（坐新干线坐到过瘾，出本州岛青森县进北海道时会穿越23公里长的青函海底隧道！），东京到金泽（途经川端康成笔下的"雪国"越后汤泽，冬天去更棒）。

4. 承接上一条：说走就走的旅行。我是真的会临时起意、心血来潮，十分钟决定目的地，十分钟买好票，二十分钟打包出发、奔赴车站机场。中学时常听的流行歌里有句词，"不想过冬／厌倦沉重／就飞去热带的岛屿游泳"，这场景常在独自一人时变成现实。曾经在哈佛某学期的结尾，我在午夜零点时通过抽字条选中了百慕大群岛，起床后就从波士顿飞去这大西洋中的孤独小岛。在没人认识我，我也不认识任何人的世界另一端的某个角落行走，成了新冠疫情暴发后久未实现的想望。

5. 自驾、骑车也是独处时的保留项目。我生来就喜欢玩方向盘、骑自行车。自驾、骑行时必须尽量逃离城市的车水马龙，尽可能往大江大河大海边和山野里走，尽力贴近、走进自然。有时还会带上些干粮、酸奶和水果，待到达一个安静漂亮的角落时就泊车歇一会儿吃一点，心满意足。

6. 收拾屋子，从客厅、卧室到厨房、厕所、阳台，整个彻彻底底大扫除一遍。穿着大裤衩和背心，或赤膊、光着脚，放着音乐，怎么舒坦怎么来。把所有不要的、无谓的东西全部断舍离，其中质量还很好的就送人或捐了，其他的果断弃之。经过大半天的收拾，每个角落都清爽无比。

7. 把各种银行和理财软件打开，盘点个人存款、投资。平常醉心工作无暇顾这头，独处时总算没了各种干扰，可以好好复盘整理一遍，看看最近的创收和资产盈亏情况。

不爱钱，但总得明晰自己的财务状况，也为下阶段理财做好规划，该定投加仓的定投加仓，该及时止损的及时止损。

8. 打开自己的各种"百宝箱"欣赏一番。百宝箱里装着从世界各地带回来的东西，尤其是笔记本和笔，还有朋友或自己寄回来的手写明信片。回到每一段 × 年 × 月 × 日的记忆，在留恋过去的同时也会增加对未来的期待。

9. 读书读书读书读书读书读书……读书。这个不必多言，独自读书可太幸福了。书是此生都不会离开我的铁友。一个人时想读什么就读什么：如果精神头好，可能会有意读些难度高的大部头；如果感到慵懒、疲惫，就读轻松的不烧脑的疗愈系可爱书。

10. 给植物剪枝浇水、松土施肥。在家养了些小绿植，温柔而笃定地陪我走过春夏秋冬。虽然小花小草不会说话，但我坚信它们有灵魂甚至思想，只是在我们人类无法触及的频道上罢了。我会一直好好养着它们，不求它们枝繁叶茂，但既然有缘到了我家，就要让它们过最好的"花生""草生"。

11. 写稿码字，比如此时此刻。写文章是同读者们交流、形成共鸣，更是重返内心、跟自己对话。一个人时喜欢在各种环境里码字：最熟悉的卧室和书房，街角的咖啡馆，有暖阳斜照的公园长椅，去往远方的火车或飞机上，图书馆的公共阅览室，差旅中临时栖居的宾馆房间。一台笔记本配一杯暖饮料，便能让自己沉静下来，暂时忘却周遭的一切，陷入写作的世界。

12. 和猫一起猫在家看电影、看纪录片、看体育比赛、看科学类节目。准确地说，是我看，我的猫在旁边做她们自己的事（比如打盹儿）。其实严格讲来这不算独处，毕竟猫在不睡觉的时候挺喜欢和我互动，颇像小孩蹭过来撒娇腻歪。我独自在家时，猫的陪伴力和治愈力接近满格——她们心情好时会慢悠悠地走过来，呼噜着在我旁边坐下，其实哪怕只是对我眨眨眼睛、打打哈欠、舔舔嘴巴、伸伸懒腰，再略带迷惑地瞅一眼电视屏幕，也会让我清楚认识到：I'm not alone（我不是一个人）。

13. 整理各种歌单，也包括纯音乐。比如"运动旋律""近期爱听""怀旧老歌""工作伴侣""旅行的歌""阅读佳乐"。不只在手机和电脑上整理，兴致来了还会做做歌单手账——虽然我的画工比较"捉急"（能把狮子头画成荷包蛋的那种段位），但写写画画这件事本身就愉悦得很。

14. 拼图、拼乐高、拼装四驱车模、组装小型家具。喜欢一个人捣鼓细碎零件，喜欢把零件包全都平铺到地上，再一屁股坐下，逐步把零件组合成一件像样的作品。在国外留学时的一项减压活动就是周末帮同学组装宜家小家具（免费劳动力哟），敲敲打打装装卸卸三下五除二做好一个柜子给同学送过去。对方喜笑颜开，我也过了手瘾。

15. 到高处看城市夜景，望万家灯火。"城里的月光把梦照亮，请守护它身旁……"我喜欢登高看一座流动城市的夜晚，不只为了观赏车水马龙的热闹和高楼大厦的璀璨，更是为了获得一种温暖的能量——因为在闪烁夜光的背后，有人正奔驰在关乎工作或学习的梦的路上，也有人正沉浸在家庭的温馨幸福中。无论哪一种都能让独处时的我感受到生活美好，未来可期。

16. 小酌。我几乎只在两个情景里喝酒：一是和家人好友聚会举杯，另一个是独饮，工作应酬局上的酒则能推就推。因为我固执地认为，酒一旦带着功利目的喝，或是和不交心的人喝，就不再是能制造幸福的好饮品了。一个人喝酒是最放松的，无须讲究形式、喝法，不用顾着跟人说话，只需享受独酌的宁静和微醺后的快乐就好。我对酒没瘾，也不钻研任何品类的酒，完全是随意选择、自由品味，一个人时想喝了就来两杯，然后没有心事地睡去。

17. 做工作回顾和目标规划。虽不太懂星座，但我知道自己是"上升摩羯"，工作狂这点确实契合。学生时代爱学习，进入职场后便爱工作。于我而言，工作不是为了被动完成任务，而是在做事中持续锻炼自己，多创造些积极的价值与影响。这些都让我觉得，工作固有烦累，但总体是好玩、有奔头的事情。工作期间应接不暇，下班后总算有独处的时间做做近期工作复盘，既总结优点也发现问题，接着有的放矢定好之后的短期、中期和长期目标。

写到这里发现已经有 17 条了。17，谐音"一起"，听上去不错且有点浪漫，那就在此停笔吧。上面的 17 条都是我独处时喜欢做的事，也是我邀请大家"一起"在独处时尝试做的事。

真的，一个人一点都不可怕，可怕的是在还没尝试好好独处前，就已畏惧独处。于我而言，独处是生活中难得的奢侈，怎会是无聊空虚不知如何打发的时光呢？身处人来人往的嘈杂世界里，我实在巴不得多些悠然自得、纷扰全无的独处时间。

如果你仍然担心一个人百无聊赖、无所事事，我就再来一份延伸的小型清单吧。

下面这些也是我独处时常做的事，
每一件都值得一试。

睡觉到自然醒；

做各种有氧和无氧运动；

逛各种馆：咖啡馆、图书馆、博物馆、艺术馆、科技馆、海洋馆；

逛菜市场买食材；

回小学、中学、大学母校看看；

给久未联系的老友、老同学写封邮件；

去看话剧、歌剧、音乐剧、脱口秀；

坐公交、地铁，从一个终点站到另一个终点站；

到公园看春天里百花盛开；

去福利院、敬老院做志愿者；

爬到山顶看日出、看日落，引吭高歌；

到海边拾贝，在山野里捡漂亮的石头和落叶；

做一次自我优缺点的完整评估；

做一些有意义的心理和性格测试；

去拍一组写真，留存当下的笑容；

翻看相册里的旧照片；

自学一项新技能，什么都可以，比如外语、乐器。

心情不爽了？
也许可以这样
克服负面情绪

之前我曾写文章分享自己在哈佛以及毕业后作为职场人的一天，不少读者被我的日程"惊掉了下巴"，一些人甚至觉得我有点"非人哉"。

"每天都那么高效，你就一点都不累吗？"

"同时忙这么多工作，你不会觉得烦，不会有想撂挑子的时候吗？"

"LEO，你为什么能一直很有能量，对一切好像都永远充满动力和热情？"

…………

看来，我的日程确实吓到了一些人，甚至让他们产生了误解——这人可能就是个怪胎吧，不知疲倦，不会生病，不被负能量影响。

不过，这怎么可能呢？大家都是有七情六欲的肉身凡人，我可能只是运转得更积极、紧凑、高效些，但不代表我不会有低落的时候。恰恰相反，正是因为会感到累，我才在每天的奔忙中安排了几个"碎片打盹时段"，也会在周末尽可能补眠、恢复元气。

每个人都会有状态全无、情绪低落的时候。借这篇文章，我想好好说说"动力鸡血模式"的对立面——当我们身心状态不佳，被负能量、消极气场缠身时，该如何尽快调整自己，恢复到积极、正向的状态中去。下面是我自己一直在用的有效方法，在不同情景中辅以个人经历进行诠释，希望对大家有些帮助。

无论正被哪一种负面状态所困扰，我建议大家都先要勇敢直视这种不良状态的存在。我在之前的一次新书签售会上说过：很多时候，承认和直视当下的负能量，就是一种最大的正能量体现。

负面情绪自然是敌人，但如果我们一味逃避、掩盖，连直面的魄力都没有，又怎能最终克服它呢？

有个词大家都听过，叫"此消彼长"，经常和"气势"搭配在一起用。比如在战场上和敌人狭路相逢，面对虎视眈眈的对立面时如果没有爆发出必胜的勇气，那么在气势上就已经完败了，打起仗来也很可能凶多吉少，甚至全军覆没。同理，当被负能量侵袭时，我通常会说服自己尽快打起精神，让一股很足的气势先从脚底、脊梁开始发散到周身，做好迎战和攻克负能量的准备。这个做法和竞技选手在比赛开始前通过眼神威慑对方，通过呐喊为自己打气颇有几分相似，如果要"脑补"更生动的类比画面，大家还可以想想大猩猩捶胸时的样子。

总之，打起精神来！在心里对负面状态说：我看见你了，尽管放马过来，我定兵来将挡水来土掩，将你彻底制服。

承认负能量存在，但不要总将负面情绪写在脸上、挂在嘴边。我遇到过不少人，逢人就说自己现在的苦累、不顺，又或者将"水逆"变成口头禅。"哎呀，今天又水逆了，好郁闷。""为什么我总是在水逆，真的好惨好可怜……"

且不说别人听多了会不会厌烦，当你自己反复抱怨、诉苦时，其实也在助长负能量的"气势"，使其不断发酵、变强，甚至最终彻底将你压垮。

在认知和气势上做好了直面负能量的准备，接下来自然便是要克服它了——最小化负能量对我们的不良影响，尽快将负面情绪彻底消除。下面讲述我的几大方法。

美好愿景激励法

很多时候我们感到疲累、烦躁、崩溃，其实都还远未达到深层的希望全无的绝望境地，而更多只是短暂、临时的焦虑和沮丧。每个学生一定都有过"再也学不下去了"的状态，而职场人也有过瞬间想辞职不干的冲动，因为"真的太累、太烦了"。

当出现这样的负面情绪时，我建议大家冷静几秒，后退一步，然后问问自己："现在我这么拼，是为了什么呢？"我相信大多数同学都会轻易得到一个或几个答案，比如：

为了今年考研上岸。

为了拿到理想院校的录取通知书。

为了顺利通过 ×× 资格认证考试。

为了年底前成功晋升加薪。

为了让自己变得更健康，更美，更有魅力。

为了不再让父母操心，自己养活自己。

…………

所有这些答案，都是一个又一个"美好愿景"。坚持一会儿，再坚持一会儿，你就离实现这样的愿景又近了一步。

总有人问我："你为什么不知疲倦？为什么可以一直奋斗？"其实，我不是不知疲倦，我也会疲倦，但我的心不疲倦，因为我总有让自己兴奋的某个、某几个待实现的"愿景"。

看到上面这句话时，你千万不要马上丧气地回应："可我怎么就没'愿景'？我每天都不知道为了什么而忙累。我就是个失败者。"

你绝不是没有愿景的失败者，你只是还没沉下心找到让自己激动的愿景，甚至压根就没有意识到某个已经存在的愿景，对你而言是多么美好。

很多时候，"奔头"就是"愿景"。正如我公司的那位"打鸡血"加班的女生，工作到深夜时她累吗？当然。但好在一直有个激励着她的"美好愿景"：等忙完这一周领到了月薪，就可以买下一直心仪的背包了。

几年前写第一本书时，我几乎只能在深夜和清晨抽空写稿。当灵感缺失、笔头不顺时，我当然也会烦，甚至陷入短暂的对自我能力的质疑中。好在我都及时启用了"美好愿景激励法"——三个月后，我的书也能被出版，然后出现在自己喜欢的书店里；我的分享也能通过书这个载体帮到更多读者，这是多么棒的事情啊！

所以，感到很"丧"时，一定多想想在不久的将来便能实现的美好愿景，让之后的"甜"提前照进现实，来中和当下的"苦"，相信你的情绪会转负为正的。

他人经历比较法

这个名字也是我的自创，乍一看可能会令你丈二和尚摸不着头脑，但含义其实很简单。有句话估计大家都听过，"人比人，气死人"，说的是如果不想给自己心里添堵，产生"羡慕嫉妒恨"的情绪，就千万别随便拿自己跟别人比，否则可能会心态失衡，"好气啊"。

但这句话的对立面也完全成立。"人比人，安慰人"，"人比人，疗愈人"。很多时候你产生负面情绪，一是因为真的累了倦了，或者对自己不满，二是因为——迄今为止，你都太顺了！没遭遇过什么大风浪，所以现在的一个小挫折就可能让你"陷入深深的水逆，整个人都不好了"。虽说一帆风顺固然好，但要想活得皮实一点，更可持续一点，适当经受生活捶打还是十分必要的。

回到"他人经历比较法"来说，当遭遇困境、陷入负面状态时，我们不妨看一看别人，以他人更不易、更"惨"的境遇和经历来告诉自己：其实，这个世界上比我苦的人还有很多，我的遭遇和一些人的不幸比起来，甚至都不值一提。所以这个方法也可以简称为"比惨"，乍一听好像有点不厚道，但"比惨"的目的，当然不是嘲笑别人的不幸境遇，而是帮自己获得摆脱负能量的动力，以更感恩的心态面对生活。

多年前，我水深火热地备考耶鲁，不但每天学习强度大、睡得少，有时还因为不确定性而感到煎熬。夜深人静时想到即使现在这么拼，却依旧可能考不上，也有过短暂的不安、沮丧。但一位榜样助我排解了负面情绪，给了我力量，我至今仍对她心存感激。她就是美国励志电影《风雨哈佛路》的女主人公莉兹·默里（Liz Murray）。这部电影根据真实故事改编，故事里的莉兹遭遇了常人无法想象的不幸，但她硬是在家人吸毒、酗酒和去世后，凭自己不服输的劲头考上了哈佛大学，漂亮地走好了自己的"风雨哈佛路"。

"如果莉兹在如此艰难的情况下都能圆梦哈佛，那么我为什么不可以考进耶鲁？"正是莉兹和她的经历帮助我咬牙渡过难关，在每次进入负能量旋涡时都能很快脱身，然后继续上路。

前些日子，我们公司的一个项目临时出了些状况，导致进度延迟，不得不确认新的方案。作为主理人之一，要说我没有负面情绪那肯定是假的。但深陷负能量场当然无济于事，唯一能做的便是继续跟进、沟通，直至项目完成。"他人经历比较法"此时也帮我减压释怀——毕竟出现类似（甚至更无奈）状况的项目不止我们一个。我们都在同一条船上企盼转机。想到这些，郁闷情绪也就减了不少。

短暂潇洒抽离法

这个方法的名字依旧是我起的，也确实"法如其名"，比较"潇洒"。人都有忍耐限度，再意志坚强、动力十足的人，也会有受不了的那一刻。在身心因为长时间高强度运转而疲惫得"不好"了时，最明智的做法一定不是继续扛下去——那样可能会出事，而是暂时性地彻底抽离一段时间，逼自己不去想当下令你疲惫、让你产生负面情绪的事情。

至于什么样的时刻算作"受不了了""扛不住了"，以及彻底抽离多长时间，都因人而异。以我个人为例，就算再拼再忙，我为自己规定的底线一直是——不连续坐在电脑前工作超四小时，不连续熬超过两个通宵。另外，如果身体已经发出了生病信号，我一定会尽快大幅减工，或者直接停工半天甚至更长时间。

该如何"潇洒抽离"？也分不同段位。如果当前的任务的截止日期紧迫，想长时间"放飞自我"就不实际，所以可以完全屏蔽电脑、学习或工作材料等一切让你乏力、不舒服、不开心的东西至少十分钟，然后做做让你彻底放松的事情（比如去便利店买支甜筒）。

有时候，负面情绪是在事后产生的。也许你在全神贯注奔忙时没感到累，然而在大功告成后，虽然心态上放松了，身体却彻底"垮下来"了。这时候，请尽快潇洒抽离"事发现场"——告别办公室或考场等让你疲累的地方，开车或骑脚踏车或坐飞机去一个能让你完全放松、感到享受的地方待一会儿。

还是以我自己为例。在哈佛，每次期末考试后或学期论文完成后都颇有脱了一层皮的感觉——是真累！每门期末考连续四小时不停歇，两三天内就要考完四五门，再加上动辄忙一整学期的调研论文……所有学习任务完成后，心情是放松了，身体却进入了"负面状态"。于是我常常选择"潇洒抽离"，买张机票来场说走就走的小旅行。在哈佛的某次期末考后，我就临时选定了百慕大群岛作为目的地，一个人飞过去好好休息了两天，在珊瑚海边的粉色沙滩上彻底疗愈了疲惫的自己。

除了上面详述的"三大法"，我也会用下面的几招应对各种负面状态。考虑到篇幅有限，这里只做简述。虽然着墨不多，但每个方法都亲测有效，大家可以选择最适合自己的进行尝试。

淋漓释放法

畅快淋漓地做一件（正当的）事以达到消减负面情绪的目的。我最喜欢的是洗澡时"引吭高歌"，一路跑步上山，或者在山顶和大海边呐喊。有些同学会更劲爆、更淋漓地释放——参加裸奔（在周围环境和他人允许的情况下进行）。我至今还没试过这个比较高阶的减压方法。

抱团取暖法

情绪低落时不要总一个人扛。男生们尤其注意，别总觉得自己有无边的力量，可以战胜任何负面状态。当感到压力很大时，我会约两三个好友出来，吃顿饭，骑个车，打个球，喝瓶酒，唠会儿嗑。朋友的陪伴可以很有力量，如果你和互相信任的朋友恰好都在经历一段艰难的日子，不妨多交流，多为对方打气，"抱团取暖"能让你意识到 I'm not alone，给予你渡过难关和低潮的勇气。

自我奖励法

感到艰难时不要对自己吝啬，而是要耐心、温柔地善待自己。换句话说，就是要多"哄哄"自己——男生也不例外。这个"哄"，当然不是无谓惯着自己，而是适当提高对自己的"待遇"。劳累、不开心时尤其记得多给自己"加个鸡腿"，多买些爱吃的东西（哪怕是垃圾食品，吃一两次也无妨），毕竟吃好喝好了才能更好地向前跑。给自己的奖励可以是任何东西和形式，比如一件漂亮衣服、一副拉风耳机、一次憧憬已久的旅行。

自我奖励，让生活重新"亮"起来。

萌宠疗愈法

烦闷、压抑的时候，试试和小动物们亲密接触十分钟，这个方法对喜欢宠物的同学尤其有效。在哈佛商学院每学期期末考试前的复习周，学校教务处都会和波士顿当地的家养动物保育协会合作，把萌化了的各种小动物请进校园，让学生们自由接触、抚摸。将温顺的小香猪、小羊羔、小兔子、小猫咪、小奶狗抱在怀里，和软乎乎的它们亲切互动时，一切压力和烦恼都会被抛到脑后。

我也想特别谢谢我家的猫咪们，虽然从前在国外和她们相隔万里，但通过我妈发来的图片、视频，我也轻松实现了"云养猫、云撸猫"，心情总能瞬间明朗起来。

在本文最后，我要跟大家说：负能量、坏情绪是再正常不过的事情，你有，我有，我们每个人都有。如果觉得苦闷、艰难，又无处抒发，你也可以把我的微博、小红书（@李柘远 LEO）和公众号（@学长 LEO）当成倾诉的"树洞"，说出来了大概就会好受些。

再送给大家一句激励我很多年的座右铭吧：

Everyday there is sad news and bad news,
but each day itself is glad news.
每天都有令人悲伤的消息、坏消息，但"每一天的到来"这件事
本身就已经是令人开心的好消息了。

不管多累、多忙、多烦、多挫败，也一定记得同自己和解，记得经常对自己说：

不急、不怕，我一定可以的。

日子过得有奔头的人
是幸运的

曾经和一个哈佛同学吃饭。若按世俗标准评判，这位美国男生迄今的人生着实不错：颜值双商均在线，以接近满分的 GPA（grade point average，各科成绩的平均积分点）从哈佛本科毕业后在纽约某家顶级金融公司当高薪金领小生，三年后重返哈佛攻读 MBA 学位。也许更让一些人羡慕的是，他含着金汤匙出生，家世了得，父亲是某全球五百强巨头企业的掌门人。

吃饭时他有些闷闷不乐。看到他略带沮丧的表情，我关切地问："怎么了？最近还好吗？"没想到这一问竟打开了他的心扉。"LEO，最近我越发觉得身上没任何动力。有人说我可能有轻度抑郁症，该去咨询医生，但我不觉得自己抑郁了，我只是不知道自己到底在为了什么而忙。没有任何一件事、一个人能提起我的兴趣。这么说你千万别反感，可我从小就什么都不缺，无论是物质享受——比如私人飞机、豪华别墅、奢侈美食，还是认识一些充满光环的大明星、有影响力的人，又或者是去地球上最酷的旅行目的地、参与各项活动——不管是校内社团还是去非洲扶贫，我几乎都体验了。现在的生活对我来说，就是一天又一天地往前走。我不知道终点在哪里，其实……我也不在乎什么时候会走到终点。我不知道激情是一种什么样的感觉，也不知道什么还能燃起我的激情……"

他颦眉的样子让我的心也跟着揪了起来。在哈佛校园的点点灯火中走回宿舍，我突然感到自己以及生活中的绝大多数朋友（也许就包括正在读这篇小文的你）是何等幸运！诚然，我的这位高富帅同学拥有无数令人艳羡的东西，可同时，从有点残酷的相反角度来看，他却是"一无所有"的——只因光鲜美丽的风景都已早早看透，他的年轻生命里也就没了那股劲、那种充满朝气的向上的力，又或者，说得再通俗点——没了"期待"，没了"奔头"。

"奔头"，这是多么重要的生命的原动力啊。我不禁想到我自己：是，每天忙碌不已，也会因凌晨后倒在床上的周身疲惫而被负能量短暂"附体"。可每一天，甚至每一秒，我都有对下一天、下一秒的某种期待——可以微观和"肤浅"到已经一个月没吃的那顿麻辣鲜香的唐人街火锅，也可以宏观和"高尚"到距离自己想"积极改变社会某个重要方面"的目标又近了一步。这种因某个奔头而暂时微苦的感觉，最终是会回甘的。

我又不禁想到这几年在学习和工作中遇到的朋友们。我想到了去年来公司实习的小女生，家乡在偏远山区，凭高考佳绩进入北京的 985 大学，暑假时到我们公司锻炼能力。辛苦加班两周后，我让人事经理给她涨了工资，还发了个大红包。女生高兴坏了，蹦跳着下了班。第二天，她背着一个抢眼的漂亮新皮包来上班，激动地在办公室分享喜悦——"看，这可是我一直在觊觎、努力攒了三个月的钱才买回来的包包呢！"

看着女生高兴而"嘚瑟"的样子，我当时也很高兴。卖力劳动之后入手一个小包，这肤浅吗？当然不。怎么就不能凭个人努力换取物质回报，凭什么就不能炫耀自己的喜悦呢？这个并不贵的小包也许会令很多人不以为意，却在很长一段时间里，成了这个女孩生命中的重要奔头和想望。奔头成真的瞬间，前期的苦累也就灰飞烟灭了。

其实，我们也都是这个女生。因为一个奔头、两个奔头、三个奔头……我们不停、不停地往前奔。"奔"的过程固然会有不好受的时候，可奔到"头"的那一刻，却一定不会难受。如果此时此刻，你正在北上广的地铁里被挤成沙丁鱼，如果你正为了省几块钱而在便利店买火腿肠配泡面当午餐，如果你正熬着大夜备考、加班，或疲倦或烦躁或委屈得快要哭出来，如果你"整个人都不好了"——嘿，别忘了，你是有"奔头"的人。你还有属于自己的不甘和激情，你还有念想。相比于什么都得来太容易的人，什么都早早拥有之后反而倍感空虚的人，还有资格去奔波的你，才是那个幸运儿。

因为，在不太远的未来的某一天，有一件你一直想做到的事情——又或是一个人——在等你。到了那一个时候、那一个瞬间，你会是这个世界上最幸福的人。

在大城市漂泊，
还是去小城市生活？

　　每晚下班都会在夜色里的北京环路上堵着，原本十五分钟的路有时会走一个多小时。在朝阳区的上下班高峰时段，主干道秒变大型停车场是人们司空见惯的事。

　　透过车窗，总能看到比堵车更让人感到辛苦、无奈的景象。在体量小很多的城市大概鲜见，在北京却是每天必会上演。下了班的市民们很默契、无声地排起长队，等候开往家的方向的公交车。傍晚六点到晚上七点半这个时段里，候车队伍能一直延伸到两百米外的下一个路口。

　　没有人嬉笑聊天，也没人太显疲态。大家都安安静静、脾气很好地等着，一点点往前挪着。多数人在此过程中一言不发，只低头盯着手机上的剧、综艺节目、短视频，或者把手机横过来打盘游戏，挨过等车的半小时、一小时。

　　接着，挤上公交，一些人会换乘，直到开出北京城区，进入远郊，或者河北省燕郊的地界。那里是无数"北漂"的家，"睡城"——只用来睡觉的地方。公交大军之外，当然有人数更庞大的地铁大军，那些在北京的地下日复一日穿梭的通勤族。北京，确实是一座让人疲惫的城市，让人身体累、心累，总之就是不会让你那么舒坦，那么放松。只要你需要打拼、奋斗，哪怕只是上一份班，都不会有真正的轻松惬意。

　　有时气温骤降，从五摄氏度到跌破零点再到零下十几摄氏度。但排队等车、通勤奔波不会停。每次堵在环路的车流里，每次看见候车的人潮，想到同时在地铁里涌动的通勤人海，我就会有浑身略微发紧的感觉。如果倒回十年前看到上述景象，我的第一反应许是：多么有活力、多么热闹、多么让人振奋的一片热血之地啊！大家都在为梦想披星戴月、努力奔跑。但现在，更多的是替大家觉得辛苦，是心疼，甚至，替一些北漂的朋友觉得不值，尤其是 00 后初入职场的大孩子们。

其实，何止北漂，或许还该把漂在上海、深圳、广州……这些中心城市里的奋斗者、"干饭人"也算进来。我想问那些每天通勤两小时，风雨无阻在家和单位两点一线上穿梭，长期生活在内卷的"压力锅"里却无力脱身，节假日加班是家常便饭，远离亲友和自由早已成为习惯，得到的薪水扣除房租和基本生活开销后所剩不多，身体长期处于亚健康状态，背井离乡在大城市工作的朋友几个问题：

在这里生活，对你而言最重要的原因是什么？
学到东西、拓宽视野、获取人脉、赚得更多，还是因为其他？
这些考量都真真切切变成现实了吗？
与此同时，你牺牲了什么，放弃了多少？
你真的喜欢当下的生活状态吗？
或者降低标准，你，可以接受当下的生活方式吗？
你，真的心甘情愿吗？

"心甘情愿"，在我看来是极重要的四个字。不只是在当下、此时此刻的"我愿意"，还有放长远一点的"我觉得值、我可以、我愿意"。问这些问题，是因为我相信很多人并不心甘情愿，这里面或许还有你。

肯定会有人说："这不没办法吗？北京，是想离开就离开得了的吗？在这里的工作，是想放弃就能放弃的吗？回老家，或者搬去其他地方，能有在大城市的机会吗？"也会有人说："是，现在确实不太快乐。每天被内卷和焦虑环绕哪能开心？但也只能忍着，走一步看一步，多攒点经验，之后再说吧……"

留下或离开，是每个人很主观的决定。毕竟大家的生活轨迹、偏好的选择都迥乎不同，没有绝对的对与错。但我必须得说，很多人，已经为了"打拼""攒经验""攒钱"，忘了生活的本质到底是什么，已经习惯了长期消耗自己、减损幸福感的生活方式。

太多人，都是在舍不得停下、下不了决心掉转方向盘的纠结犹豫中，错过了提高生活质量的最佳时机，错过了生命中更重要的人和事情。

这篇文字或许会让一些人觉得"略丧"，会说："LEO，你一直是励志向上的年轻人，怎么不写鼓舞大家的文字了呢？"不，不是这样。这篇文字的初衷，依旧是真诚分享我的观察和思考，每一行、每一个字的本意，都是鼓励。

鼓励大家重新检视当下的生活状态。鼓励一些朋友拿出魄力和果敢去放弃、去告别，然后再出发，去到更适合自己的地方，去到让自己更心甘情愿、不会无止境消耗心力、折损生活品质的地方，哪怕它不再是众人看来光鲜无比的超一线城市。

你要发自内心地觉得值。你的每一个选择，都不要盲从，不要被惯性牵绊。

你的生活，要尽量海阔天空。

我只希望，无论你现在在哪儿，大都市也好，小城市也罢，都能少些慢性且无法解除的搅扰和疲惫，多些心甘情愿、心平气和、心满意足。

　　奋斗固然重要，吃苦在所难免，但人生如若被"拼、拼、拼"占据了全部，生活就失去了最基本的那份意义。生而为人，我们总该有闲暇时光和闲适心情，去享受和工作无关的各种美好，不是吗？

　　我很欣赏老舍先生下面这篇文章的观点，专门录制了音频，分享给你听一听。

LEO 读《我的理想家庭》节选 | 老舍

浅聊让年轻人头疼的事：
"收入"和"催婚"

　　首先说说"收入"。最近和朋友们吃饭，也读了几篇关于当代上班族薪资的讨论文章，再次感受到大家（不分年龄，不分行业）对收入的焦虑。

　　很多人觉得别人赚得比自己多，别人待的公司效益更好、更有前景，然后就为自己的收入和职业前途发愁，进而影响到生活状态。其实，真的大可不必。不要总拿别人的成绩来吓唬自己，然后妄自菲薄、相形见绌，"整个人都不好了"。有人比你赚得多，那又怎样？他一定比你过得好吗？他的烦恼一定就比你的要少吗？

　　真实情况之一是，很多富人过得并不幸福，甚至一地鸡毛，身体状况也堪忧；真实情况之二是，绝大多数人都收入平平，更不可能轻松实现财务自由——也许一辈子都不行。如果让收入的数字变成禁锢自己的枷锁，成了让自己灰心丧气的导火线，可就太不值了。

　　我当然也焦虑过。我在耶鲁和哈佛玩得好的同学里有数位是含着金汤匙出生的，一毕业就担任家族企业的要职，继承了成百上千亿的家产。我的工作社交圈里，也有寥寥数年就让公司成功上市的85后、90后创业天才，更别提那些在职场上闯荡了几十年、早已实现财务自由、拥有了相当社会影响力的前辈朋友了。刚读完大学本科开始工作那会儿，我短暂郁闷过：这些朋友都如此出色、先进，再看看自己，没有背景，没法拼爹，打拼到什么时候才是个头啊？

　　在这些年有了更多职场历练、读了更多书、和更多智者深度交流过后，我整个释然了，心态上放松了：以别人为榜样，借鉴他们的过人之处，但绝不把自己和他们做比较，坚决不让这些人成为自己心累的理由。过好过歹，冷暖自知。对自己已经拥有的，要由衷感谢；对自己想拥有但暂时还没有的，可以努力奋斗、争取一下，但绝不过分强求。有，则锦上添花；无，则一笑而过。要不然活得可就太累啦！管理好身体健康，找到自己生活中的幸福点，然后好好把握住。从长远宏观的人生角度看，把握住让自己开心顺意的点，比年终奖金多了几千几万块、比考试成绩比别人多了三五分，要重要得多。真的。分享一首我喜欢的歌——孙燕姿的《咕叽咕叽》。这句歌词是重点："谁比谁好，能差到多少？迟早都要，向上帝报到。"

再浅聊一下催婚，真的是"浅聊辄止"啊。一次请团队吃饭，有个年轻同事很认真地问我："LEO，你们家的亲戚会催婚吗？"然后没等我回答，她先半调侃半怨念地讲起了这几年每次回老家过年，七大姑八大姨轮流催家里晚辈们结婚的过程。

唉，被催婚确实是大多数单身年轻人会经历的事情。好在我妈这边的亲戚们没这个习惯。算上我，家里一共三个孩子：我表哥，30岁出头，国内某顶尖大学博士、博士后，北京某重点高校讲师，单身未婚；我表姐，30岁出头，美国某常春藤大学硕士，在某头部教育公司工作，单身未婚；我……哈哈哈。

结婚这件事，被我们不约而同地搁置了一下。当然了，倒也不是完完全全不食人间烟火。都谈过恋爱，只是这会儿都单着。家里的长辈，除了大姨父和二姨父偶有着急（但也不会明着猛催），其他人都比较佛系，包括我姥姥，也没表达过"四世同堂"的心愿，只是说，孩子们都太忙，先照顾好自己的生活吧。成家，就顺其自然。

我妈更是一百年不动摇的观点：找到让自己舒服的生活状态更重要，无论是早早结婚生子，还是独自畅快地行走世间。不要被任何所谓的"人生规则、条框"给箍住了。自己的人生，无论好坏，都该自己选择、自己做主、自己体验。所以，对我们家的这些长辈，我们这几个当后辈的真是得报以感恩的心。读到这里的你，如果很快又要被催婚了，也许可以跟长辈们分享以上几段哦。

学长我只能帮你到这儿了。放宽心，然后祝你好运！做人哪，最重要的是开心。

这篇短小的"碎碎念"写下来，我自己都觉得减压。估计，也多多少少能让你稍微舒缓一点、放松一会儿吧，是不是，有没有，嗯？

冬至，一个向着光亮
与温暖进发的起点

很多人认为冬至是一年中最容易被低落和压抑笼罩的一天，毕竟这是北半球黑夜最长的一天，那就用这篇小文送给你一些光亮和温暖吧，不管你的坐标地此刻是晴朗、阴霾，还是飘着雨雪的夜晚。

过去这些年，冬至于我而言几乎意味着"归途""回家"。在美国东北部读书，开始下大雪的时候，圣诞假也如约而至。所有学生都企盼 12 月底的到来，无论是美国本地人，还是外国留学生。几年前的一次圣诞假，我买了 12 月 21 日回国的机票。出发前一晚，纽约被暴风雪突袭，短短一夜，积雪就没过了膝盖。第二天清早出发去机场，依旧大雪纷飞，车在高速上排起了长队，龟速缓行。望着窗外飞雪笼罩的天际线，我想，今天大概飞不了了吧。

到了肯尼迪国际机场，雪神奇般地骤然变小，再过一小时，竟完全停了，悄无声息地停了。托运行李、过海关、安检，纵使前面的航班大面积延误，我坐的航班竟然正点开始登机。

十二个多小时后的北京时间 12 月 22 日冬至下午平稳降落，傍晚到家，吃到了妈妈做的一桌好菜和冬至标配的饺子。你可能没法完全体会到，在一万公里外高强度学习了一整个学期的、出发时还相信航班会取消的、长途飞行十几小时之后的疲惫的留学生，在冬至这天能和家人坐在一起吃饭的感觉，是一种多么踏实的幸福。

冬至不是节日，不像春节、中秋节受人重视，但这一天你若能和亲友聚餐，吃顿安逸热乎的晚饭，你就该感到幸运，哪怕只有一丁点。因为此时此刻，还有太多人仍在为了生活奔忙，在寒冷的冬夜也没法回到他们的小家。我们该对那些或熟悉或陌生的忙碌的人，多释放一些耐心和善意，比如穿越车流、马上要为你送餐的外卖小哥。

那些数不清的流浪猫、狗，每年冬天我都替它们担心。我知道很多流浪的小生命没法熬过寒冬，这是令人无奈的事实，但我希望在冬至和之后的日子里，所有正在挨饿、冻得瑟瑟发抖的小动物能被路人给予基本的尊重、善意，也许，还有一些力所能及的帮助。它们中的绝大多数不是故意选择了流浪，更不是故意在扰乱人类社会的秩序。

冬至这天，我知道对很多学生来说是黎明前的黑暗。马上开始的各种考试，挑灯"吭哧"的论文，正在等待的学校录取结果……每一项任务对当下的你来说，都可能是重大事项。但请一定要顶住。相信我，几年后再回想这年冬至的所有压力和奔忙，曾经天大的、让你痛苦的事，也可以变成让自己嘴角上扬的回忆。

我喜欢冬至，因为这是一个向着光亮和温暖进发的起点——从这一天起，白天越来越长，太阳的陪伴越来越久。冬至以后，春天就不远了。

冬至安康。剩下的冬天，愿温暖常在你身旁。

冬天，也可以很暖

我喜欢动物，除了自己在家养了几只可爱的猫咪，也一直关注流浪动物们。

每到秋去冬来时我尤其揪心。隆冬时的北京寒风呼啸，最低气温常常降到零下十多摄氏度。北京如此，北方的很多城市也是如此，更别提滴水成冰的东北了。

最近小区里一只常见到的流浪母猫生了小猫。几只嗷嗷待哺的小崽在北风里发抖。它们这几天都蜷缩在一楼一家住户的私家小院的一角，没有任何遮风挡雪的窝，只能在小灌木的缝隙里努力活下去。

我了解到这家一直有人居住。我相信他们能看到这几只在冬天里挣扎的猫咪，但一直没给过水、粮，就让猫咪们一直在外面冻着。无奈母猫带着小奶猫们躺在他家的院子领地，我们没法擅自进入救助、端粮送水。其实真想把它们都救起来，先送到动物医院，待驱虫打针后再领养回公司（我们公司专门腾了一间小屋子收养流浪猫），或者寻找合适的好心人家收养。

我们不认识这户人家，无法直接要求他们为了救这几只猫咪做什么，只能写张字条塞进这家院子，同时找其他可能认识的人尝试联系，让他们起码给点猫粮和水，给一个能避寒的大纸箱也好。每次路过时透过他们家的围栏看见这几只可怜的猫，都很牵挂。

有项统计说，三分之二的流浪动物没法熬过寒冬，无论是流浪猫、狗，还是其他生灵。这些动物死亡的原因不一，多数是冻死、饿死、渴死，但也不乏意外死亡，比如为了取暖，躲在停驻的车轮缝隙间睡觉，然后被启动了的车轮卷伤或轧死。

可能有人说，流浪动物自生自灭呗，管那么多干吗。甚至有人说，这就是畜生的命。我无法凭一己之力撼动这些言论和观点，但我想尽量呼吁一声：生而为人，善良为上。无论内心是否有信仰，多一些悲悯和同情心，真的不会让你吃亏。

也想在这里分享一段画质不太清晰的粗糙 vlog，这是陪我妈喂流浪猫时用手机拍的（视频请移步本文末尾，可以先读完下面的文字）。最近她和动物救助协会的朋友们一直在忙着做猫窝，安放到不同小区的各处隐秘角落，让尽可能多的流浪猫、狗和其他小动物有个暖和些的栖身之所。希望热水、鲜肉罐头或鱼罐头、猫粮和小窝，能帮动物们度过严寒，迎来新年里春天的暖阳。

我妈退休后一直在喂流浪猫，渐渐地把覆盖范围从我家小区延伸到了邻近小区，每天雷打不动地提着大水瓶和几大袋吃的去不同喂养点，也给成年猫做绝育以防止快速繁殖，送生病的小猫小狗到动物医院救治、寻找领养人家。

我特别高兴的是，她和救助协会的朋友们还成功"感化了"物业保安、楼管——他们不但不再驱赶流浪动物，还力所能及地加入了救助。

最后想再次借这篇文章，跟大家说几句话：

您可以不救流浪动物，但起码不要伤害。开车的朋友们，每次启动车子前可以鸣鸣喇叭，确保没有正在车轮间或车底下睡觉的小动物。

如果在小区楼道等公共室内区域碰见取暖的流浪猫，请允许它们待在那儿，不要驱赶。如果您不怕麻烦，更可以准备一个纸箱，里面放些家里不要的小毯子、旧衣服——这样就很好了，能给流浪动物们提供一个暖身的过冬小窝。

如果看见一只瘦骨嶙峋或受了伤或貌似生病的流浪猫跟着您走，请不要嫌弃，不要把它赶走。如果可以，就给些干净的饮用水，给点吃的（但最好不给火腿肠，对动物而言盐度太高）。

跟随一位善良的人，可能就是它求生、获救的唯一办法了。

冬天很冷，但也可以很暖。

我家的两只女猫，妞妞和桃桃
希望所有的小生灵都能被善待

我和老妈喂养流浪猫 ─────────────

在你和世界之间

官宣：我当"爹"了！

这是一篇充满"父爱"和喜悦心情的文章！

对对对，我这个多年的猫奴其实也喜欢狗子，尤其是朴实无华、忠诚聪明的中华田园犬：大黄、小白、阿黑、花花、来福、旺财们……

特别是白面小黄狗。童年时的假期里我回爷爷奶奶家，那时他们还住在福建山清水秀的乡村，在田间地头的玩伴除了堂哥堂姐和邻家的小朋友之外，就是可爱通人性的土狗子们。至今记得一条胖嘟嘟的小黄，每次见到我就激动得上蹿下跳。有次玩高兴了还把我的手指咬出了血，导致我赶回厦门第一件事就是打狂犬疫苗，哈哈哈。不过我完全没因此讨厌或害怕狗，相反，越发地喜欢狗这种美好生物与人之间的亲切互动属性。

我曾经发过一条微博，问哪里可以抱到特别可爱的小土黄狗。

微博发出后不久，缘分就来了！！！

那天忙完工作刷手机看到一条推文，来自一个关爱、救助中华田园犬的民间协会。他们这些年致力于保护国内的田园犬、流浪狗，尽力阻止个别地区的吃狗肉行为，并且会不时发布各地待领养、救助的狗狗资料。

缘分，有时真的就是一瞬间的事。我在他们的推文里看到了一只可爱无比也非常可怜的狗狗。

视频里的小奶狗被人揪耳朵甚至拎着尾巴倒立，瑟瑟发抖，还听见两三个男人操着浓重的方言在评价这只狗狗，大概意思是：这狗长大点可以拴根铁链当看门狗，或者吃肉也不错。

这么对待小狗的人，只能送他一个鄙视的眼神。

那一刻我唯一的想法是：绝对无法接受这么可爱的小黄狗被如此对待。在鄙视和谴责这些人的同时，我要救这只狗狗，让她离开目前的生存环境，给她幸福的狗生。

决定一旦做下了，就一定要实现。此处省略一千字，暂不详述整个交涉的过程。一句话总结：在尝试抱回这只狗狗的过程中，我看到了人性的丑恶，但也有幸结识了温暖善良的爱动物人士。

总之，狗狗来了！从两千公里外的广西到了北京。在五月初夏的午后，我把她接了回来。她正式成为我们家的一员，我正式成了她的家长。从此，她将拥有幸福的狗生。

以下是狗狗到北京至今的生活记录。

基于养狗经验人士的建议，我们把她首先送到了一家很靠谱的动物医院，进行一小段时间的隔离笼养，完成必要的体内外驱虫和首次八联疫苗注射，确保她健健康康开启在北京的幸福狗生。在完成驱虫和疫苗注射前，根据兽医的建议，暂时在室内喂养。

五月中下旬，狗狗到达北京西站！为了确保她在路上的安全和健康，我们要求对方采用"高级宠物托运"服务，空调车厢，并且全程给予充足的狗粮和净水。但狗狗在路上的大半天里，我依旧提心吊胆，怕她受委屈。还好！到达的时候小家伙状态很给力，见到我一点也不怕生，哼唧着摇尾巴，不停地舔手指。是个天使好宝宝。

接着，我和司机赶紧把狗狗抱进提前准备好的大狗笼。小家伙渴了，大口舔喝着温葡萄糖水，看得我心疼。一起来的公司司机大叔也喜欢狗（不过他和很多人一样，以为狗狗是只柴犬……）。狗狗喝完水就很乖地趴在了睡垫上，愉快地笑了起来，把我萌化了。

到达动物医院！我妈也提前在那儿准备好迎接狗狗了。这小家伙性格太好，见到大家全然不怕生。来，量个初始体重：6斤，还不错。（短短十几天之后已飞速长到8斤了。）

医生检查了一下小家伙后说：这是只优秀的广西土猎幼犬，从山里出来的，血统纯，黑红花舌头、立耳，成年能长到30~40斤，性格超好，非常忠诚……听得我这个做家长的简直心花怒放啊！当时没想这么多，只一心希望抱回这个可怜的小家伙。原来她这么棒，是一只在大城市越来越少的"中华田园·广西土猎犬"。

小家伙状态很不错，于是给她做了狗生第一次体内外驱虫。嗯，有虱子，不奇怪，哈哈哈。等过段时间能洗澡了，就是一只香香的干净狗子了。

写到这儿，还没告诉大家狗狗叫什么名字。她叫"奶酪"，英文名 Cheese，都是我妈取的。因为狗狗特别友好爱笑，高兴时就会张开小嘴摇着尾巴笑嘻嘻的。来，everyone say Cheese（大家一起说 Cheese）！叫"奶酪"也因为她是只小黄狗子，毛色和一些金黄色的奶酪颇为相似。

奶酪刚来我家那会儿，我一忙完工作就到动物医院看她，一陪一小时。有时和我妈一起溜达着去，她比我还宠爱奶酪，给这小家伙做易消化的鸡胸肉碎＋鸡汤，还买了各种玩具。奶酪也是极其捧场，每次都恨不得把尾巴摇断地哼唧着迎接，已然对我们有了相当的认同和依赖。

随便一拍就是一个微笑狗头，抱出笼子，放在小藤筐里，继续坐那儿咧嘴笑嘻嘻。

真是个快乐爱笑的小宝子

笑而不露齿的样子同样迷人

所以，在拥有几只可爱猫咪的同时，如今我也是有狗子的人了。"实现了猫狗自由"，我很幸运且知足。

　　初为奶酪狗子的爸爸，只要一想到自己的生命中有了这个新成员，脸上就会不由自主地泛起微笑，这是一种由衷的幸福感。

　　因为能和这个小生命结缘而幸福，因为能给她幸福的狗生而幸福，因为被她需要而幸福，因为责任感、担当感而幸福。

　　奶酪狗狗，你跟着我，就尽管健康开心无忧地长大吧。

Love you, my puppy.
爱你，我的小狗。

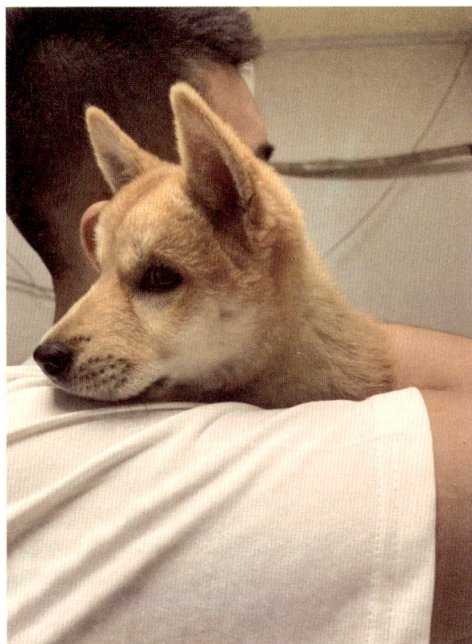

↖ 我和奶酪

也想借这篇文章，祝所有"毛孩子、小家伙"健康平安无恙，尤其是在外流浪的可怜生灵。一如既往、发自内心地希望它们被善待。

我也会在工作之余，
继续协助我妈喂养和救助流浪动物，
能多救助一只就多救助一只。

奶酪到北京至今的生活记录 ＿＿＿＿＿＿＿＿＿

30 岁前，
我都做了哪些让自己
觉得庆幸的事？

2021 年 7 月 30 日，周五，我 30 岁了。有一点不真实的感觉，还是忍不住感叹：时间，过得可真快啊。

之前我回济南探亲，家人们还是叫我的小名，就像 1991 年、2001 年和 2011 年时一样。不过，2021 年的这一天，我确实是长大了，而立了。其实我不喜欢过生日，尤其怕麻烦到亲友们。每逢生日，我都习惯一个人坐下，独处，安静地写点东西，回顾过往的日子，也想一想未来的生活。

前几年生日，我曾写过 "×× 岁的 ×× 条感悟" 系列。而这个 "三" 字开头的生日，我想多写点，写得更具象些。写这篇文章，一是回顾来时路；二是再次提醒自己：这些年能在那么多人的关心和帮助下一路成长，是我的荣幸、福报。所以，生日这天我最想表达的，就是感激。感谢父母给予我生命，感谢家人、朋友、师长、同窗、同事……感谢每一位熟悉或未曾谋面的你的支持。

和家人保持着特别好的关系

过去这小十年里，我常不着家，"满世界飞"，和家人自然没法朝夕相处（当然，也避免了每天在同一屋檐下大眼瞪小眼）。但无论走到哪儿、忙什么，我都很庆幸自己能和以我妈为首的亲人们保持很棒的关系。无须每天嘘寒问暖，省下磨人的叨叨念念（比如从来没催婚这一套），但心一直在一起，有声或无声地陪伴彼此、照耀彼此、加持彼此。

有人说爱情的力量很强大，但我这方面体验比较少，欠缺话语权，也并非爱情的笃信者。但我一直坚信且珍视亲情。很多年来我都是单亲家庭的儿子，身边亲人不多，但真正需要温暖和依靠时，亲人从未缺席。他们给予的爱、信任和支持，常常是无条件、无保留、不功利的——起码在我们家是如此。

我尤其感恩有一位出色、有趣、坚强，总而言之就是"很酷"的老妈。这人吧，快 60 岁了，依然爱文艺、爱小说、爱电影、爱动物、爱世间的各种美好。于是乎，我们俩之间从未出现代沟，至今能像朋友般没大没小地相处。觉得很幸运。当然——哈哈哈，这和我是个脾气很好、很上进、较有趣的儿子也不无关系哟。

在大平台开启了职场人的第一天

常有人问我：当年想过毕业后不去高盛吗？既然你现在有自己的公司，为什么当时还要给别人打工？在投行工作，你后悔过吗？

我的回答一如既往：从未后悔。相反，我很庆幸自己的职业生涯从高盛这家全球顶尖投行起步。并非因为"华尔街""20 岁出头便年薪百万"这些或虚或实的名头，而是因为大平台赋予的扎实的职场基本功。作为在金融业乃至政商界叱咤风云的百年老店，高盛的"厉害"是有理由的：无论是业务发展、公司管理，还是客户关系、员工素质……这家投行的每一项都出类拔萃。

作为本科毕业后初出茅庐的职场小兵，加入高盛，就犹如进入了另一所催人成长的大学、商界的黄埔军校。我曾在书中写道，在高盛历练两年，堪比在一般公司工作五年甚至更长。在这家投行的七百多个日夜里，我完成了一次始终被加速度推动着的极速成长，各项工作能力全面跃升到了新的层面——不是自吹，是切切实实的收获、感受。

我虽然不想在高盛这个大平台效力一生、成为外人眼里更"光鲜"的资深银行家（senior banker），但如果让我再选一次，我依然会坚定接下高盛的橄榄枝，在短时间内成为训练有素的职场人，然后"学成毕业"，带着这些本事开启之后的职场探险。

一直运动，没停过

对于这一条，认识我久了的朋友们早已不陌生。这些年不管多忙，我都从未停止运动。哪怕是在繁忙的出差间隙，我也一定会挤时间到健身房出出汗，或是在出差城市的室外跑一会儿。

为什么要坚持运动？其实，都不需要用上"坚持"这个听上去很辛苦的动词。运动就是我的习惯，就是像吃喝拉撒睡一样是理所当然的事情。

我喜欢运动时汗水逐渐从毛孔透出的感觉，喜欢运动后的肌肉充血，喜欢冲完澡的神清气爽，喜欢多巴胺带来的整体愉悦。

我的运动细胞尚可，但相比运动健将们还是差得远。不追求雕塑般的体形，只希望自己人到中年后不要太"大叔"。我是万万无法容忍自己变臃肿、变油腻的。

庆幸这些年和运动的结缘让我一直是精力充沛的小伙儿，也因此能胜任快节奏、高强度的生活。总有朋友说我长得还像大学生，还有少年感，看不出而立之年的痕迹。我听了当然挺开心的，哈哈。能保持年轻状态，确实和常年运动密切相关。

不刻意合群，享受独处的每一秒

"宁愿一生孤独，不愿随波逐流"是我的座右铭。从小到大我都厌恶随大溜，抵触人云亦云，也毫不在意偶有人说我"不合群"。

在这个世界上生活，我们已经（被迫）需要和形形色色的人打交道。那么在自己能选择生活样式时，为什么还总要担心落单，害怕和别人走得不够"近"呢？

这些年，我尽量避免在各种应酬、"局"里觥筹交错、强颜欢笑。我不迎合任何人，更不想任何人巴结我。所以，我有过n次果断谈完工作就尽量礼貌"告辞、走掉"的经历，拒绝无谓的加微信聊天；在学校读书时，自然也不参加不喜欢的社交派对。

在告别人群、走回宿舍或开车回家的路上，我会哼着歌，重返自己的无忧无虑的世界。接着换上大裤衩、大背心，做些自己喜欢的事，惬意地独处。

在不合群的"单人时光"里，我总能充电到满格；在屏蔽了外界喧嚣后，回归内心，清醒地感知到自己是谁、在哪儿、需要什么，以及——

如何变成更好的"我"。

任职高盛

生活里闲适的我

工作中认真的我

运动中的小李哥

不在意别人的眼光和评价，一直听从自己的本心

接着上面"享受独处、拒绝盲目合群"继续说。还有件事让我庆幸，就是这些年我都不太在意别人的眼光，不被别人的评头论足影响了"我是谁、我想要什么"。了解我、懂我的身边人给建议时，我必仔细听取，但和自己没任何交集的"路人"的叨叨，要么当耳边的一阵风，要么直接无视。

我不是特立独行的人，但确实有与众不同的地方，尤其这几年，真是挺"不走寻常路"。按很多人的观点，我拿了不错的文凭，进了众人挤破头都进不去的好公司，就该沿着"正统路线"走下去，一路"人生赢家"当下去，社会地位高、赚钱多，不香吗？

我倒好，辞了职，创了业，折腾着又读了个 MBA，还抽时间写了书，同时呢，不小心成了个"网红"——嘻，关于最后这一点的议论就没停过，不但来自八竿子打不着的陌生人，也有校友、前同事。说什么的都有，"他这么高学历非要当网红，哼哼……""想出名呗""卖人设嘛"……这些"酸里吧唧"的话都曾直接或间接进过我的耳朵。

对管中窥豹的议论，我一律采取"谢您的关心啊，但抱歉，和您无关"的态度。听听就好，毕竟人大多是顺着自己的惯性思维解读问题，把你说好说歹都随他们去吧。

我清楚自己的初心、初衷，我创造了积极的价值，我有幸帮助了一些读者、"粉丝"（我从不爱叫大家"粉丝"，一般都称"伙伴"），就倍感开心。

也顺便说一句：在学习工作之余成了一名半大不小的"网红"，我起初也没想过。多谢每一位伙伴的厚爱。不过也得坦率讲，我对这个身份不抵触，但也不会留恋。如果哪天完全回归"素人"，停止一切面对公众的露出，也一定是我明确人生规划后合理的选择。

旅行，万水千山去旅行

这些年一直过得很好玩。虽然我喜欢宅在家一整天看书品电影，但我同样爱"折腾"、

爱旅行、爱走出去，探访整个世界的风景。

迄今为止去了三十多个国家，竟然涵盖了所有有人类常居的大洲，独自到过诸如百慕大这样孤独漂在大西洋上的神秘岛，尝试了各种旅行方式——徒步穿越、毕业自驾、身上只有二十美元的超级穷游、包机头等舱往返的奢华度假。当然，还有多次让我不舍离开的支教旅行。

每一次的人在旅途，都是见天地、见众生、见自己的修行。在感叹这世界万水千山实在太可爱的同时，也深刻领悟到自己的渺小。

旅行是换了一种方式的阅读和自省。如果这些年我没那么"好动"，必然就会在有限的生命里错失太多值得看、值得听、值得学、值得悟的人和事。

在马来西亚槟城的猫咪壁画墙前淘气一下

所以，发自内心地感恩旅行带给我年轻人生的意义。

从未刻意寻找爱情，从未因爱情失神

我相信很多朋友读到这里会说"不赞同"，哈哈我知道。我并非否定爱情，相反，我发自内心赞美忠贞不渝、相濡以沫的爱情，但我也坚信宁缺毋滥。与其寻寻觅觅、焦虑自己年岁渐长再也邂逅不到对的那个人，接着"找个人凑合着过"，不如好好聚焦于自己，把独身生活经营好。

这些年我的爱情经验十分浅薄，并非自命清高、故意不食人间烟火，而是确实缘分未到。当然，很多关心我的读者伙伴曾苦口婆心地劝：LEO，你的态度有问题。如果你不主动去尝试，怎么知道某个人不合适？爱情也是要探索、要经营、要磨合的啊！

谢谢每一位朋友善意的建议。我承认，自己这些年在这方面不太主动，也真的不擅长和人谈情说爱。不过还是感到庆幸，因为当别人被恋爱的冲动驾驭、忘我地投身爱情，以及爱情出状况时吵架闹分手崩溃时，我可以全神贯注于学业、事业，以及带给我很多快乐的各项爱好，也得以花更多时间和家人、好友在一起。所以，我并不孤单，并没觉得生活因爱情暂时缺席而不完满。

总体吃得很健康

越靠近 30 岁，"养生保健"的意识越足，所以我最近倍感庆幸的一件事，就是这些年几乎没胡吃海喝、暴饮暴食过。虽然必须得承认，我对奶茶、炸鸡、烤串都是真爱，但总体来说克制得还不错，几乎不敢只顾饱口腹之欲，而忽略了这些东西对身体的伤害。

尤其在国外读书时，酸奶、蔬果和粗粮是每日必吃，这些健康食物也确实对身体状态有良性的促进作用——从气色就能看出来。

"民以食为天"，此话不假，但如果想少些疾病困扰，除了迈开腿（多运动），也必须得管住嘴。英文里有句话叫 "You are what you eat"，直译过来大概是"你吃什么，就会变成或像什么"的意思。在吃这方面，必须得有敬畏、有顾忌，不能胡吃乱吃。否则，疾病或麻烦可能就会找上门来咯。

拒绝被框在一个特定圈子，拒绝被定义、被贴"标签"

我有时会跟朋友们说："30 岁以前，我坚决抵制定义自己，绝不找个框把自己框起来。我要活得灵活、弹性一点。"

我确实这么做了，并且感到庆幸。从两个角度来讲：

首先，尝试人生的不同可能。这一点就不赘述了，毕竟过去数年的求学和职场之旅，我真是玩得很开心，从没限制过自己的探索。

其次，反对身份归类或标签固化，不让自己归属任何"小圈子"。"名校校友圈""金融、创投圈""作家、作者圈"——这些圈子可能跟我生活的某个侧面有关联，但不能定义全部的我。

我对自己的希望和要求是，在抛除一切外界附加给自己的名头后，我就是一个无修饰、无滤镜、无添加剂的有趣、善良的灵魂，就已足够好。

在金秋的波士顿郊外

看书，看得很杂很广

　　熟悉我的同学们对这条也不新奇啦，甚至有朋友调侃道：如果全世界票选最喜欢读书的人，LEO 应该能入围。

　　我常说，生而为人，能读书会思考是多么大的幸运、多么该被珍惜的奢侈。我也一直喜欢这句话：We read to know that we're not alone，（我们读书，便不再孤单。）书，就是我这个不那么喜欢社交的人最忠诚的朋友，是我的加油站、解忧良方。

　　我不想在这里赘述看书的各种好，只想说：很庆幸这些年有那么多好书进入了我的生命，让我有了一次次的醍醐灌顶、顿悟时刻（aha moment）。

码字写东西，一直没忘了记录生活

　　这件事甚至比读书还让我感到幸运。阅读是吸收、内化的过程，写作是增进思考和留存记忆的方式。

　　从小就喜欢在本子上写日记，不知不觉记满了好几本。读大学时课业很忙，但仍然喜欢码字，即使只有五分钟、十分钟，也会把一天中让我走心的事情记下来。

　　如今，回看 n 年前的笔迹，尤其是那些很随性的、带着"少男心情"的碎碎念，已成为我的一大日常减压方式。

　　在读一年、两年、五年、十年乃至十五年前写的文字时，会不自觉嘴角上扬，有时还会感到羞涩（内心想法：妈呀，当年还写过这？）。

　　但不管当时码字和之后回读的心情、境遇如何，我都庆幸自己没让那些很容易被遗忘但其实很值得被纪念的瞬间溜走。我相信，每一件鸡毛蒜皮的小事，哪怕再微不足道，都是生命里有且仅有一次的体验；这千千万万件鸡毛蒜皮的小事，共同构成了你独一无二的人生。

当你白发苍苍、垂垂老矣
回首人生时，你需要为自己做过的
事感到自豪。物质生活和你实现
的占有欲，都不会产生自豪。
只有那些受你影响、被你改变过的
人和事，才会让你产生自豪。
Be a positive changemaker.
#LEO的能量补给#

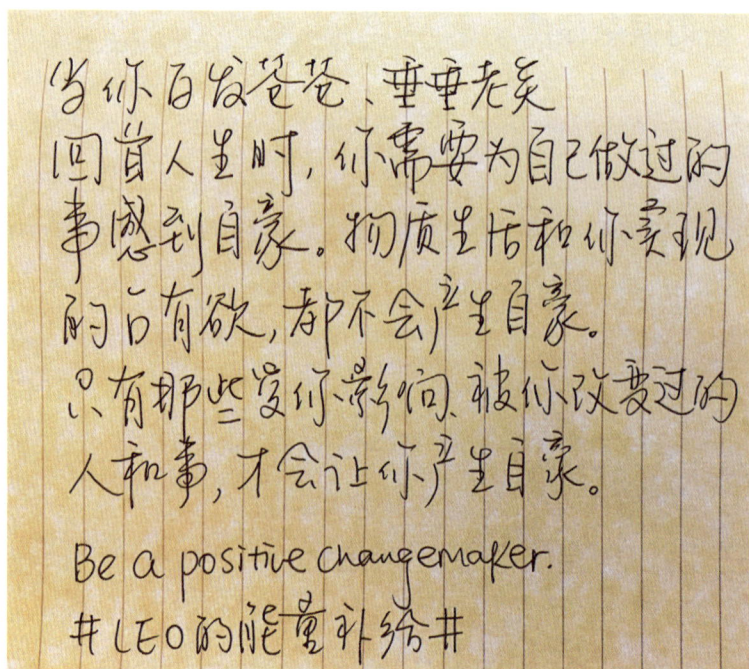

做一个积极的创变者

拥有了疗愈力满格的动物家庭成员

这些年先是养了一只小女猫。一年后小女猫生了小小猫，现在家里有几只女猫愉快共生。2022 年初夏，我又领养了一只来自广西的中华土猎犬。如今猫狗自由，感觉非一般地好。

感谢猫咪和狗狗给了我太多减压、疗愈、欢乐的时光。当很累、心情很糟时，猫儿凑过来呼噜着蹭你、瞪着关切的大眼睛深情注视着你的那一刹那，又或是狗狗在门口欢快地摇着尾巴迎接你的那个瞬间，整个世界就又重新被点亮了。

从和她们结缘的第一天起，我就没把她们当动物，而当是意义重大和地位平等的家庭成员。通过照顾她们的吃喝拉撒，我也变成了更有担当、更懂得体贴别人的自己。

我的女猫子们

有了多种"开源"的能力，也学会了理财

我生长在一个普通的知识分子家庭，家里没出过达官显贵，也没有过金山银山。我们整个大家庭的绝大多数亲戚，都是凭一技之长本分、努力地工作生活，当医生和教师的尤其多。

我从小接受的财商教育是，钱不能缺，但更不可贪婪，千万不能"钻进钱眼"里，够用足矣。这里的"够用"，绝非"够买私人游艇、飞机"这样的诉求。实际上，我的物质欲极低，对花钱消费没有任何瘾。一件衣服如果合身，就能穿 n 年；一台电脑哪怕键盘掉了，只要没漏电，就能继续用——当然，也不是刻意省吃俭用啦，只是自己多年的习惯。

虽然对钱和物质没什么追求，但我依然庆幸自己这些年的开源（赚钱）能力在同龄人里算是不错的，也比亲人们略微"进化"了些——不再依赖固定工资，而是有了不同的创收途径，经济基础已经比较扎实从容。

有开源能力还不够，如何让积蓄升值也是同等重要的事。我庆幸从本科开始就通过专业课和自学琢磨，学了不少理财的门道和策略，小试牛刀后取得了不错的收益，进一步夯实了财务基础。

开源和理财不是为了享受荣华富贵（就算让我过奢华的生活我都会婉拒），而是为家人和自己提供一份长期稳定的安全感，然后无挂碍、无羁绊地体验好这一生。

和比我优秀的人成为好友

我不是外向、社交型的人，不需要太多朋友。如果日常交流的人太多，我会觉得心累。这些年我的铁友——特别铁、无论如何都会互相扶持的朋友，不超过十个。其中有一起光屁股长大的发小，有同窗兄弟，还有两三个前辈忘年交。

能获得他们的友谊，我倍感幸运、荣幸。我的每位好友都很优秀，都在某个领域取得了让我特为他们骄傲的卓越成绩。他们每个人都是善良、正直、有担当、有抱负的人，都是美好有趣的灵魂。和他们在一起，我没有任何压力。更重要的是，我总能看到自己的不足，从他们身上学到东西，获得长进。

年轻时能和不同方面比自己厉害的人交朋友，与他们互相督促，共享生活的甜苦，共同"变成更好的自己"（套用这个鸡汤金句，确实描述得精准），就是"幸福本福"。

在好得不能再好的学校，完成了求学旅程

这些年大家一直叫我学长，那么就把和"学长""学习"有关的这一条，放在本篇回顾文的最后吧。

写到这里，回想过去近二十年当学生的每一个日夜，我的心中只有感激和留恋。自己的一大福报，便是此生得以在那么好的学校，完成了求学的旅程。

永远感恩我的小学、中学和大学母校。感恩每一位恩师、每一位同窗，你们给予我的是知识和友情，更是爱。我的母校、我的学生时代，就是我梦中最美的样子。

尤其想对我感情最深的本科母校耶鲁大学表白：

Thank you, my beloved Yale.
Thank you for bringing me into this amazing FAMILY.
Thank you, my home away from home.
Lux et Veritas.
谢谢你，我亲爱的耶鲁。
谢谢你带我走进了这个美妙的大家庭。
谢谢你，我远离故土的第二故乡。
光明与真理。

三十而立，三十而已。三十岁的愿望很简单：

继续好好爱护身边的人，
继续走好自己选择的路，
继续经营好事业和生活，
继续尽己所能，为这个世界创造些积极的价值。

50 岁前，
想做到的 50 件事

记得有句话说：

**You only live once,
but if you work it right, once is enough.
你只有这一生，
但如果你以正确的方式生活，一辈子也就足够。**

时间过得真快，本书出版时，距离我的 50 岁大概就只有 19 年、不到 7000 天了。这么想来有些可怕，日子一天天过，可我们真的活出自己最满意、最想要的状态了吗？

在从北京返回波士顿的飞机上，我列了 50 件自己在 50 岁之前想完成的事，有关乎职业和家庭的正经事，也有其他和"奋斗"并不直接相关的事——那些让我未来 20 年的生命黄金期更美丽、更充实的事。

但求今生无悔。

1. 除英语和日语外，再学一门外语，可能是法语，也可能是北欧的某种语言。不给自己严苛要求，能基本对话交流就好。

2. 至少再出版 3 本自己写的书，也许是生活和职场随笔，也许是精进干货，也许是虚构文学创作。

3. 把厨艺修炼好。除了已经会的中国菜，下面这些菜系中，每种菜系至少学会做一道：巴西菜、日本菜、韩国菜、娘惹菜、印度菜、意大利菜、法国菜、俄罗斯菜、墨西哥菜、南非菜、土耳其菜。

4. 潜心读完整本《圣经》——虽不是基督徒，但想深入探访《圣经》的博大世界。

5. 带从事英文教学和翻译工作多年的妈妈游历不同大洲的英语国家，英国、爱尔兰、新西兰、加拿大、巴哈马、牙买加……

6. 帮我妈出版她自己写的第一本书（不是她翻译的书）。

7. 给我妈找一位可以相伴彼此余生的伴侣。（这一条其实不一定要实现，得结合妈妈的意见。）

8. 和深爱的人结婚，且只结一次婚。

9. 结婚十周年时，和爱人在谁都不认识的地球另一端再办一场当地风格的婚礼，见证者是那里的花香、鸟语和山海，重温新婚的时光。

10. 至少有一个女儿。把她视作公主，让她骑在自己的肩头，带她看这奇妙的世界；睡前为她念故事，带她学跳舞、做运动……总之，给她最好的成长环境和物质条件，但绝不会娇惯。

11. 至少给自己的孩子制作 5 件玩具。

12. 长期资助 2 ~ 3 名孩子，这些孩子可能来自国内的贫困地区，也可能来自东南亚的偏远海岛、撒哈拉以南的非洲国家或南美亚马孙流域的原始村落。

13. 作为校友，给母校捐款，帮助更多聪颖上进的孩子完成读书梦想。

14. 至少在沙漠地区捐种一万棵树。小树长成大树后，能为抵挡风沙做一点微薄贡献。

15. 至少参加 5 次老同学或校友聚会。

16. 再次回到校园做一名学生，不管读多久——3 个月或一年或更久，不再学商科和经济学，而是更有意思的领域，比如艺术史、人类学。

17. 作为客座讲师，在大学里讲一门课。

18. 自编自导一部微电影。

19. 在非洲或拉丁美洲的某个村庄至少做一个月义工，尽己所能帮助当地百姓改善生活。

20. 在加利福尼亚的阳光海滩边拥有一套属于家人和自己的房子，有能望到无垠太平洋的落地窗、种满各种花草的花园、一个游泳池、一架三角钢琴、自己喜爱的艺术品、一只大狗和两只猫咪。

21. 参加至少一次马拉松。

22. 登顶至少两个大洲的最高峰。为了让家人放心，不会挑战珠穆朗玛峰，但非洲的乞力马扎罗山、大洋洲的查亚峰和欧洲的勃朗峰都是可选项。

23. 开创一个属于自己的品牌，也许就叫 Leo Li，设计制造一些限量版的好东西。不为盈利，只为好玩。

24. 养一只非主流的宠物，比如鳄鱼、变色龙或者蛇，并且为它"养老送终"。

25. 抽出至少半年时间吃素，任何荤食都不沾。

26. 到某个没有尘世喧嚣的地方，参加一次真正的禅修，不说话，不胡思乱想。静心，和自然融为一体。

27. 继续提高摄影技艺，办一次小型个人影展。

28. 主持一次好朋友的婚礼。

29. 和非洲酋长喝一次大酒。

30. 出演一次话剧。

31. 学会跳一种舞，并且要尽量跳得比较帅。

32. 和海豚游一次泳。

33. 驾驶一次直升机。

34. 熟练掌握单板滑雪，体验世界各地的优质雪场。

35. 骑骆驼在撒哈拉沙漠漫游。

36. 骑自行车环台湾岛一圈。

37. 近距离观看一次真实的火山爆发。

38.（暂时）克服轻度恐高症，蹦一次极。

39. 在国际日期变更线边上的南太平洋岛国上迎接新年第一缕阳光。

40. 从乌斯怀亚去南极洲看企鹅。

41. 在北极圈里看极光。

42. 开船从智利出发，去复活节岛和加拉帕戈斯群岛。

43. 把手机和电脑都抛在身后，在巴西亚马孙雨林和原始土著部落同吃同睡半个月。

44. 除了更易去到的欧美和亚洲国家，这些地方也一定要自己或带家人去旅行：秘鲁马丘比丘、南非好望角、埃及尼罗河、巴拿马运河、南美洲潘帕斯草原、古巴哈瓦那。

45. 30 岁之前体脂率保持在 15% 以下，要有比较清晰的肌肉轮廓；30 ～ 40 岁体脂率尽量不超过 20%，继续保持一定的肌肉密度；40 ~ 50 岁要有平坦小腹，身材仍要匀称结实。

46. 从现在开始，再看完至少 600 部电影（以平均每个月 2 ~ 3 部算）。

47. 从现在开始，再读完至少 1000 本书（以平均每个月 4 ~ 5 本算）。

48. 继续投资出品至少五部优质影视剧，尤其是对世界有正向影响的作品。

49. 成为至少三家公司的董事会成员。

50. 在 50 岁生日时，跟家人分享这份年轻时定下的梦想清单。

50 岁之前，你最想完成的 50 件事又是什么？或者，你现在最想做并且希望一定能做到的事都有什么？

50 岁时见？ 50 岁时见！

LEO

图书在版编目（CIP）数据

在你和世界之间 / 李柘远著 . -- 长沙 : 湖南文艺
出版社 , 2023.3
ISBN 978-7-5726-0855-1

Ⅰ . ①在… Ⅱ . ①李… Ⅲ . ①散文集－中国－当代
Ⅳ . ① I267

中国版本图书馆 CIP 数据核字 (2022) 第 167786 号

上架建议：畅销·励志

ZAI NI HE SHIJIE ZHIJIAN
在你和世界之间

著　　者：李柘远
出 版 人：陈新文
责任编辑：吕苗莉
监　　制：张微微
策划编辑：李　乐
特约编辑：陈莎莎
营销编辑：罗　洋　胖　丁
封面设计：VIOLET 01152979738
版式设计：利　锐
表情绘制：赫 _HHYM
彩插绘制：Minghan
出　　版：湖南文艺出版社
　　　　　（长沙市雨花区东二环一段 508 号 邮编：410014）
网　　址：www.hnwy.net
印　　刷：北京天宇万达印刷有限公司
经　　销：新华书店
开　　本：715mm×955mm 1/16
字　　数：331 千字
印　　张：20.5
版　　次：2023 年 3 月第 1 版
印　　次：2023 年 3 月第 1 次印刷
书　　号：ISBN 978-7-5726-0855-1
定　　价：62.00 元

若有质量问题，请致电质量监督电话：010-59096394
团购电话：010-59320018